U0878105

中国古典小说丛书

岭南逸史

[清] 花溪逸士 著

江西美术出版社
全国百佳出版单位

图书在版编目（CIP）数据

岭南逸史/（清）花溪逸士著.--南昌:江西美术出版社,2018.10（2019.10 重印）
ISBN 978-7-5480-6200-4
Ⅰ.①岭… Ⅱ.①花… Ⅲ.①章回小说—中国—清代 Ⅳ.①I242.4
中国版本图书馆CIP数据核字（2018）第140638号

出 品 人：周建森
企　　划：江西美术出版社北京分社
（北京江美长风文化传播有限公司）
责任编辑：楚天顺　朱鲁巍　康紫苏
责任印制：谭勋

岭南逸史

LINGNAN YISHI

（清）花溪逸士　著

出版发行：江西美术出版社
社　　址：南昌市子安路 66 号　江美大厦
网　　址：http：//www.jxfinearts.com
电子信箱：jxms@jxfinearts.com
电　　话：010-82293750　0791-86566124
邮　　编：330025
经　　销：全国新华书店
印　　刷：河北盛世彩捷印刷有限公司
版　　次：2018 年 10 月第 1 版
印　　次：2019 年 10 月第 2 次印刷
开　　本：690mm×960mm　1/16
印　　张：17
ISBN 978-7-5480-6200-4
定　　价：40.00 元

本书由江西美术出版社出版，未经出版者书面许可，不得以任何方式抄袭、复制或节录本书的任何部分。
版权所有，侵权必究
本书法律顾问：江西豫章律师事务所　晏辉律师

“中国古典小说丛书”出版说明

所谓“古典小说”云者，其义有二焉：一曰，但凡古代之小说，皆可谓之“古典小说”；一曰，但凡技法未受泰西影响之小说，亦可谓之“古典小说”。然此特就今人之观念言之耳。

揆诸坟典，“小说”一词，出自《庄子·外物篇》，其言曰：“饰小说以干县令，其于大达亦远矣。”由此观之，庄子所谓“小说”，不过琐屑之言，以其无关道术，故以小说名之耳。

炎汉成、哀之世，刘向、刘歆父子典校秘书，检讨百家学说，取桓谭《新论》“小说家合丛残小语，近取譬论，以作短书，治身治家，有可观之辞”之意，把《伊尹说》《鬻子说》诸书，归为“小说家”之书，而《汉书·艺文志》（以下简称《汉志》）继之。夷考其说，“小说家者流，盖出于稗官，街谈巷语，道听途说者之所造也”（语出《汉志》），此亦非后世之小说也。

唐修《隋书》，其《经籍志》立论本诸《汉志》，以小说为“街谈巷语之说”（《隋书·经籍志》语）。当此之时，小说之名虽同，而其类目稍广，举凡《燕丹子》《世说》《迩说》之属，皆可入诸小说名下。

后晋修《唐书》，其《经籍志》立论与《隋志》无异，以《博物志》隶小说，此为“神异志怪之书”入小说之始。

天水一朝，欧阳文忠公撰《新唐书·艺文志》（以下简称《新唐志》），以《列异传》《甄异传》《续齐谐记》《感应传》《旌异记》等“史部·杂传类”之书移于“小说类”。至是，小说之部类日棼。

及元脱脱修《宋史》，《艺文志·小说类》承《新唐志》之旧而增广之。

明胡应麟以小说繁夥，派别滋多，于是综核大凡，分小说为六类：一曰“志怪”，一曰“传奇”，一曰“杂录”，一曰“丛谈”，一曰“辩订”，一曰“箴规”。至此，小说一类已蔚为大观，脱《汉志》“街谈巷语”之成规。

清修“四库”，《总目提要》（以下简称《提要》）别小说为三派，“其一叙述杂事……其一记录异闻……其一缀辑琐语”，而又损益之。考诸《提要》，则损益可知：一曰，进“丛谈”“辩订”“箴规”为“杂家”；一曰，隶《山海经》《穆天子传》诸书于小说。小说范围，至是乃稍整洁矣。其分目虽殊，而论述则袭诸旧志。

曩者宋元明清之史志，难觅“平话”“演义”之书，此特士夫习气，鄙其为末流所使然也。史家成见，一至于斯。今人刻书，自当脱古人窠臼。

说部诸书，以文体分，有“白话”“文言”之别；以体裁分，有“话本”“传奇”“演义”之别；以内容分，有“佳话”“世情”“侠义”“家将”“神魔”之别。细玩其文，既有劝世之良言，亦有“诲淫诲盗”之糟粕，而抉择去取，转成读说部书之第一要务。以此之故，编者特于说部诸书择其精者，辑之而为“中国古典小说丛书”，凡百余种。

然说部之书浩如烟海，其精者又何限于区区百十之数？此次出版，难免遗珠之憾。然能俾读者因之而省择取之劳，进而得窥说部精要，示人以津梁，则尚不违出版“中国古典小说丛书”之初心。

说部之书，多出自书坊，脱误错乱，在所难免，故于“取其精华，去其糟粕”外，尚需广施校雠，始得成其为可读之书。以此之故，编者多方搜罗以定底本，精排其版以美其观，躬自校雠以正讹误，然后付诸枣梨，装订成书，以飨读者。

限于编者学力有限，书中疏漏之处，在所难免，尚祈广大方家、读者诸君不吝批评斧正。凡能指出书中一二谬误者，皆为吾师，吾人不胜感激之至。

戊戌仲夏上浣，邵鹏军序于丰台晓月里

目　　录

序

《说文》:“史，记事者也。”有国史，有野史。国史载累朝实录，赡而不秽，详而有体，尚矣。野史记委巷贤奸，山林伏莽，自汉唐以来代有其书，大抵皆朽腐之谈，荒唐之说居多。求其一二标新领异，据实敷陈。堪与国史相表里者，吾则重有取于黄子之《岭南逸史》云。

夫文章之道，贵乎变化。变则生，生则常新而可久。《逸史》者，离奇怪变，盖不知其几千万状也。即女子也，而英雄，而忠孝，而侠义，而雄谈惊座，智计绝人，奇变不穷，抑亦新之至焉者乎？且予尝南游永安矣，见夫一门三孝坊石，犹岿然存也。西至罗旁，过九星岩，击石鼓，渊渊有声；登锦石，诵屈子铭，其所表见皆不虚。夫岂无《幽明录》、《搜神记》诙谐诡怪足动观听者？然而不近人情，莫能征信，识者笑之。安所得如《逸史》者之千变万化而复无事荒唐也！使其付之梨枣，传之其人，知必有以吾言为不谬者。故序之。

时乾隆甲寅之蒲月五日，西园老人题于双溪之草堂

第一回

黄逢玉席上赋诗　石禅师山门赠咒

词曰：

寇老吟山日，杨郎试阙时。淡黄衫子尚娇痴，怎不教人疑？　月老原非谬，蓝桥自有期。而今神咒当绳丝，怪煞是禅师。

——调寄《巫山一段云》

从来有正史，即有野史；正史传信不传疑，野史传信也传疑，并轶事亦传也。故耳闻目见之事，正史有之，人人能道之，不足为异。若耳所未闻、目所未见之事，人闻之见之，未有不惊骇，以为后人悬空造捏出来的，不知其实亦确有所见、确有所闻之事也。不信者，特为耳目所限耳。就如大禹王岣嵝山碑一事，朱夫子因至其地不曾寻得，遂谓无其事，系好事者造说的。其后，宋嘉定中，蜀士因樵人引至其所，竟以纸向碑上打出七十二个字来，刻在夔门观中。可见，天下奇奇怪怪、平平常常的事，不经人道过，也无从得知；一经人道来，切勿谓正史上无，我目中不曾见、耳中不曾闻，便不去信他也。

在下今说出一个却又正史、府志、省志、县志、《罗浮志》、《赤雅外志》莫不详载，野人遗老莫不熟闻，新奇闹越的事来，恐怕看官看了，还要道正史可不有，我这野史必不可无也。正是：

漫言旧史事无讹，野乘能详也不磨。
拈就零星成一贯，问君费了几金梭。

话说神宗万历年间，广东省潮州府程乡县，东行百五十里，有一桃花村。四面皆是高山，中间一段平地，林壑秀美，清泉流出，锵锵有声。居住百十人家，皆依山临水，遍种桃竹梅柳，映带左右。每遇春日融和，鸣鸟上下；黄童白叟，怡怡其间。有古桃花源气象，故亦名桃源。居人有黄、张、龙、萧、杨、卢、许、谢诸姓，皆真诚朴实，耕田乐道，不慕浮名。弦诵之声，时时与岩鸡竹犬，沁人心耳。真个：

萑苻无警亦无争，此地诚然一玉京。
岩下鸡鸣春昼永，洞中风暖管弦清。
鸟歌棠荫心知乐，犬卧花丛梦不惊。
漫道武陵仙窟在，让他和气满前楹。

今单表内中一个士人，姓黄名琼，字逢玉。自幼聪明俊拔，无书不读，诗词歌赋，无所不晓；而又天生神力，善使双剑。家中祖传一双龙泉宝剑，他舞动起来，初时还似两条白龙，蜿蜒上下，舞到闹越处，竟是一团白雪，在地下乱滚，也不见剑，也不见人。其父思斋公，爱惜如玉；又因他齿如编贝、眼若曙星，亭亭如玉笋般，故以"琼、玉"两字命名。正是：

凝眸山水皆添秀，倚笑花枝不敢妍。
莫作寻常珠玉看，剑仙人是李诗仙。

一日，重阳佳节，天气晴朗，思斋公动了个登高念头。思量近处名山，唯长耳山最高，可以远眺，且其中奇峰怪石，古迹甚多，尽可游目骋怀。遵命健仆黄汉挑了酒盒，携了逢玉，逶迤往长耳山来。其山斗拔，自山脚至顶，壁立有三五里远。三人攀藤附葛，缘着个小径而上。真是：

山从人面起，云傍马头生。

三人站在山尖上，眺望了一回，转到了唐王岩、真武殿、寒婆凹等诸名胜游历了一回；又到凤髻山极高的所在，眺望那百丈瀑布、棋盘石等胜。赏览了一回，日已傍午，步到广福寺来随喜。才至山门，见里面佛前点了一对绝大的蜡烛，摆设许多果品，众僧人在那里忙做一团，像做是么好事般。廊下又有几个乡绅老者，穿了衣冠在那里坐地。

思斋定睛一看，内中一个像那古溪曾先生一般，料想必是他们在这里做重阳会，进去不便，连忙缩转脚来，转身要退。不料早被僧人石禅师见了，叫道："黄太公，怎么到此地了，还要退转去？"思斋不好意思，只得走进来。与僧人众客作了揖，笑道："愚本意来宝刹随喜，见诸先生在此做福，恐怕搅扰不当。"

古溪笑道："思斋认错了哩。今日是石禅师六十寿诞，摆设的都是他令徒师兄师弟们与他祝寿的。我每俱来拜贺禅师的，不是做福。"思斋道："原来如此。"连忙叫黄汉取拜匣来，伸手去取了一封约五七钱重银子托在手中，笑向石禅师道："小老不知禅师大诞，不曾备得寿盒；这些小干折罢，望老师笑纳。"石禅师推让道："贱辰何足挂齿，敢劳檀越费起钞来？今日蒙檀越肯降临，便是佛面生光。盛仪决不敢领。"

思斋道："老师不领便是嫌小老来意不诚了，就此告辞。改日来贺罢。"古溪从旁道："思斋兄也不可说告辞的话，石禅师也不可有辜思斋盛意，还是收了为宜。”石禅师闻言道：“诸檀越已如此教责，贫衲只得收了。”思斋方大喜就坐。

小行者献茶毕，石禅师合掌道：“这位小相公是令郎还是令孙？”古溪代答道：“是思斋兄令郎。老师不要小觑他，年纪虽幼，胸中所学，许多老宿名儒还要让避他三舍哩！”石禅师道：“青春几何？”思斋道：“十一岁了，乡下小儿，说得是么！古溪直如此过誉，叫愚父子当不起来。”众人齐声道：“看令郎美如冠玉，举止老成，曾先生所说必然不错。”众人口中说便如此说，心中也未必信他胸中果有才学。正是：

安知鸿鹄志，难与俗人言。

叙谈了一时，小行者摆出斋馔来。石禅师举杯定座，诸人让思斋年长，坐了首席，定逢玉随坐左边一位；思斋父子推让不得，只得朝上对众人打了一躬，一齐坐下。各各轮杯换盏，开怀畅饮了一回。

石禅师到各人面前劝饮了一杯，复斟一杯擎在手中，向逢玉道：“贫僧贱诞，原不足道。但闻相公如此高才，乞赐佳联一对，赠光赠光。”随将酒奉上道：“请先饮一杯润笔。”逢玉接酒放在案上，看着父亲，只是笑，也不回答。思斋道：“我儿，既老师如此爱尔，料想藏不得拙了，可就做来。趁诸先生在此，可请教正，免教贴在壁上被人笑话。”逢玉闻言，随拱手向石禅师朗声念出一对道：

三更鱼吼禅心彻；六甲花周色相奇。

众人见他不假思索，一直就念出来，言词清朗，音韵铿锵；又切六十，又切增寿，莫不大惊，叹异道：“怎么小小年纪，有此捷才！就李泌赋棋、刘晏正字，也未必有此敏快！”古溪道：“我前头说么！我看尔们还有些不信的意思，今竟如何？”思斋道：“诸位先生不要如此，但求勿吝指教为是。”众人道：“真是文不加点了。”

古溪道：“我每都不曾有联，今小黄兄已有了联。我每也须做一对，请教石禅师才是。但珠玉在前，自觉形秽，更不敢道只字了。我今连春先、讱斋张相公，共是三位，不如求黄兄锦心绣口，一并作了，代我们出色出色。”逢玉拱手应声，念出三对来：

其　一

上方日暖云长驻；古刹人闲貌不渝。

其　二

脱尽根尘云补衲；悟空花甲夜参禅。

其　三

法云永驻三摩地；慧日长临百结花。

众人虽未必尽识他妙不妙，但见他如背“学而”“子曰”般，尽皆惊倒，合口称赞道：“天才！天才！”喜得思斋满身松快，无可抓处，只是强为谦逊而已。

那古溪道：“这几句对子打是么紧，兄等还不曾见他的大手笔哩！就是长篇大句，下笔千言，倚马可待。”众人道：“我等方才识荆，不敢过有所求；古溪兄是旧交，怎么寻个题目来，与黄兄做与我们看看。”

古溪道：“这不难，也不必别寻题目，只这山周围一百余里，奇峰甚多，而长耳、棋盘二山为最。旧日游人逸士吟咏不少。苦无一出色之作，诸兄何不就以二山求黄兄各赋一章，既可以看黄兄之才，又可为二山增色，但不知黄兄意下如何？”逢玉道：“列位若不见笑，愿听指挥。”众人大喜，叫小行者取文房四宝，摆列案上。逢玉取笔正要写，只见石禅师鼓掌大笑道：“诸檀越也太轻易了。”众人惊问道：“怎么说？”

石禅师道：“小相公代尔们作了许多对，尔们酒也不曾奉他一杯；

今又轻易要他做起诗来，还是算做巧者拙之奴，还是算作功高不偿？”众人闻言，各俱大笑道：“石禅师说得是。”忙叫小行者斟上酒来。

逢玉道：“且缓，待我写了一并吃罢，但求列位赐个韵来。”古溪道：“今日在梵王宫里题诗长耳山，就以‘宫’字为韵。那棋盘石方正如台，就以‘台’字为韵罢。但长耳山题，须加个‘宿’字，为何呢？思斋路远，必宿在此。且把首诗来，与石禅师做个定头好么？”众人大笑道：“妙！妙！”逢玉不慌不忙提起笔来，向墨池内蘸饱了墨，取幅素笺摊在席上，举起笔来就如龙蛇飞舞般写去，飒飒有声，顷刻而就。众人看见，先自呆了。写完，齐走起身来，围绕在一处。看他上面写道：

九日宿长耳山得“宫”字

耳山突兀耸虚空，古刹疑悬碧落中。
凤髻拂云摩夜月，丹炉熏汉逼珠宫。
香栖白橡禅灯冷，露浥金绳赋思雄。
长耳不知何处去，数声鸡唱杜鹃红。

棋盘石云

棋盘古迹赛蓬莱，拔地倚天局面开。
万古一枰星作子，千年方罫岳为台。
日罗四象擎云汉，时惹高人醉菊杯。
寄语积薪王坐隐，登临不用带楸来。

写得墨迹淋漓，蛟腾凤起。众人看了，只是啧啧称奇便了，就如游、夏见了孔夫子的《春秋》般，不能赞一辞。反是思斋道：“石师父，还当请列位坐了饮酒；村童塞责的东西，只管看他怎的！”石禅师道：“是。”大家坐下，一边饮酒，一边看诗。

众人道：“酒也有了，黄兄的教也领了；天色将晚，就此告辞。思斋兄年高，就歇在此罢；明日回府，打从敝乡经过，千祈同令郎到舍一光。”古溪道：“这是准要来的。我明日着人路上相候便了。”思斋道：“准来。”众人大喜，拱手作别。石禅师假意儿留了一会，一齐送出山门，相别而去。

石禅师重复邀思斋父子到后轩幽雅去处，再设佳果。煎起那棋盘石绝顶上采取的顶尖好细茶来，陪侍他父子吃了一回，谈叙些佛门中不生不灭的道理。天色已晚，点上灯来，叫声安置而去。

次日起来，作别回家，石禅师苦苦留住；思斋撇不过他的意思，只得住下。又次日，力辞回家。石禅师送至山门，执逢玉手道：“相公眉间生彩，后日奇遇甚多，功名福寿不可限量。贫僧有神咒一套，秘诀十四字授君，可密记之，异日可得美妻。毋忽，记之记之！”随出一小卦授逢玉。逢玉忙接来藏好，辞谢作别而去。正是：

万事皆前定，劳公赠咒神。
不缘神咒力，哪得遽相亲？

不知逢玉果能得美妻否，且听下回分解。

第二回

花间遇佳人牵情投宿　酒中闻大盗弄法驱凶

诗曰：

> 绿林豪客夜催妆，撮合当年亦大忙。
> 回首师雄千载梦，谁真谁假费平量。

话说黄逢玉自长耳山赋诗回来，声名大噪，求诗求文的终日不绝。不觉间，已是十六岁了。一日，其父思斋叫他来，吩咐道："尔姑娘移徙从化，往常多有书信寄来；近今十数年，并无信息，不知作何景况。闻得两个儿子俱不听教训，常为他们怄气欲死。我今欲使尔到彼探视一番，也见我兄妹之情，尔意下如何？"

逢玉道："孩儿愿往。儿闻浮罗为朱明耀真之地，有峰四百三十二、瀑布九百八十有奇，内中璇台瑶室、药槽丹灶，许多胜景，儿久欲到彼一游。因二亲年高，不敢远离。从化这条路，必须打从罗浮经过，既大人有命，儿愿趁便到彼一游，以完夙愿，未识大人以为可否？"

思斋道："穷奇览胜，乃高人志士所为，有何不可？但恐尔年幼，经不得那登高履险的事耳。"逢玉道："昔李存勖，年十二时，便从父破王行瑜，献捷京师；寇平仲，年八岁时，便登华山吟诗，都不惮危险。今孩儿年已十六，虽不敢比存勖冲锋破敌，难道寇平仲登高陟岭的事，也经不起来？望大人勿虑。”

思斋闻言，大喜道：“我儿所见甚大，吾不尔禁也。明日是个黄道吉日，正好出行。我叫黄聪、黄汉同尔去，游了罗浮，见了姑娘，早日回来。”遂叫两个家人黄聪、黄汉到来，吩咐道：“我是日使逢玉孩儿到从化探问姑娘，趁便去游罗浮，尔二人可打叠行李，陪我孩儿一行。于路上小心服侍，回来我自有重赏。”二人领命，自去收拾不表。

思斋携逢玉进内。命娘子备些酒食饯行，又叮嘱了许多出门慎重的话，然后就寝。

次日起来，饭毕，逢玉拜别起行，思斋同妻沙氏送出门来。黄汉挑了行李，黄聪牵了一匹黄骠马。沙氏执逢玉手涕泣道：“我儿须早些回来，勿使老娘倚门盼望。包里有我织锦程茧手巾两条，奉姑娘的。见了姑娘，须代娘致意。”

逢玉道：“母亲不必悲伤！孩儿多则三月，少则两月，必定回来。所吩咐，孩儿记得。”说毕登程。《琵琶记》南浦嘱别，有只歌儿，于此际极合，并录之以资观玩：

〔江水儿〕（净唱）膝下娇儿去，堂前老母单，临行密密缝针线。眼巴巴，望着关山远。冷清清，倚定门儿盼，教我如何消遣？（合唱）要解愁烦，须是频寄音书回转。

〔园林好〕（生唱）儿今去，爹妈休得要意悬。儿今去今年便还，但愿双亲康健。（合唱）须有日拜堂前，须有日拜堂前。

其时，正是二月中旬，嫩叶敷荣，山花齐放。逢玉上了马，缓缓而行。行了两三日，已到状元桥。黄汉问道：“相公还是从水路去，还是从旱路去？”逢玉道：“船上闷人，还是路上走的好。”黄汉道：

“既要从路上走，须渡河，由长沙上唐湖，过旗头嶂，穿海丰，出羊蹄岭，抵鹅阜为近。若从蓝关去，不好走，又远些。”逢玉闻言大喜道：“我正要赏览旗头、羊蹄等岭，就从此路去罢。”以是渡河向长沙进发。逢玉心中原无甚要紧的事，一路放怀玩赏，遇景即吟，逢奇即咏，也录不得许多。

不则一日，行至羊蹄岭。此岭耸拔如屏，隔断海丰、归善两县。粤王佗于山顶凿开一门，设兵守把，名为羊蹄关。由海丰这边山脚，上至岭二十里路，较平坦。由归善那边山脚，上至岭十里，山如壁立，不能直上，凿路如“之”字样，盘折方能上去。真个一夫守关，万人皆废的所在。逢玉到此地，振衣绝顶。看了一回，胸怀豁爽。命黄聪取笔来，于石壁上扫去苍苔，题诗一首云：

插天危嶠似丹梯，百折登临霄汉低。
回望乍疑穿井出，仰观翻讶与云齐。
雄关承锁千秋月，古木长封万劫泥。
我欲题诗扫苍壁，山灵惊起昼凄凄。

题毕，复写一行道：古梅黄琼题。写完，自己读了一回，欣然自得，只管在那里徘徊。黄汉催促道：“相公收了笔砚，下山去罢。这里到鹅阜还有二十里，天色晦暝，恐怕有雨。”黄聪忙收了笔砚，牵马先行。逢玉始步下岭来。

行了数日，忽到一个所在。一眼看去，山上山下，篱边溪旁，没缝的都是梅树。其时已是三月初旬，绿叶成荫，青子满枝，走将进去，幕天席地的都是。那绿荫中间，一道寒流潺湲可爱，两边有十数人家，竹篱茅舍，梅荫映带，雅韵欲流。行过石桥，翼然一亭，中设青石板二条，光滑如玉。逢玉下马少憩，仰面见亭上一匾，写四个大字道：“师雄梦处。”逢玉点头道：“原来是这个所在！”黄聪问道：“相公，是什么所在？”

逢玉道："此名梅花村。昔罗浮女道人素月，尝于此地种梅千本，故名梅花村。隋开皇中，赵师雄游罗浮至此，见一美人，淡妆素服出迎；师雄与谈，言极清丽，芬香袭人，遂同她到酒家共饮，一绿衣童子歌舞于侧。师雄饮得大醉，与美人相扶就卧。天明醒来，却独自一个卧于大梅树下，上面翠羽啾嘈，月落参横而已，哪有什么美人、童子，师雄惆怅而归。后人相传以为韵事，故有此匾额。我观《罗浮志》，梅花村在罗浮水口，今已到了梅花村，去罗浮不远矣！"不觉大喜，步出亭外，细细赏玩。

忽见亭北浓荫绿中，斜露一枝石榴，绽出数点火一般红的花来，点缀得景致更觉可人。逢玉信步行将进去，正仰面细看那枝榴红，忽闻钏声铿然的响。急回头看时，不看犹可，一看了，不觉那魂灵儿早飞去半天。

尔道怎么？原来是一个垂髫女子，年可十五六岁，拿枝小竹竿，在那里戏击青子。见逢玉走进来，徐徐放下竹竿，敛步而退。逢玉定睛一看，真个生得：

> 眉扫春山，眼横秋水。杨柳腰，柔枝若摆；桃花脸，艳色如酣。看来庄重，却甚轻盈；极似风流，自饶温雅。洵矣胡天胡地！真足倾国倾城。

逢玉不知不觉，尾着看去，远远见她向一所牡蛎砌成的庄门里进去了。逢玉此时，如失了一件宝贝般，在那里呆呆的立了一回，不觉喟然叹道："仙耶，人耶？真耶，梦耶？"正惊叹间，忽见庄里走出一个老者来，葛巾野服，道貌森然，背叉着手，在那里仰面看天。

逢玉心生一计，整衣向前，深深一揖道："晚生主仆三人，往游罗浮，道经贵地，因贪看梅林，天色将晚，恐怕赶宿头不上。欲借贵庄暂宿一宵，明日拜酬房金，不识长者肯容纳否？"老者看逢玉貌若潘安，举止风流，言词爽朗，连忙回揖道："草茅粗陋，但恐不堪下榻；相公如不嫌弃，住宿何妨！"逢玉连忙称谢，回头招二仆挑行李进来。老者延至草堂，分宾主而坐。

小仆献茶毕，逢玉起身向前鞠躬，谢道："晚生今宵有叹途露之虞，幸蒙见容，感荷盛德。未闻老先生尊姓大名，敢乞赐教？"老者答道："老夫姓张，名瀚，号秋谷。请问相公贵处？高姓大名？如此青年，欲往何处？有何贵干？"

逢玉答道："晚生世居潮州府程乡县桃花村，姓黄，名逢玉。今年一十六岁，自幼学习诗书，颇好玩古。久闻罗浮实为山川名胜，景致多般，尝有游赏之志，未得其遂。奉家父命，往从化探望姑娘，趁便一游。途从贵乡经过，偶在前面亭子里，看见师雄匾额，得知贵地是志载名胜，不觉贪恋玩赏，致误行程。荷蒙不拒，免叹途穷，晚生主仆三人实为万幸。"

张老见逢玉如此聪敏畅达，心甚欢喜，即入内室，吩咐置酒相待。少刻，小仆摆设筵席，张老请逢玉就座。逢玉再三谦逊，只得坐了。张老举酒，十分殷勤。饮酒之间，与逢玉细谈诗词歌赋。无不精通，莫不问一答十，口如悬河，滔滔不绝，张老愈加钦敬。逢玉累辞酒力不胜，张老哪里肯舍，只是殷殷勤勤的劝酒不休。正是：

有才须遇识才翁，遇识才翁乐便融。
更永不嫌嫌烛短，殷勤情溢酒杯中。

将近二更，忽张家看牛的庄客，住在庄外，大喊奔进来道："太公祸事到了，快快走命罢！"张老、逢玉俱连忙起身问道："是么祸事？"庄客道："火带山贼寇统领四五百人，劫了前村，今已杀进村口来了！"张老闻言，惊得面如土色，忙叫小仆闭上庄门，转身向逢玉道："相公自便罢！老夫要同贱内小女们躲避，不敢奉陪了。"言毕，忙向内便走。

逢玉初时也觉呆了，及闻张老提起"小女"两字，忽省悟石禅师的事来，出席一手扯定张老的手道："老先生勿慌，晚生自有退敌的法。”张老洒脱手道：“法不法，强徒杀来不是耍处！相公放手，性命要紧！”

逢玉一力扯住道：“晚生的不是性命么！愿先生镇定，包尔无事。”一头说，一头扯张老在一张椅上坐了。忙叫黄汉将席上杯盘撤开，把桌拭净；又叫张家小仆人内取只净碗，盛一碗清水出来，叫黄兴取出双剑。逢玉把剑尖向水碗内，依法画了十四个字，念咒一遍，将水安置桌下。随吩咐众仆，不许大惊小怪，静静听着，贼自会退去；又向张老道：“先生定着，万无一失。”张老道：“全……全……全仗相公！”言未已，喊声已近，火光烛天。

逢玉慌忙跳在桌面上，盘膝按剑而坐，外面已哭声震地了。张老心窝里，像有个小鹿儿般，只是在那里冲。张家小仆轻轻招黄聪向前，附耳低低的道：“我们看看外面怎么样？”黄聪道：“哪里看得见！”小仆道：“我取个胡梯来。”说毕，捏手捏脚的去房里取出胡梯，倚在那牡蛎墙上，两个轻轻爬上去，向墙头伏定，举眼一望，好不怕人！但见众贼：

红布缠头，麻鞋扎脚。雄赳赳，虎跑狼奔；视眈眈，东冲西突。刀起飞霜，伤哉尸横涧畔；烟浓火发，惨矣祸及梅林。一霎时，竹篱茅舍成焦土；转眼处，娇男幼妇化啼鹃。

正看间，见对面大梅树背转出一个人来，向东拼命的奔走，细认像李大一般。后面一个贼徒，赤着身，手执着银也似白一把截头大刀，飞也似赶了过去。过了石桥，那人被梅根绊了一跤，跌在地下，爬起来，正待要走。贼徒赶上，一刀斫做两半去了。二人在墙头上，惊得牙齿儿捉对儿在那里相打哩！看犹未了，一声喊起，贼众数百人，一窝蜂已杀到庄前来了。二人惊得几乎跌下梯来，死命的伏在墙上，动也不敢动。

可也是作怪，贼众杀便杀到庄门外来了，却不冲进来，牵队儿，似走马灯上古人一般，只在庄外团团的跑了两跑，一拥退到对岸立住。呆呆的看了一回，大喊一声，又赶过庄来，依先向庄外团团跑了两跑，又一拥退回对岸立住。张小仆低低向黄聪耳畔说道："想是尔家相公的法灵了。"黄聪道："噤声！且听他们说的是什么。"二人便细听他说。

只见一个贼徒以刀指着庄上道："明明是一所庄院，怎么走进去，便就不见了？又有这样大湖水，波涛汹涌起来，敢是我们眼花了？"又有一个道："再进去看看！"一拥，又大喊进来，又是在庄门外打圈儿的跑了两三跑，依旧退去。

此时，黄聪二人心中已定，只是暗暗在墙头上喜笑道："惭愧！"忽又听见一个道："此庄想是个什么神庙，恐怕我们进去弄坏他屋宇，故此显出神通来遏住我们哩！"又一个道："说得是，我们回去罢。"遂一拥退出村去。

黄聪二人下来，轻轻开了庄门，跟了一二里，见贼徒真个散去，欢欢喜喜。回至草堂，张老还在那里发三日疟般的打寒战哩。二仆道："太公，贼退了！"张老方才定神问道："怎么就退了？"二人将墙头所见所闻，细细述了一遍，又道："我二人已跟出一二里，看来贼徒去远了，只是村中那几家，被他劫掠烧焚的不成世界了。"张老听得，向逢玉道："举家免此大祸，皆出君赐！真生死而肉骨也！"一面说，一面低头拜下去。此时，逢玉已收了法，慌忙扶住道："皆老先生洪福所致，晚生何功之有？"

此时众人俱各惊得骨软筋麻，逢玉也困倦了，欲求安寝。张老忙叫小仆取了相公的铺盖来，亲自掌灯引至客房里。安置毕，吩咐小仆收拾家伙，自己退入后堂，与妻女又感激了逢玉一番，方才就寝。正是：

不缘好客，哪得免难？

昔日孟尝，今宵张瀚。
不吝杯酒，保全无算。
寄语世人，何须尖钻！

再说张老，受了惊的人，卧在床上，一时睡不着。因反复思想那逢玉，雄才闳辩似秦宓、冰清玉润似卫玠，一股勃勃的英气流露眉宇，已足令人爱杀！怎么小小年纪退此强敌，全无一毫慌张的意思？真有卒然临之而不惊的手段！吾欲择婿，舍了此子岂足言智？只是他在程乡，女儿嫁了他，他须带了回去，却又割舍不下。

如此辗转了半夜，忽想着磜头、火带诸贼，日炽一日。官府相文避法，主招主抚，御贼者反指为激变，被劫者控告无门，似此世界，恋他何用？就如夜来，幸遇此生，救我一家；若不遇他，只可与李大等同作刀头之鬼！着实想来，此地其实扎住不得了，何不径把女儿招了他，待他去从化回来，举家径搬移程乡暂住，以待时清。父女既不致远隔，又可以避贼锋，岂不两便？但不知此生曾聘妻室否？又想道，就使聘了，吾女亦愿居其次罢。主意已定，专候天明说话。正是：

芙蓉绣褥值千金，付于萧郎惬素心。
漫说泰山千万丈，也将移向古梅荫。

再说逢玉，退了强敌，暗暗欢喜道："那美人果是他女儿！禅师之言，已验了一半了。只是婚姻一事，急切间不好启齿，必须寻个计策来挑动他，使他自己开口方妥。"左思右想，总没个妙策。想了两个更次，忽想着道："必须如此方妙！"遂叫醒黄聪前来吩咐道："张家有个女儿，端庄美丽，绝世无双，我要娶她，只是邂逅间不便提起说得，尔须为我如此如此。尔是个小厮，就出言唐突些，也不打紧。"黄聪领命。

次日绝早起来，假说入内讨茶与相公吃。走至中堂，张老正起来，夫妻两个坐在堂上，把招逢玉的事与娘子细细说知了，要打点出来与逢玉讲。见黄聪走进来，张老道：“管家起得恁早？”黄聪道：“我家相公要盏茶吃，叫小的来取。”

张老闻言，即唤女儿道：“尔去我书橱里，把那柳城茶撮一服来，叫丫鬟泡一盏出去，与黄相公吃。”女娘取了茶出来，黄聪佯惊讶道：“此是姑娘了，好一个人才！面庞儿与我相公一般。不知曾吃人家槟榔否？若不曾吃时，与我相公匹配起来，佳人才子，岂不是天上有地上无的一对好夫妻么！

张老大喜道：“管家尔也如此说！不知尔家相公曾受室否？”黄聪道：“我家相公有誓在先，不得绝色佳人誓不婚娶。家中虽有几个世家大族愿与我相公结亲的，相公探得他女儿平常，都不肯轻许。像有姑娘这般人物，怕不一说就成？”张老道：“我正有此意，烦管家转达若何？”黄聪道：“待小的就去说来。”转身便走出来了。好一会儿，复进内堂来。张老连忙起身迎问道：“管家，相公意下何如？”黄聪道：“我相公听见姑娘美丽，又承太公美意，着实羡慕欢喜。只是他想来有三件难处不敢从命，叫小的来辞谢。”张老道：“哪三件呢？”

黄聪道：“我相公说：一件，不得亲命，不敢擅专。二件，旅途中，财礼不备。三件，娶了姑娘，携回程乡，怕太公舍不得她远离；就婚府上，又怕我家太公怨望。有此难处，故不敢从命。”

张老大笑道：“前两件不打紧，有我作主。后一件，我已筹之熟矣，不须相公踌躇。待我与相公面说便了。”遂起身出至堂中，请逢玉出来。

主客相见，施礼坐下，张老道：“老夫生下二小儿，长志龙，自幼在广西桂林府生理；次飞龙，从中离薛先生读书于峄山，俱不在家。家中唯老夫与荆妻龙氏、小女贵儿、婢仆数人而已，门无壮丁，族鲜毗连。近日磜头诸贼，到处残虐，而龙博、归善为甚，苦苦恋桑梓，势难瓦全。老夫久欲移徙别处，避其凶害，但苦不得一武陵源耳。今闻贵县，乃声明文物之区，程处士之遗风犹在，曾公芳之政化未泯，方之做处，真是个洞天福地。相公若不弃葑菲，愿献小女侍君箕帚。俟相公从化回来，即便举家同相公东归，不识相公肯俯就否？”

逢玉道：“但恐枳棘之林，非鸾凤所栖耳！如果老先生不嫌鄙陋，晚生园林亦颇宽广，尽可暂留车骑，晚生当得执鞭前驱。至于令爱一事，晚生二亲未告，六礼未备，何敢遽望射屏？”

张老道：“吾闻君子，宜配佳人。小女虽未敢拟河洲，而才情志节，颇异庸流。相公既遇，何妨经权互用？至于财礼，小女余生实出君赐，决不敢受，但乞一信物足矣！”

逢玉闻言道：“既承老先生如此过爱，晚生敢不敬遵？请上坐了，受逢玉一拜。”随扯椅一张，放在中间，携张老坐在上面，纳头便拜。张老忙答以半礼，便子婿称呼。拜毕，回至客房，取出母亲寄与姑娘的织锦程茧手巾一条，双手捧与张老道：“小婿客中别无异物，此巾系家母手织，寄与我姑娘的。借一条来奉岳父为聘物罢。”

张老接来一看，内锦古松一株，下面坐着个汾阳双寿图。张老大喜道：“即此一巾，便是美兆了。”随拿进与女儿收了，就向女儿头上拔下一枝金钗来，付与逢玉收好，大排筵席，好不热闹。

如此款待了两三日，逢玉告辞起程，张老执手道：“贤婿且再住几时，老夫还有几句话儿与贤婿说。”此一说有分教：

声名才子文华远，鬼蜮凶人怨恨深。

不知张太公说出是么来，且听下回分解。

第三回

压富儿唯诗一首　访仙迹得药两丸

词曰：

诗书事，问尔可曾攻？但倚朱提，倩人代作，偷取誉声隆。遇着才人逢至公，恁多金也没用，怎禁面皮红？　　偏是奇人贱黄白，贵磨砻。喜杀是奇山奇水，爱杀是秘迹神踪。踏遍了，文章盖世，绩著景钟。

——调寄《下里曲》

话说逢玉在梅花村住了三四日，作辞张老道：“小婿在路上挨延既久，今在府上又住了这几天，恐怕家中悬念。今欲辞岳父，往从化去，见了姑娘，好作速抽身回来，同岳父起程。罗浮小婿也不去游了。”

张老执着逢玉手道：“亲翁康强，不必过为挂虑。我这惠州西湖，四月十八日有个浴佛大会，十分闹热，旧有诗社，四方来考者甚多。贤婿既到此地，老夫愿同贤婿到彼一考，就可赏览些西湖景致，乘兴便陪贤婿转到罗浮一游。游了罗浮，贤婿就从覆翠山穿出，便是博罗大河，搭船至省，甚是便易。但今日是四月初三，考期还远，且再宽住几天。”逢玉不好拂得岳丈意思，只得住下不表。

今且表西湖，在惠城之右，槎溪、廉泉二水汇而为湖，回环二十余里。中有漱玉滩、点翠洲、明月湾许多名胜。昔杨万里有游西湖诗云：

三处西湖一色秋，钱塘颍水及罗浮。
东坡原是西湖长，不到罗浮便得休。

明初缙绅先生，于首夏清和之时，各携酒盒，从集游宴。陈主事皇瑞，慕南园五子之风，于丰湖栖禅山寺倡为诗社。其后考者日盛，凡得批首，必登高科，故凡有抱负者，莫不以为新硎之试，今且不表。

单表丰湖之侧有个富户，名唤作何肖，白手攒积得几万两银子，买了许多田园屋宇。自觉得也是个豪杰，只是目不识丁，全不晓得飞觞醉月、分韵题诗的乐趣，见了名公巨卿、高人逸士，也未免减色起来。后来生下一个儿子，名唤做足像；年至七八岁时，便延了个先生，名唤做饶有，来教他读书，思量与他增增气。怎奈那足像的志气，全与老子不同：见了书本，就如着了懵香的一般，一身便软麻起来，两只眼睛合拢了再睁不开；遇着那戏耍的事，就跳跃终日也不知倦。那先生又是个没天理的，奉承他是个富家子金子殿的人，不但不去束缚他，反以非礼之事引诱他。到了十四五岁尚认不出一个“人”字。如此活宝，那先生却逢人便说足像是个才子。代他抄了几篇古文，圈得花花绿绿的，叫他拿与老子看。那老子原是个临深不惧的人，见了这许多圈儿，便就扣盘扪烛的咿唔哩啰起来，手之舞之、足之蹈之，不胜快活道：“我儿子也有这般学问！我的封君稳稳拿到手了。只是不知时运到也未？明日丰湖社会，是个登科的占验，何不使儿子去考考？倘考得批首，也好预备预备。”主意想定，便唤足像到来吩咐道：“我明日同尔到诗社一考，勿终日在书房里埋没了名声。”

足像闻言，惊得呆了，暗暗想道：“我从不会写字，怎么去考得诗？须得与先生商量方好！”连忙回转书房，将父亲言语述了一遍道：“倘到那里，写不出字来怎么了得？”先生道：“不妨，我自有妙计，只要费几十两银子，保尔夺得批首来！”

足像道：“要银子何用？”先生道：“我有几个好友，都是当今有名的诗伯。尔有了银子，我代你请他来一同去考，坐在一处，多作几篇，暗暗递一二篇与尔，怕不横扫于人？”足像大喜道：“银子尽有，望先生早早行事，我明日同父亲来便了。”那先生拿了银子，便去雇那车载斗量不尽的诗伯来打卷。

且说是年主社会的，是一个有名的孝廉，姓叶名春及。到了是日，先到栖禅山院。铺设停当，专候众人来考。辰牌时分，众人已齐，叶孝廉道：“我这丰湖诗社最有名的，近年来，渐不见有超拔之作，大都是诸君子不肯勉励之故。我今欲另设个规条，激励诸君子一番，庶肯各加揣摩。不知诸君子以为可否？”众人道：“愿闻。”

叶孝廉道：“诸君子已投卷者的，限次日巳时，齐集禅院右边大石台基下立住，俟台上人拆封，宣名领卷。台下左设酒，右设水，第十至第一，领卷时赏酒一杯，末名罚水一杯。宣名须从末名逆宣而上。”众人闻言，各自忖道：“这一杯水料不到得罚我！”遂一齐答道：“妙！妙！”众人道妙，还只道得两个“妙”字，那足像的令尊竟叫了十来个“妙”字。

尔道他怎么便叫了这许多“妙”字呢？原来他也在那里忖道：“我见人家儿子的文字，不过圈几句几行；我家儿子的文字，先生直从头圈到底！今日批首不是我家儿子，更是何人考了批首！”正要在石台上高喝一声“我儿子声名怕不似春雷般迸将出来么”，遂不觉的连声应道：“妙，妙，妙！”叶孝廉大喜，忙写下个题目，贴在壁上。众人看去，却是个“朝云墓怀古”，下注一行小字：不拘韵。这就叫做“忙者不会，会者不忙”。众人题目尚未看清，那逢玉早已投卷而出。张秋谷接着道：“是么题目？贤婿怎不做他就出来了？”逢玉笑道："我已做了。"秋谷大惊道："贤婿直恁快捷！"二人且回下处不题。

次日巳时，来至石台下，众人已齐。拆卷人高唱道："大家静着，听宣尊号领卷，照依昨日所议，从末卷宣起哩。"此时，何肖已领了儿子拥立在前。袖着手，洋洋的，若不听见一般，在那里忖道："尔只管宣，食水的听见了尊号，他自会来吃！我儿子只怕量浅，吃不得许多酒哩！"忖犹未了，台上人高高唱道："一百三十六名，末名何足像！"

何肖听了，就如半天里下了一个霹雳般，吓得开了口合不拢来；又见右边走出一个人，手里高高擎了一杯洗脚水，大叫道："那位相公来吃了我这杯透心凉，回去免至火炭般发起热来哩！"大家哄然一笑，直把个何肖气得半死。到此地位，进又不是，退又不是，卷也不去领了，只得垂头丧气立在一边。久之，羞变成怒道："且听他取的批首是哪一个，若素有声名的也罢。若不是素有声名，缓缓与他算账！他不过是个举人，我拼了个万金，不怕他不吃我的夺命丹！"

正恨间，已宣到第一名程乡县十六岁童生黄琼了，他不觉勃然大怒道："放尔的狗屁！我惠州偌大一个府属，难道并没个真才实学的名儒老宿？倒被程乡小县一个小书生便压倒了！尔恃尔是个举人，受了人家贿赂，便敢藐视一府人物！别人怕尔，我何肖是不怕尔！"说毕，奋前一脚，把那左边放酒的桌儿踢翻在地。

他家的饶有先生，初时听见足像考了末名，羞得无地可容，暗自想道："这是我害了他，来此出丑了。贪赚他几两银子用，倒断送了一个好门头了！"忽见何肖发作，他便帮起腔来道："众兄弟，何不径把叶春及这低子挤下台来！"那几个钝枪诗友齐喊一声，一拥抢上台来。

众人拦住道："诸兄且缓，且叫叶先生把那黄琼诗卷与众人看。如果不公，再羞辱他也不迟。"何肖道："诸先生也说得是，且叫他拿与诸先生看！”

叶春及此时，也自知罚水这段，大不是了；听着要诗看，忙将首卷发下来。众人看道：

草长平湖柳荫矶，塔中仙骨掩芳菲。
三生有恨人何在，一念伤情事已非。
月浸孤亭风浩浩，钟沉古寺雨霏霏。
登临无复苏公子，唱绝渔歌鸟自飞。

众人初时，也有些不服；及看了诗，各各叹服，一哄而散。独何肖父子及那饶有到底不服，道：“哪有十六岁人做得这样好诗？必是叶春及平日构就与他写的！”还思量要发话，及见众人散了，又闻叶春及乘人看诗时，已从石台后悄悄回去。那几个钝枪诗伯，原与何肖父子无甚交游，不过承饶有邀来，见众人散了，也假做小解躲开去了。只剩何肖父子与饶有三人，孤掌难鸣，只得走了回来，又羞又恼，一夜不曾合眼。

将次天明，忽转念道：“饶有道我儿子是个才子，才子之文必不至失板到这个田地，莫不是饶有捉弄我？我有个姨丈，住在饭箩冈，此去不远？他是个秀才，何不将儿子文字携于他一看，也可定定儿子的学问是真是假。”主意已定，爬将起来，叫丫头做了早餐，备些信物，取儿子平日的文章，并饶有批圈过那日考的诗稿儿藏在身上，带个管家，骑上一匹快马，往饭箩冈而来。不消两日，已到秀才家里。施礼坐下，叙了寒温，通了来意，将儿子的文章送上来。那秀才看了，微微笑道：“文章果是才子做的，只是古之才子，不是今之才子。”

何肖道：“为何不是今之才子？”秀才道：“这几篇都是本朝有名的陈际泰、黄醇耀老先生做的。”何肖听了，复取诗稿送上道：“这个是那日禅院里当面做的。”秀才看去，见上面写道“朝云墓怀古，不拘韵"，再看其诗道：

朝云何所墓？所墓不拘云。
墓云与春树，朝朝映夕欣。

秀才哈哈大笑道："如此文字，罚杯水儿，叶先生还是体面得紧。若我，直要打他一百二十铜棍！"何肖道："尔看先生的批评如何？"秀才再看下面批尾道：

字字为题所应有，却无一字出入笔下。真不愧冠军之目！

秀才道："这先生连批尾也是抄来的。"何肖道："又是哪里抄来的？"秀才道："是赖瞎子作教官时，批府学第一的评语。"何肖闻言，跌足懊悔道："原来我的目瞎，却被这狗才骗了！"午饭也不肯吃，苦苦辞了回来。一到家中，气愤愤的着人到书房唤儿子进来。一脚踢在地下，提起个板凳儿，劈头便打将下去。何肖的娘子听见丈夫气愤愤回来，不知何事，正出来看见了，急忙夺住道："呵呀！尔怎么就发出这般大怒来！"

足像赖母亲救脱，一道烟走了。饶有听得消息不好，也自走了。何肖气得一佛出世，二佛超生。娘子百般宽慰，备些酒食相劝。何肖气塞胸膛，哪里吃得下！气了两三日，清晨起来净手，忽然昏仆在地，举家惊惶号哭，抬至板上，却未气绝。

急叫人寻了儿子回来，延个医生，绰号活阎罗，审了三关，问了发病根由，摇着扇子道："尔这病，喜尔请着了我，还有一分生机；若是请了别个，莫想再生了。我开个方儿，快快撮来煎与他吃，若能渐渐苏醒转来，就不怕了。"足像取纸笔到来，活阎罗开道：

竹黄　川贝　连翘　牛蒡

开毕，撮药。活阎罗亲自煎好，叫足像拿进去吃，自己坐在厅上，呆呆的想道：“若医好了这个财主，少也有百十两银子酬谢，只愿这帖药，天灵灵，地灵灵，一服就中。”

不说活阎罗在厅上胡思乱想。且说足像拿进药来，母子两个正要扶起何肖来吃药，只见何肖把脚伸了两伸，头儿摇了两摇，喉中咯声响了一声。呜乎哀哉尚飨！举家号哭起来。活阎罗听见，三步一跳，飞也似去了，连雨伞儿也不要了。

何足像见老子已死，反觉拔了萝卜地皮宽，暗暗欢喜道：“今须无人管得我了！”依旧着人寻回饶有，叫他主办一应丧事。自己招平日勾搭的一班人来，就在丧次里，终日饮酒取乐。今且按下不表。

再表逢玉，当日那考诗的荣辱，原不放在心上的，见何肖踢翻酒桌，遂掉转身儿，同张秋谷去西湖各处游玩了一回，取路径投罗浮来，寻个观儿歇下。次日，带了黄聪，到处游玩，凡玉女麻姑、铁桥石楼、飞帘瀑布，穷奇探胜，赏览了两三日。

一日，来寻葛稚川丹灶。行至龙虎峰前，忽见一道者，身穿皂直裰道袍，卧在一块八卦石上。旁边放着一条拐杖，上系一葫芦，挂一椰瓢。听见人来，连忙爬起，取手在眼上擦了两擦，举眼把逢玉上下一看道：“尔可是黄逢玉么？”逢玉忙施礼道：“小子正是黄琼，不识道者何由得知贱字？”道者把手向左边一块石上指道：“尔坐下来，我奉稚川先师命，赐尔两丸金丹，等得不耐烦了！”

道者一头说，一头取下葫芦，倾出豆大两个红丸递过来，逢玉接在手中。又向葫芦吹口气，取下椰瓢，倾满一瓢仙液，芬香馥郁，亦递过来道：“尔便吃下。”逢玉忙接来，一齐吃下，觉得通身松快异常。道者复倾一瓢递与秋谷道：“我与尔亦有缘，可吃此瓢。我有四句诗，尔可记之，后自有验：

遇水为灾，逢火为难。
离在午乡，聚归东岸。”

又向逢玉道：“尔服了此丹液，可免非常之难。待后日功成名遂，更能急流勇退，清心寡欲，我再使人来指引尔复还旧位。”言毕，起身欲去。

逢玉扯住道：“乞示道号，异日可来相访？”道者道：“我黄野人也。”以手向前指道：“那高峰上的道院，是我住处。”二人举头望去，哪有是么道院！回转头来，道者已不见了。二人方知遇了仙人，慌忙望空礼拜毕，取路回至寓所。秋谷谓黄逢玉道：“黄野人赠我四句诗，诗意不佳。我今离家已久，家中无人，我急欲回去一看。贤婿可从观前行上一二里，便折而西行三五里，山上尽种梧桐树的便是覆翠山；循山左出七八里，便是博罗大河。到了从化，见了姑娘，千万早些回来。老夫专候。”逢玉道：“岳父自返，小婿理会得。”言毕作别而去。正是：

撇却闲争访碇冈，乱云踏碎碧蕤香。
回首麻姑并玉女，仙颜千载总苍苍。

欲知逢玉几时到从化，且听下回分解。

第四回

瑶王梦陆贾应兆生儿　公主兴屯田率兵归命

诗曰：

天启南交富文章，秋痕赤稚斗琳琅。
指数武公到巾帼，石龙宁郡轰礌硠。
或据九真并合浦，或开幕府雄高凉。
朱衣白马炉峡外，锦伞绣帽何煌煌。
嘉桂双峰云表出，中有佳人非珠娘。
勇如侧贰美如屈，不忍自号麋冷王。
归命皇朝效忠顺，南降天马东秋乡。
君不见，永安罗旁至今日，食香衣果无强梁！

今且不表黄逢玉别了秋谷，往从化而来。且表广东地面，平地居一，崇山叠嶂居二，巨洋大海居三。平地处者多民，水处行多蛋，山处者则有瑶人、狼人、畲人、狑人、黑人、黎人、马人诸种，诸种中又唯瑶人最多，最犷悍好杀。

明洪武初，瑶人来归，设瑶蛮峒官、狼目诸司，薄税轻徭以羁縻之，稍得安息。至隆庆间，诸司目受瑶人金币，纵容犯法，渐渐玩梗起来，戕杀平民，劫夺商贾，而诸司目只是一味要素。瑶中刁猾者，乘这个机会，遂倡起乱来，尽杀瑶官，据山结寨，攻州破府，掳掠百姓，广中大乱。其时最强者，则唯罗旁瑶，其种有三：一曰高山；一曰平地；一曰花肚。皆其矫捷，自号五花贼，据住天马山为乱。其次则嘉桂岭，此岭居万山之中。云峦环抱，去会城之北二百余里，当番禺、南海、三水之中，连接从化、清远。先是邓阿蛮占住，阿蛮死后，其义子李刚，善使一口大刀，有万夫不当之勇，自号都贝大王，拥众十余万，雄据此岭，官军累次奈何他不得。

一日，在山寨里醉卧，梦见一人锦衣花帽，极其美丽，向前揖道："下官汉陆大夫，特托麾下，乞大王好生抚视。"言毕，直进内堂去了。

李刚惊醒转来，正思疑间，忽报夫人分娩了。李刚大喜道："原来梦应在此。"满拟是个男孩，忙披衣入内问来，却是个女孩。李刚原未有子息，今得个女孩也觉欢喜。过了五七个年头，渐渐长大起来，却生得美如玉，白如雪。真个：

云想衣裳花想容，春风拂槛露华浓。
若非群玉山头见，会向瑶台月下逢。

那性儿又与父亲不同，李刚躁暴狠戾，她的性儿却温柔敦厚。寨中无大无小，见了她无不喜欢。李刚极其爱惜，字其名为小鬟。因她喜读书，着几个了得的头目，往东莞等处掳取有名的女师来教训她。到了八九岁，凡弹琴赋诗之事，无不通晓。

一日，李刚往外劫掠去了，小鬟步至演武厅，见枪架上放着父亲使的竹节金鞭，她轻轻取下来，看见上面刻有小字一行，明写着重六十斤。她暗自思道："这样一条鞭便有六十斤，待奴舞来看！"便做父亲平日的舞法，一上一下呼呼的舞。正舞间，适李刚回来看见，大惊道："尔这丫头，怎么舞得我这鞭动！"小鬟见父亲回来，将鞭徐徐放下。向父亲拜了两拜，立在一旁。面也不红一红，气也不喘一喘。

李刚不觉吐舌道："尔柳条般身子，乃有此神力，将来必然成为一个有名女将。我有个熟铜打就的一枝梅花枪，重可三十余斤，长一丈二尺，制造极其精致，尔可习之。"小鬟领了父命，在后寨终日演习，李刚时时来指点。不觉数日，学得纯熟。父女两个出到前寨比试，战了半日，连李刚也几乎敌不住，喜得李刚不知抓处。

一日，小鬟在后寨，射了一回箭。忽想道："我有了这般武艺，免不得随父出战；但我是个女儿家，在男子队中混来混去，终不雅观。何不效唐朝夏王窦建德女儿线娘故事，演习女兵跟随，岂不甚妙？"遂请父亲进来商量。李刚闻言道："我儿所见极是。"就于诸瑶女中，选三百名矫健妇女，与小鬟自去教习。小鬟就于后轩改作演武厅，自号李公主，以团牌教诸女，终日操演。

一日，李刚带了五百瑶兵，出劫三水县，教小鬟在鸦儿灌接应。小鬟等了半天，不见父亲回来，心中疑惑，带了女兵远远探听。忽报李刚被围在荔子坡了，小鬟急忙趋救。只见父亲被巡抚缩朒统大兵二十万，征广西大藤峡回来，撞着李刚兵众，遂指挥兵士围住。李刚寡不敌众，身被数枪，几乎不支。小鬟见了大惊，急策马来救。缩朒闻贼救兵至，唤帷前骁将郭勇截战。

郭勇见一女子，锦帕紫额，高挑雉尾，身穿红锦战袍，坐下一匹银鬃白马，飞也似来。郭勇欺她弱小，大喝道："贼婢缓来！"举刀便砍，小鬟举枪相迎。战不数合，小鬟急于救父，奋起神勇，一枪向郭勇前心挑来，郭勇措手不及，翻身落马而死。小鬟把枪向后一招，三百女兵就如花飞蝶舞，一滚杀入官军队里，举刀乱斫。小鬟直攻中坚，与众将正斗间，见一人红袍金盔，骑马在大纛下，往来指挥。小鬟知是主帅，抛了众将，拍马直抢将来，举枪便刺。缩朒大惊，急退时，腿上早着了一枪。左右骁将岑忠、陈高，舍命敌住。战不十合，一枪刺岑忠于马下。陈高弃盔而遁。

李刚见官军阵脚已乱，知救兵已至，率众奋勇从内杀出，官军大溃，父女合兵追赶十余里乃还。是役也，李小鬟父女，以八百人破缩朒二十万众，斩指挥使五人，骁将二人，士兵自相蹂躏者无算，杀得官军胆落。广府远近，闻着李公主名儿，真个小儿也不敢夜啼。后人有诗一首云：

> 生男不须喜，生女不须悲。
> 缇萦能救父，胜过百男儿。

再说李刚，收军急忙回至寨中，所伤创甚，敷药无效，渐渐昏迷，势日危笃。李小鬟母子守定号泣。一日夜半，李刚忽苏醒，举眼见她母子及舅子苻雄在侧，因向苻氏道："孤今不能与贤妻聚首矣！愿贤妻好生抚视吾儿。"

小鬟攀住父胸大恸，李刚执小鬟手，熟视良久，叹口气道："孤年五十，所生唯尔，未曾为尔择一快婿，死不瞑目矣！"言毕，泪如涌泉。苻雄道："姐夫幸自爱。即有不讳，甥女之事，苻雄当任之。"李刚闻言，谓小鬟道："我儿可拜谢舅父，孤去矣！"言毕，瞑目而逝。小鬟擗踊号哭，以头触尸，几不欲生。

苻夫人见女如此，忙抱住道："我儿，尔忘母了！我所靠唯尔，不怎尔如此，教为母的何以为情？"小鬟闻言，只得忍住。苻雄也哭了一回，出去唤集诸头目，分理丧事。免不得殡殓祭葬，请僧追荐许多事务。

过了几时，苻雄率众头目，请小鬟为寨主。小鬟辞道："奴是女流之辈，怎么做得寨主？舅父还当于众中，择智勇兼全者为之。况奴父母之恩，昊天罔极，三年之丧，在所必尽，安敢易服受贺？"苻雄大笑道："甥女怎么文绉绉起来？为舅的是个粗人，不晓得是么，但说女子做不得寨主，古来征则、征贰、石龙夫人、宁国夫人难道不是个女子？也曾做出惊天动地事业。何况甥女英雄，荔坡之战，全省胆落！舍尔哪里还寻得出第二个来？且姐夫威惠，久在人心，立尔则无异言；若立别个，必不相服，将来相争相夺，官军闻之，集兵报仇，不特尔母子安身不牢，恐怕姐夫还不免掘墓鞭尸的事哩！”

小鬟被苻雄说到鞭尸之事，不觉毛骨悚然道：“既舅父如此说，甥女当得从命。但甥女欲于嘉桂岭西形胜之地，先为父亲立一都贝大王庙，祭告了，然后自立，未识舅父以为何如？”苻雄道：“这却正当的事，待为舅的做来便了。”说毕辞出，与众头目到峰西相度地势。鸠工庀材，众工具举，不消几时，盖造一所殿宇。画栋峥嵘，金扉灿烂，云粢藻棁，彩壁丹墀，极其壮丽。中间塑都贝大王像，左右文臣武将，捧大刀金印，极其威严。前楹刻一对云：

灵风清日月，瑞气布乾坤。

大门上书“都贝大王庙”五个大字。左右金字对联云：

虎踞双峰壮，龙盘百粤雄。

收拾齐整，择吉请小鬟沐浴更衣，鼓乐前导，到庙祭奠毕。回至寨中，升座受众头目参拜。

小鬟道：“奴本闺中弱质，蒙诸将拥戴为王。自今以后，仍称奴为公主可也，不必妄加大王等号。尔等亦宜悉依汉人称呼，不可仍称精夫等丑名。奴看寨中虽有士卒一二十万，然皆乌合，未经操练；一遇大敌，必至披靡。奴今欲分为九哨，分寨操演，庶进可以战，退可以守。山前宜立三关，多设檑木炮石，以防冲击。都贝大王在日，所得尽分士卒，全无积备，此岂深根固本之道乎？奴今更欲立司书、司库、司赏罚诸头目，庶成个规模。不知众位以为何如？”

苻雄道：“公主所见远大，末将愿遵奉。”公主遂命侍者取笔开列道：

嘉桂岭左哨总苻离
嘉桂岭右哨总赵信
嘉桂岭前哨总苻雄
嘉桂岭后哨总马赞
嘉桂岭朝天关哨总盘摩罗
嘉桂岭思汉关哨总冯力木
嘉桂岭望海关哨总唐虎
于上各离中营十里筑关立寨。
玉蕊山哨总邓彪（系邓阿蛮兄子）
中洞山哨总马格
于上各统领一万五千人马，裨将十员，各自操演，以备征战调拨。

分拨已定，各自分头筑关立寨，终日演习。不觉数月，李公主到各寨看操，见各各盔甲鲜明，枪刀锋利，坐作有法，进退合机，不觉大喜。又到玉蕊、中洞看了，回至寨中想道："此地在万山之中，盘据五邑，云峦环抱，土势衍平，风气聚而海潮通，若使各总督，率兵士开垦耕种，地之所出，尽足自给。此亦古屯田之意，何必每日出劫，残虐生灵，自取污名哉！"次日，唤集各总，告以屯田之意，并示以开垦、凿渠、耕种诸法。各总莫不踊跃，自去激励士卒栽山种地。久荒之土，熟植异常。过了一二年，收得稻粱菽麦堆积如山，牛羊满野，鸡豚成队。各寨士兵酿成美酒，每遇节日元辰，椎牛宰猪，转相招饮，比那杀人放火更觉有兴。

一日，苻雄请各总到寨赏月，饮至半酣，谓各总道："我等蒙公主教导，得有今日之乐。公主大恩不可忘也。今年公主十六岁了，吾已涓明日为公主加笄，公等可至中营拜贺。"各总大喜道："我等也须备些贺仪进奉。"其夜尽醉而散。

次日，鼓乐喧天，众奉公主祭告都贝大王毕，回至营中拜过天地苻夫人。苻雄捧上金冠霞帔、销金织锦大红法服、团凤绿锦裙、盘龙玉带，公主穿戴了，升座受贺，赐众将宴饮。酒行数巡，公主开言道："奴闻顺天者昌，逆天者亡。今大明皇帝，四海统一。东西南朔，莫敢不服，而我瑶人独不奉朔，所谓逆天也。奴今欲如冼夫人臣隋故事，奉表归附，尔等以为何如？"

马格离席道："不可，不可！今明朝君骄臣谄，贿赂公行，所在有司，贪婪残刻。今一归附，则权不由己，顺之则溪壑之欲难厌，逆之则陷害之祸难逃。"公主道："不然。我虽归附，不过奉表称臣而已，又不是束身归朝。彼虽贪刻，安能害我？"苻雄道："公主之言虽是，马将军之言亦不可谓非。今只宜遣使奉表前去。彼若有恩有礼，我便输些租赋与他；彼若多事，我兵力固自足也。安能禁我哉！"众人俱各称善。李公主遂自撰表文，言愿臣附输税之意；另写一启，禀明督府，差右哨总赵信赴军门投下。

督府吴桂芳大喜，厚款赵信，请巡抚缩朒及众官集议。众官皆道："近来诸瑶处处窃发，李公主独能不忘朝廷，首先归附，宜具表奏闻旌奖，以激劝来者。"独缩朒心愤李公主斩他骁将，挫他威风，必图报复。今闻众议，遂大言道："不可，不可！李小鬟父女，破州毁县，荼毒生灵，十有余载！今不请兵诛讨，乃许其伪降，又奏请旌奖，是赏反也！何以警惕后人乎？本院不才，愿得十万人，讨而诛之，以泄五县人民之愤。"

桂芳道："前年君以二十万众，尚败衄于荔坡，今何得以十万众便能讨而诛之？还是受她归附为宜，不必阻挠！"诸司齐声道："大人之言是也。"缩朒被桂芳当众抢白，羞得满面通红，再不敢发言。

桂芳具表，并李公主表，差官上奏。神宗大悦，封李小鬟为一品金花公主，赐金冠霞帔一副、蟒缎一匹、玉带一围、白金二百两；父李刚仍其故号都贝大王；母苻氏一品夫人。桂芳差官赍诏，同赵信到嘉桂山。赵信先使人报知公主，迎接至寨，俯伏听宣毕，山呼谢恩，厚款使臣。明日，具粮米百石，仍差赵信同差官送到布司前交纳，写谢表上奏。

五县人民闻之，莫不举盏相贺，以为莫余毒也。独缩朒既恨李公主伤他股，又恨吴督府当面抢白，日夜思量道："必须寻个法儿，激反李贼婢，庶可以害得吴桂芳！"朝思暮想，忽想出个计来，道："必须如此，方激得她反。贼婢既反，就可诬吴桂芳交通瑶人，妄自保奏，谋为不轨，陷入叛案中，使他动弹不得。待擒了贼婢，一同定罪，不怕他飞上天去！"计划已定。唤进一个千总杨杰来，吩咐道："嘉桂岭瑶人今已降服，理宜差官到彼巡察，庶不敢再生歹心。今升尔为巡瑶观察使，尔可带三百名兵，到各山寨巡察。见了瑶人头目，须示以威严，多勒犒赏，切勿宽假以颜色，使彼轻视朝廷法度。尔若能不失本抚之意，回来重重升赏。"

杨杰大喜，叩头谢了，忙出来点齐三百强壮兵丁，各带腰刀，手执狼牙棍前导；自己坐了一匹高头骏马，大模大样向嘉桂岭来。写起一张示谕，先使人告谕嘉桂岭头目，叫他远接。其略曰：

广东省广州府巡瑶观察使杨为晓谕事：本使奉都察院副都御使、巡抚广东缩，巡察尔等砦寨，凡诸瑶目，宜具糗粮远接。如违重处，断不轻贷，毋违特示。万历年月日示。

谕到朝天关，盘摩罗接来看了，勃然大怒道："观察是何等样官，乃敢如此恐吓人！我不接尔，奈我卵何！"拔刀欲斩来人。裨将利用道："将军息怒！官儿虽可恶，须禀过公主而行；若遽杀来人，倘公主见责如何是好？"

摩罗收刀恨恨道："且饶这厮，尔可将此谕送上与公主看来。"利用领命，持谕上马，飞报于李公主。公主接来看了，沉吟一回，唤集诸将商议。各哨到来，公主取示谕递与诸将看了，各皆愤愤不平。马格道："这班狗才！在议降时，我早已料着有这等事。"赵信道："才一归命，便如此做张做智，后来还不知怎样待我们哩！”盘摩罗攘臂道：“以公主之英雄，诸将之协力，取广东如反掌耳！何必奴颜婢膝受赃官的气！”

李公主再不则声，只把目来看着苻雄。苻雄会意道：“诸将皆小丈夫悻悻之见也。若以愚见，则彼虽逆来，我只宜顺受。何也？古人有言曰：‘虽有智慧，不如乘势；虽有镃錤，不如待时。’今明朝虽无道，天下犹然全盛，乃欲以嘉桂蕞尔之地，数万之众，与全盛之天下争衡，兵连祸接，内无储蓄，外无援兵，虽有智者，不能善其后矣。且谕文是奉缩朒之命而来，彼盖怀荔坡伤股覆军之恨，思图报复，不怎我等已归命受封，无隙可乘，故意为此，以撩拨我们，若遂愤愤不受，安知不坠彼术中？此我之所谓彼以逆来，我等只宜顺受也。”

赵信闻言大悟道：“苻将军料得一些不差，前末将奉公主命，奉表到军门，次日吴督府集众官会议，闻得缩朒力阻纳降，愿请兵剿伐，被吴督府当面抢白，甚无意思。今日此举，必是来激发我们，他便于中取事无疑了。”

唐虎道：“若然，则我们索性做个好人，多把些金银出来，犒赏他们，看他怎样再处？只是各总宜严加提备，以防乘虚袭击。”苻雄道：“唐将军之言是也。”李公主遂具糗粮金币，使苻雄往关外十里相迎接。头站已到，一对对牙棍喝吆而来，见了苻雄大喝道：“观察爷来了，还不下马！”苻雄真个下马，立于道旁。远远见蓝伞下一个官儿，青袍纱帽，气昂昂坐在马上，知即是观察，苻雄趋进一步，鞠躬道：“嘉桂岭苻雄，奉公主命前来迎接大老爷。”

杨杰勒住马道：“李小鬟怎不亲来接？敢是藐我官小么！”苻雄躬身道：“怎敢！公主年幼闺女，不便行礼，故着苻雄远接大老爷。

杨杰喝道：“打家劫舍，全不知自家是个闺女！朝廷命官到来巡山，却装起腔来！尔倚尔有狡兔三窟么！遇着我，不怕尔这班钻出头来啮人！还不走开！”苻雄诺诺连声道：“是。”退在后边，跟着而走。

到了朝天关，关门紧闭，仰面一看，旌旗蔽空，戈矛耀日，寂无人声。军士叫了半日，只不答应。苻雄到了，大喝一声："开关！"只见轰天也似三声大炮，鼓角齐鸣，关门大开，涌出一千来瑶兵。各各包巾紧袖，手执团牌利刀，捧着一员黑杀神般将官，乌盔乌甲，面如锅底，眼似铜铃，手执巨斧，飞奔出来。巨雷般大叫一声："朝天关哨总盘摩罗，迎接观察！"众官军听见，惊得跌做一堆。杨杰面如土色，几乎跌下马来。

苻雄急向前叱之，那将诺诺连声："不敢，不敢！"带转马头，徐徐从关外左边小路上去了。原来盘摩罗料官儿到来，必狐假虎威，故瞒了苻雄，显些寨中厉害与他看看。杨杰见兵卒退去，方才定神问道："苻将军，出来的可是人？"苻雄道："是把关将士，望大老爷恕他粗鲁。"杨杰道："下官奉上命差遣，是不怕人吓的！"杨杰口虽如此说，心下却早软了，不敢像前头怪呼怪喝了。正是：

小人多欲，威武可屈。
遇柔则茹，遇刚则缩。

至了望海关扎住，苻雄出金银犒赏士卒，备席款待杨杰，另备一副乾席献上。除盘摩罗不肯奉承外，各哨亦厚礼送上。扎了两三天起身，又索勒粮草若干石，然后动身下关。苻雄直送到关外方回。

李公主唤司库计算，使费千金有余。李公主原不介意，倒是众将不服，齐来禀道："末将等生长此山，二三十年来，从不见有么官儿敢来山上道个'不'字！这官乃敢恁般做模做样，索取我许多金银，我等愿死，不愿受这赃官的气！启过公主，即带兵拿回赃狗，必尽杀乃快！"

公主闻言大惊道："书云：'必有忍，其乃有济；有容，德乃大。'将军不忍愤愤之心，而欲逞志于一时，使奸臣得以藉口，大兵一集，能保无覆巢之事乎？将军等必欲行此事，小鬟愿削发为尼，游行方外，诚不忍见将军等蹈萧养初覆亡之辙也！”言毕泣下，诸将亦泣。苻雄道：“我等须体公主忠贞之意，不可妄作，以伤公主之心。”诸将泣诺而退，今且按下不表。

且表杨杰满载而回，到了省城，来见缩朒，并献上所得。缩朒道：“此尔之功也！本院为尔记录一次。所得可分作二股，尔取一股，其一股可与众兵士均分。尔今后，可三月一次到彼巡察，每次加兵士三百人，加取一股，至一千二百人后，再来禀复本院，另有计议。”杨杰领命退出，自去行事不题。

且说嘉桂岭，三回五次供应巡察官兵，所费已多，渐渐匮竭起来。李公主慌了，唤苻雄进来商议道：“巡山官军，一回多似一回；我的供应，一回短似一回。今后若一不能供应，则前功尽弃！舅父怎么计策出些金银来，方不至临期束手。”

苻雄道：“有是有个冉求让我、管子服我的一个计策，只怕公主不肯行。”公主道：“除了‘反叛’两字，一遵舅命！”

苻雄道：“我这计策，有得银两之实，却无反叛之名，又至公至当！”公主道：“有这般妙策，舅父快快说来。”苻雄叠着两指头说将出来，不知真个能“足民夸泗水，煮海富齐邦”否？

且听下回分解。

第五回

浪吟诗黄逢玉中计　甘作妾李小鬟招亲

诗曰：

故剑求原借，新诗觅却真。
巧将宣室事，翻出凤台春。

又曰：

咳唾皆成玉，能禁恋寸衷。
但教谐凤上，哪惜星在东。

话说李公主被缩朒设计，着人巡察勒索已多，渐渐匮乏，欲苻雄划计。苻雄道："昔梁山泊人马已多，粮草不敷，分拨小头目，于各处要地开张酒店，见有巨商大贾、贪官污吏往来的，用蒙汗药蒙翻，取他些无碍金银应用，神不知鬼不觉。公主何不学他，也拨些了得的人，到五县要路开张酒店，取些来用用？且取朝廷子民之财，还以供朝廷巡兵之用，岂不是个至公至当么！"公主笑道："公也未必公，当也未必当。只是事至如此，不得不行了，就烦舅父做来。"

苻雄领命，回至寨中，唤集百余员裨将到来，挑选十员能通各处乡音、玲珑精细的，教他分投五县要路作事，每人带熟瑶四名相帮。苻雄复出宝剑十张，向众裨将道：“公主今年十七岁了，吾观山上并无一个才貌相当，与公主作得配的。尔等可将此剑各持一口到店中，摆设在后堂，探看有人才出众、年岁相若者，便引至剑所，如此如此，既可以知其内才，又能诱他上山。尔等各宜留意，得人为上功，得财次之。”众人领剑各辞下山。

今且不表众人，单表一个姓马的，名唤做阿摩，带了伴当一直来到从化县通省要道上，择个山水俱佳的所在，造起一座酒楼。门外挂个金字招牌，两旁大书一对云：

尘外黄公市；云间太白楼。

左边设许多肉馅子、牛肉、美酒、时新果品、小菜之属，右边设一个柜台。堂中漆椅漆桌，名人字画，摆设极其清雅，殷勤款接来往客人。一时间王孙公子、巨商大贾，辐辏其门。

一日，阿摩正坐在柜台里。见一客人坐在马上，年可十五六岁，生得齿白唇红，美如冠玉，背后跟着两个家人，望着店里走来。阿摩忙起身接至客座，施礼坐下，拱手问道：“相公贵府何处？高姓大名？贵干何处？”少年答道：“小生姓黄，小字逢玉，程乡县人氏。欲往从化探亲，天色已晚，借宝店暂歇一宵，只是造扰不当。”

阿摩笑道：“说哪里话！相公们肯下顾，小子叨荣多矣。但相公是个斯文人，必好清雅，这厢夜间客人众多，恐怕嘈杂，请相公里边住罢。”逢玉大喜致谢。阿摩随叫伙家将黄相公行李搬进里边来，伙家会意，忙来代黄汉挑了担儿。主仆跟进来一看，另是一所花园，周围栽种许多花果，清荫覆地。左边小小一厅两房，厅上中间挂着一幅陈白沙《浴日亭碑》，左边挂一幅黎瑶石篆字，右边挂一幅林良《林塘春晓图》。中设一香案，案上小小一个沉香架，放着一张宝剑，玉函牙检，龙镶凤饰，辉光夺目。

逢玉原是极好剑的人，走近前来细玩一回，不觉赞羡道："这匣儿真个装饰得好！"回头见店主立在后边，逢玉指道："这剑是卖的么？"阿摩道："不是卖的，是我家公子叫小的拿出来做赏典的。"

逢玉道："是么赏典？"阿摩道："相公有所不知，我家老爷姓李，是当今户部主事，单生家公子一个，专喜读书做诗，尤喜古剑。近得雌雄两剑，能切铁如泥，公子喜极，欲做首诗，以形其神能，做来做去总做不出一首绝妙的来。公子焦躁，把这张雌剑付于小子持至店中，谓有能做得一首警拔恰当的，即以此剑赏他。"逢玉道："曾有人做过么？"阿摩道："有便有几个，总是不遂公子的意。"逢玉道："小生可做得么？"阿摩道："只怕相公不会做诗，若会做诗，还要把剑相赠哩！"逢玉大喜，忙叫黄聪取笔砚来。

阿摩复止住道："相公且缓，还有话说。"逢玉道："还有甚话？"阿摩道："公子初时，原任人做去；后来有几个没根底的，不知抄袭何人之作，来此混骗，被公子请至家中面试，半日做不出一字来。公子叹息道：'宝剑须赠与真正才子，这班没字碑只可白看，但鱼目混珠，真才难辨。'故公子又想出个妙法来，做诗必须本店出个韵字面做；做完，真篆草隶随本人所长，面写在素绫上。必须写作俱佳，方准小子送进公子评论。公子取了，然后请至家中，依前再试。如果有南园五子之才、邝露八分之妙，方把这雌剑赠他。相公如要做时，待小子拿出韵来。"

逢玉道："大妙！大妙！"阿摩忙转身捧出一银瓶，高尺许，中放着一双玉箸，后面跟着一个黑小厮，拿着一幅古铜素绫、文房四宝，放在案上，小厮便研墨。阿摩指着银瓶道："韵在瓶里，是公子定的，相公可自取。"

逢玉不慌不忙，把玉箸向瓶中一搅，轻轻夹出一个纸捻儿来，扯开一看是一个“胡”字。回头见案上有一枝秃茅笔，拈起来蘸得饱饱，也不凝思，也不起稿，就于素绫上，效白沙笔法，一挥而就。写得奇气溢目，峭削槎枒，真个：

放而不放，留而不留。得志弗惊，厄而不忧。法而不囿，肆而不流，拙而愈巧，刚而能柔。又如天马行空，步骤不测，形立势奔，意足奇溢。穆穆熙熙，动妙静得。未知诗意如何，先见惊人笔迹。

阿摩从旁看逢玉使那枝秃笔，就如舞鹤游天、飞鸿戏海一般，喜得眉开眼笑。见写完，笑吟吟向逢玉道：“相公天才，只这笔字便值得万两金子。只是这般草字，小子却认不出来，求相公试念与小子听听。”逢玉高声念道：

匣中宝剑出昆吾，华藻星连宝属镂。
才发玉函飞紫电，年开牙检滚骊珠。
倚来天外邪应绝，挥去城头晋可俘。
世上欲知天下贵，好携霜刀问风胡。

念毕，阿摩鼓掌大笑道：“妙！妙！明日必定要请相公到舍下，与家公子一会了。”随吩咐小厮摆上罗浮春、椰霜饭、玉珧海月、土肉石华，珍奇美味摆满一席。逢玉惊讶道：“何必如此盛设！”阿摩道：“这是家公子吩咐的。凡来此做诗者，俱要这般款待。相公请坐，天气炎热，请开怀畅饮几杯。”逢玉逊谢了一回坐下，宾主二人传杯弄盏，饮到月上花斜，更移漏转。

阿摩忽问道：“不曾问得相公访探何亲？贵亲住居何处？”逢玉道：“是小生姑娘，住在从化南门二十里外茶蘼山下。”阿摩闻言道：“妙！妙！”

逢玉道：“为何？”阿摩道：“舍下亦在南门四十里外。明日请相公会了家公子，便从舍下往茶蘼山，半日可到，是个顺路，岂不甚妙！明日抄从小路去，又凉快又近些。”逢玉亦喜，开怀畅饮，直至酩酊方歇。

次日起来，吩咐伴当看店，叫一个黑小厮代黄汉挑了担儿，自己同逢玉主仆俱乘了马，便向嘉桂山来。行了两三日，已到山足，逢玉举头一看，但见：

> 双峰缥缈，怪岭嵯峨。石突蒙茸，疑蹲虎豹；泉鸣远壑，似响风雷。从篁密菁，抛不出燕剪莺梭；叠嶂危峦，跳不出狌狸鼯鼠。真个下峥嵘而无地，信乎上寥廓而无天。

逢玉心中疑惑道：“闻说到县城不远了，怎么行了两三日，反走入深山穷谷中来？”阿摩道：“相公勿疑，过了前岭，就看得茶蘼山见了。”

一行人绕着深林，盘盘曲曲行了一回，远远望见双峰突起，峰凹里一座关隘，枪刀密布，极其雄壮。两边俱是立石，崭岩峭削，中间用青石砌成一道，层级而上。人了关门，一带平冈。中间立一个营盘，左右营房无数。插天也似一杆大桅，上悬黄旗，一面写着“朝天关”三字，迎风招飐；营后又是陡绝的亭山。

逢玉大惊，向阿摩道：“这是什么所在？尔诱我到此何干？”阿摩笑道：“相公不必惊惶，少顷便知。天色晚了，且进馆驿歇下再说。”逢玉无可奈何，只得走进驿来。早有两员裨将在那里迎接，逢玉忙下马道：“怎敢劳动将军！”入至驿中，茶罢，走进一小卒，手擎着红帖，向逢玉跪下道：“苻将军来拜望相公。”

逢玉惊讶道：“哪个苻将军？小生素昧平生，怎好相见？”阿摩拱手道：“相公休怪，今只得直说了。此山名嘉桂岭，周围五百余里，为我辈瑶人所据，有雄兵二十余万，战将千员。前瑶主李天王，身故无子，单生一个公主，今年一十七岁，才兼文武，美并施嫱，我等奉以为主。万历二十一年，公主率我等归命天朝，蒙皇上封我主为一品金花公主，岁输贡税，永为良民，因得优游无事，赋诗自乐。近得宝剑两口，欲赋其妙，一时思索不得佳句，因末将公干下山，就命末将招求天下才子代赋，如前所云，其实家公子即家公主也。”逢玉闻言，方知被他们赚了，然事已至此，只得徐徐道：“佳人考诗也是韵事，何不早说，直费如此周折。”阿摩道：“恐怕相公见嫌，望乞恕罪！”

言毕，驿外锣声已逼，左右报道：“将军到了。”逢玉只得下阶相迎。苻雄一见，喜不自胜，携手上阶，叙礼坐下。苻雄道：“相公才貌，天下无双；苻雄得接芝宇，实为万幸。”

逢玉躬身道：“草茅贱士，袜线庸才，冒渎尊严，不加呵斥，已出望外，何敢当誉！”苻雄道：“公主览相公佳作，极深叹羡，明日还要求相公再赋一篇，一并奉酬，望勿吝玉！”逢玉应诺，苻雄大喜，顾阿摩道：“尔可陪侍相公，明日吾当亲来接相公上去。”言毕辞去。

次日，苻雄同盘摩罗带了许多仪从花轿，到驿来接，逢玉固逊不得，遂乘轿。鼓乐前导，往营后山上来。行了数里，早又望见一关，把关主将躬身迎接，逢玉急下轿施礼，通了姓名，上轿而行。来到望海关，关主唐虎同着四哨总又来迎接，逢玉一一见礼毕，复上轿前行。远远望见一城，城门上大书“嘉桂岭”三字。进了城门，左右两条街道，俱是瑶人在那里做生理；中间一所王府，极其弘壮。

进了府门，甬道两旁列着百十对瑶女，俱娥妆带剑垂手而立。诸将请逢玉到仪门内边厅上坐下道：“相公少坐一时，待末将请公主出来相见。”说毕，诸将齐到大堂上，着人传禀入去。

一时云板响，许多宫妆美女拥出一位身穿红锦绡纱、头上珠围翠绕的小公主来。逢玉偷眼看去，但见那公主生得：

主家装束，光彩动人。举止安闲，洵哉闺中之秀；丰姿窈窕，俨然帝子之风。若比石龙郡冼夫人，逊彼娥眉；即非沁水园汉公主，同其花靥。

逢玉暗暗想道："瑶人中不意有这般女子。"正在惊异，苻雄已来相请，逢玉整衣向前相见。公主见逢玉来到，徐徐离坐，至西阶东面而立。逢玉朝上深深一揖道："小生黄琼见礼。"公主敛衽道："相公免礼。"苻雄请逢玉左边朝西而坐，公主右边朝南而坐，侍女以掌扇相掩。

茶罢，公主开言道："承相公不弃，赐以珠玉，捧读之余，顿开茅塞。今欲求相公再赐一诗，以为敝山之宝，望相公勿吝。"

逢玉道："粪壤污秽，岂足以当青盼？既承不鄙，愿听驱策。"侍女抬过案来，上铺着素绫。公主出一小红笺授侍女递与，逢玉接来看，中写一行云：以"求"字为韵。逢玉走至案前举笔要写，复想道："写什么字体好？"抬头一望，见堂前一匾，效黎瑶石隶书"顺正堂"三字，旁写：李小鬟效。暗想道："这必是公主之笔，她既喜隶书，我就写一幅隶体罢。"

写完，侍女抬至公主面前，公主起身一看，见他写得墨势奇横，比瑶石还高十倍，喜得满面堆下笑来。再读诗云：

奄日神光鬼魅愁，石家十万岂能侔？
霜锋照水分龙虎，雪彩腾空犯斗牛。
试罢公孙疑电散，击来越女讶星流。
司空若识阳文贵，须向丰城深处求。

公主看罢，见他词气高浑，又能打合到自己身上，末带颂扬，十分感激，掉转身来深深拜谢，逢玉回礼不迭。拜毕，向苻雄道："舅父为奴款待相公。"言毕，侍女簇拥冉冉而入。

苻雄遂同诸将邀逢玉到前寨，大张鼓乐，设宴款待。轮杯换盏，直饮至更余方散。逢玉就歇在苻雄寨中，一直睡到五鼓醒来，忽想道："她昨日怎么出一'求'字为韵？莫非有牛氏之意么？只是我身非蔡伯喈，安能舍父母、抛桑梓、负张氏之约以从尔！且非我族类，其心必异，瑶性狼戾，叛服不常，倘有此事，决不可从。”披衣起来问左右道：“我的小厮何处去了？”左右道：“昨日寨中小头目邀往山后饮酒去了，想必歇在那里。”逢玉道：“烦尔叫他来，我有话吩咐。”左右道：“他自会来，不须叫得。”

正说话间，苻雄进来道：“相公起得恁早！”逢玉道：“昨承厚意，多饮几杯，直睡到此时方醒。”苻雄道：“山寨草草，殊属亵慢。”逢玉道：“过扰不当。”苻雄道：“末将有一句心腹之言，望相公勿嫌唐突。”逢玉道：“但说无妨。”

苻雄道：“金花公主，末将甥女也，今年一十七岁。先姐夫都贝大王临终，托末将以择婿，但念舍甥女才情德貌，迥异庸流，必须择个才貌兼全的英雄，方堪配合。天地虽宽，英雄甚少，体访数载，无过相公者。今欲求相公勿嫌异类，愿结秦晋何如？”逢玉正色拒之道：“承将军雅意，小生非敢固却，但小生有决难从命者三，望将军谅之。”苻雄道：“哪三件？末将愿闻。”

逢玉道：“小生有老父母在堂，谅公主必不能如孙夫人从刘归汉，小生亦安敢学蔡伯喈恋牛忘亲？此难从命者一。小生已聘张氏为室，昔宋弘不弃糟糠，尾生死不负约，小生安敢停妻再娶，独蹈薄幸之名？此难从命者二。且陋巷贫儒，理隔荣盛，河鲂宋子，宜配华簪，是以公子忽不敢耦齐，隽不疑辞婚于霍，君子韪之。小生何人，而独敢蹈富阳满氏之辙，以上玷金枝玉叶之乱乎？此其尤难从命者三也。吾闻君子爱人以德，愿将军另选名门，小生当即此告别。”

苻雄笑道：“事须熟商，既相公有此议论，容末将启复公主再处。”说毕起身辞出，少顷回来，笑吟吟道：“公主说，相公前两事极易处；后一事，只须相公放大些眼孔，就可了事。”逢玉道：“如何？”苻雄道：“公主说，相公不肯负张夫人，必不负公主。既相公老太公在堂，成亲后，任相公往来两地，或三五年一至山寨亦可，不尔禁也。相公已聘张夫人，公主愿居其次。至谓士人不可配公主，直是饰辞耳！相公非真能重公主者，不过谓我等瑶人耳。昔木兰忠勇孝义，为世所称，考其里居，亦西突厥曷婆可汗部民也。相公敢藐吾公主不为冼夫人乎？何小觑人至此！”

逢玉被荇雄一席话，说了个透心拳，不觉满面通红道：“怎敢小觑公主，其实贵贱不当。既将军如此过爱，容与小仆商量。”荇雄大喜退出，唤黄汉二人进去。

逢玉道：“尔两个怎不来看我！”黄汉道：“被山下小头目邀往山后寨中，不放回来。他说：‘公主要招相公为婿，山上人都是相公的人了，哪个敢不来服侍相公！何须尔两个。’我说：‘我相公已聘了梅花村张太公小姐，恐怕行不得！’他每笑道：‘到了我这山上，只怕公主不愿意；若公主愿了，就大明皇帝女儿也夺不得尔相公转去哩！’不知相公这里曾有人说么？”逢玉遂将荇雄的话述了一遍，黄汉道：“闻得公主做人真个极好，山上山下说着公主，就如父母一般。他既如此说，相公还是从了罢；若不从他，就使公主肯放相公回去，恐怕他手下也有些粘带。”原来逢玉心下亦甚爱公主，闻了黄汉的言，点头道：“尔也说得是。”就使黄汉来回复荇雄。荇雄大喜，重赏黄汉。

择日，请逢玉沐浴，穿起大红吉服，迎至顺正堂。大吹大擂，婢女扶出公主，夫妻双双拜了天地，转身拜荇夫人，然后夫妻对拜，拥入洞房。逢玉代公主揭去盖头红纱，见公主生得温柔窈窕，光艳动人，真个：

香雾云鬟湿，清辉玉臂寒。

逢玉不胜之喜。侍女传杯合卺，二人皆是豪杰，不比那乡里子女羞羞涩涩的，飞觞畅饮了一回。逢玉熟视公主，公主会意，吩咐众婢退出，只留贴身服侍春花、秋月二婢整顿床褥。解衣宽带，掩上房门，拥入鸳被，效于飞之乐。有只《黄莺儿》为证：

何意忽成双？叶霜绛罗开，见海棠，春光犹涩情难畅。　　事儿正忙，宵儿爱长，五更生怕鸡声唱。嘱情郎，还图白首，恩爱莫相忘。

次日起来，公主领逢玉到中堂拜谢苻夫人。众将亦来贺喜。苻夫人吩咐设宴，外面管待诸将，即命逢玉为主；内面管待诸将内室。虽无炮凤烹龙，真个也肉山酒海，一连饮宴三日。山上山下诸将，又轮流来请逢玉吃酒，直吃了月余方罢。连黄聪两个，也打帮着逢玉，吃得昏昏沉沉，终日在醉乡里。

不觉间，金风送暑，高树凉归，早又是七月了。逢玉向公主道："小生奉父命，来探问姑娘。出门时家母涕泣，执逢玉手道：'愿儿早些回来，勿使我倚门盼望！'小生谓多则三月、少则两月，不意前遇张氏，流连一月；今遇公主，又耽搁许久。逢玉今欲辞公主，访问了姑娘，暂告假还乡，以慰亲望。且张岳丈欲举家搬移程乡附小生居住，候小生一同起程，小生已许诺，恐彼悬望，待小生同张氏到家，安插了她家，即抽身回来与公主畅鱼水之欢。"公主道："郎之父母，妾之公姑，岂须臾忘哉！但三伏之天，金石流、土山焦，高堂大厦之中，交扇犹挥汗不止，郎君岂宜远行？候秋凉，妾当备些甘旨，着人同郎归奉双亲。至若姑娘，不必郎君亲往，但请郎写起一封书来，待妾着人到荼蘼山，竟接姑娘到此居住便了，谅姑娘住荼蘼山也无甚光景的。郎君以为何如？"

逢玉大喜，遂写书一封付与公主。公主唤一名裨将进来，封一封五十两银子，并书交与他道："尔可到从化离南门二十里荼蘼山访着姑爷的姑娘，将书与她看了，盘缠她母子上山来。"裨将领诺自去。

公主命侍婢摆酒在后园，与逢玉小酌，公主问道："敢问郎君，张小姐怎么就肯同郎君东归？"逢玉把上项事细细述了一遍。公主沉吟一回道：“妾想梅花村到郎家中，千有余里；到妾这里较近，郎何不邀她至此与妾同住？”

逢玉道：“恐怕她不肯来。”公主道：“妾欲写书二封，一封与张小姐，一封与公姑，道妾殷勤，或者公姑与小姐感妾之诚，竟肯来此，也未可知。但公姑的，须先郎着人送去知会；张小姐的，须郎自捎去，郎君以为可否？”

逢玉道：“她不肯来，将若之何？”公主道：“她若终不肯来，则听郎处置，妾安敢强？”逢玉道：“如此则甚妙。且待姑娘到来，就烦公主写起书来。”过了半月，裨将回来道：“末将到荼蘼山访着姑娘住处，人影俱无；及问邻人，都说去年秋间，她的大儿子在德庆州开了香车，生理颇可，着人来接她母子去了。再问他小地名，他说在德庆大绀山。”逢玉闻言，闷闷不乐。公主道：“郎君不必愁烦，既姑娘到德庆去了，待妾再差人到彼接来便了。

逢玉道：“这决使不得！姑娘在荼蘼山，若不肯上山，我即到彼一访，原是易事。今往德庆，路途遥远，倘不肯来，我必要往，往返之间便费日月。不若我径到彼一探，彼若肯来，便接她来；若不肯来，我自回山，起身家去，庶不挨延。小生牵挂父母及张氏，日夕不安，必须安顿停当，方得来与公主快活。但前所议，求公主写起书来，待小生起身后，便可差人先送与家中知道。”公主道：“郎既如此说，待明日写信罢。”

其夜，逢玉因连日饮酒劳碌；今又要往德庆，心中郁闷，半夜里发起寒热来，烦躁昏沉，不食不语。公主大惊，延医调治。亲自侍奉汤药，不解衣带者月余，始得渐渐痊可。又调摄月余，才得精神复旧，即欲辞公主往德庆。公主抵死不肯道：“郎君贵体初和，冬风凛烈，安可行动？必俟明春，天气和暖，去也未迟。”逢玉只得住下。到了冬尽春来，凄风苦雨连月不开，直至初夏始云收雨霁。

逢玉忙叫公主修了书，自己又细细写了一封，交付公主；唤黄汉二人进来打叠行囊，与公主叮嘱了一回，入辞苻夫人起程。公主亲送下山，诸将闻之亦来赆送，逢玉一一谢了，请公主回山，一揖而别。正是：

丈夫非无泪，不洒别离间。

欲知后事如何，且听下回分解。

第六回

寻二仆上山受困　约三事梅英解围

诗曰：

不是神仙窟，劳君解佩纕。
星岩留织女，营室困裴航。
战苦三章约，盟灰五虎娘。
人情真险巇，难禁九回肠。

话说李公主送逢玉至关外，叮嘱逢玉见了姑娘，必须回转山寨，再起身东归，逢玉应诺而别。

公主转到顺正堂，唤进一个把总，姓盘名为连，吩咐道："我有书二封、白银二百两、大缎寿衣二袭，差尔送至程乡县桃花村，献与吾公姑黄太公，尔便住在彼处。待姑爷到家，一同奉迎太公、太婆车驾到山供养。于路小心毋忽。"盘把总领命出来，挑了两个健步，背了包袱，自己穿了八耳麻鞋，挎了腰刀，起程往程乡而去，今且按下不表。

且表逢玉别了公主，主仆三人取路往德庆州来。已到广利，黄汉问道："相公还是走路，还是搭船？"逢玉道："这里是上水，搭船甚迟，我心甚急，路上走罢。”三人遂取路上来。不则一日，已到德庆州。道旁篱笆中有一个长者，屈着腰在那里锄地，逢玉跳下马来，躬身问道：“借问老者，这里到大绀山还有多少路程？”老者抬头把逢玉上下看了一看道：“相公要到大绀山何干？”

逢玉道：“晚生有个姑娘在那里，要去探问一番。”老者摇首道：“远是不远了。”逢玉大喜道：“今从哪条路去？烦长者指示一二。”

老者指道：“向西行数十里，至锦石山，渡海到南江，循六都水口行三十余里至石夹，穿过云揽便是大绀山了，只是乱石丛箐不甚好走。”

逢玉谢了，遂往锦石山来。一路土山绵亘，行了数十里，忽见一柱石，拔起如削，高百余丈，状若兜鍪，旁无附丽，万蕊千葩，烂若丹霞。逢玉便以鞭指道：“此就是锦石山了！”黄汉二人忙举首望去，真个金装玉琢，五彩纷披。后人有个铭儿，做得甚好，附志于此，以资观玩：

遽惟天柱，实砥牂牁。万里南渎，至此无波。
效灵汉室，臣服王佗。蛮椎大长，罔敢称戈。
大夫奉使，来指山河。梅关拥节，桂岭鸣珂。
肃心致祷，步障婆娑。已刑白马，遂表青螺。
蒲桃宫锦，覆布岩阿。植花代绣，五彩陂陀。
木棉烽火，石乳酥酡。斑骓容与，蛮女讴歌。
存神过化，精爽相摩。金装宝剑，留与烟萝。
颓消越霸，永弃秦苛。一峰鼓舞，五岭包罗。
金标共峙，铜界谁过？舟乘青雀，潭泛白鹅。
来斯秩礼，牲醴孔多。山神献异，奇蓄纷葩。
果骝双脊，鱼翠于窠。一群马鹿，三尺鸡驼。
收香作室，吐绶争柯。绿毛倒挂，清响相和。
狸呈玉面，蝶弄修蛾。瘴消青草，烟坠红荷。
芙蓉九叠，为尔峨峨。西南作镇，奠此江涛。

由汉迄明，岩岩瞻尔。神庙初年，蛮瑶蜂起。
助贼凶威，妄遭谗毁。大藤已诛，永清泷水。
建县东安西宁，开疆十里。维尔之功，盘瓠披靡。
花角洞西，白衣山子。刀税咸输，黄龙水矢。
藤弦响绝，铜鼓声死。水口罗旁，险隘无比。
尔作塞门，咽喉扼彼。万嶂盘回，千峰纲纪。
苍翠如濡，云霞有喜。锡名华表，大书山史。
字渥丹砂，擘窠谁似？王表岩岩，翠屏几几。
削成四方，茫无首尾。崧台为终，都峤为始。
罗定之宗，所以禋祀。并为汉臣，筑宫其址。
重贶山灵，千葩万蕊。以荐大夫，以惠士女。

黄汉看了大为奇异道：“怎么这个山峰，遍岩谷都是花卉？好看得紧！”逢玉道：“这个古事怎哩。当时有个汉大夫陆贾，奉使南越，从桂岭取道至此，施锦步障，以登此山，祷求山灵，谓若能使尉佗降服，当以锦为报。后尉佗果去帝号受南越王封，与陆贾泛舟珠江，逆牂牁而上此山，遂以锦包山石；锦不足，植花卉以代锦，所以花卉甚众，长年如春，采撷者多不识其名，有此故事。逢玉昔慕陆贾之名，不意间得赏其迹，也是平生一大快事也。”黄聪指道：“尔看那绝高的石上，像有三个大字般！”逢玉笑道：“我闻黎瑶石曾于此山书‘华表石’三字，为世所称，那里书的必是此字。”黄聪听了，飞跑前数十步看去，鼓掌大笑道：“相公所说一些不错。”

正谈笑间，不觉已至海口，买舟渡到南江口上岸。岸上有座酒楼，极其宽敞，逢玉道：“天色晚了，就此歇了，明日再走罢。”黄汉道：“相公说得是。”三人走进店来，店主不转睛的把逢玉看了一会，拱手问道：“相公何往？”逢玉道：“小生要到大绀山访亲。请问主人，这里到大绀山从哪边去？还有多少路程？”主人答道：“从正西行三十里到陆溪，再折而南三十里至夹石。又行三十里便看得大绀山了。在小店起身，两日早到哩。”逢玉大喜。

次日起来，依着店主言语，往西而行。行上二三十里，日色渐渐炎热。黄汉挑了担儿，汗流浃背，渐渐走不上。逢玉等得不耐烦，回头向二人道：“尔两个缓缓走，我先行一步，寻个凉快去处暂歇等尔。”二人应诺。逢玉遂扬鞭，趁着大路而行。

行过几十山脚，山凹里突出个亭子来，逢玉下马，坐在亭子内乘凉等他两个。看看日已过午，两个还不见来，逢玉焦躁道：“怎么这时候还不见来？莫非行错了路么！”跳起身来，步至亭后冈上，凭高一望，哪有个人影儿！逢玉慌了，步下冈来跨上马，从旧路倒撞转来。一路左顾右盼，行了七八里远近，是个三岔路口。来时不曾留心看得，此时仔细低头一认，左边一条路比先行的较宽平好走，因忖道：“敢是他两个从这条路上去了？待我赶上一步看来。”遂把马一提，飞也似赶来。

行行了一回，忽见道旁丢下个草笠儿，像是黄聪的一般；忙下马拾起一看，果是黄聪的，心中大喜道：“原来他两个走这条路上来！好是赶回来，若呆坐在亭子里，夜间两边不知怎么慌哩！”一边想，一边飞马赶来。

忽林子里呼哨一声，跳出百十个喽啰，一字儿摆开。为首一个，坐在马上大喊道：“行路的留下马去！”举刀便斫将来。逢玉大惊，急拔剑相迎，战上数十合，奋起精神，一剑挥贼为两段。小喽啰一哄而散。正是：

行人心急夕阳边，又遇豺狼挡道前。

逢玉虽然胜了一阵，心中慌做一团，也顾不得二仆了，拨转马头便走。走不上五六里，一声炮响，鼓角齐鸣，刺斜里涌出一彪军来。为首一将，面如噀血，眼似铜铃，手执利刀，纵马杀来，声若巨雷般大喊道：“行路的留下马儿去！”逢玉退去不迭，只得举剑相迎。斗了二十余合，肚中饥饿，心中慌迫，气力不加，拨转马头落荒而走。那将大喊赶来，逢玉正慌间，一声炮响。又一少年，金盔银铠，雉尾高挑，手执方天画戟，带着一支兵从山凹里截出，大喝一声道："孤道尔插翼飞去了，还敢撞进来？照戟罢！"扬的一戟刺来。逢玉急忙招架，斗了数合。后面那将已赶上，并力来攻。

逢玉招架不来，暗暗惊慌道："今死此矣！"忽那将马失前蹄，扑地翻将下来。逢玉乘个空，托地跳出圈外，拼命逃走。众兵紧紧追赶，天色渐昏，料走不出，望着一个土山纵马上去。却见山上有个神祠，祠外有个石香炉，贮满一炉清水，逢玉事急智生，想道："石禅师的咒，神于梅花村。难道不神于此？"跳下马来，把剑尖在石炉水面，依诀画了十四个字，念一套咒语，置剑炉面，一手带马至祠前系住，坐在祠内打听消息不题。

且表少年。指挥将士将土山围住，喝令军士上山擒拿。众将士呐喊一声，正要抢上山来，忽然山上波涛涌溢，人不能前。众各惊讶道："这山从没有水，怎么忽然有这般大水？"少年走近来看了一会，暗暗想道："难道这娃儿有甚法术么？"吩咐将士道："尔们且围住，俟天明再处。"军士得令，紧紧围住。正是：

莫谓无神自有神，咒传十四字堪珍。
前在梅花获美女，今从天马降红尘。

看官，尔道这个围逢玉的是什么人？逢玉却撞在他手里？原来这个就是罗旁天马山瑶王梅英，正是有名的五花贼！不知嘉桂山李公主的裨将，怎的探听不实，误逢玉寻到这个所在来，正是送肉上砧，哪有不受困的理！这个罗旁地方万山重叠，有千里广阔，昔将军陈璘，常以为人不能甲、马不能鞍。瑶人有个谣曰：

官有万兵，我有万山。
兵来我去，兵去我还。

瑶人又矫捷善战，爬山渡岭，轻疾如猿玃。每战带三短刀，持铁刀木弩，挟单竹竿，炙以桐油，渡江则编为筏，所向无敌。又善设伏。官军来，则各退守砦寨，遣兵绕出官兵之后，俟官军退，则于九星岩吹动石窍或撞动石鼓，号召其众，集兵蹑其后。俟官军退至伏所，伏发，则前后夹击，官军往往失利。其谣曰：

撞石鼓，万家为我虏。
吹石角，我兵齐宰剥。

又呼锦石为石将军，每战必于隔江呼之，应则吉，不应则否，有许多怪异。故瑶人日强，分据险要，有八十余寨。天马山梅英，年方一十六岁，有万夫不当之勇，瑶人畏服，共尊为瑶王。还有个女兄，名唤梅映雪，长梅英一岁。不但生得有沉鱼落雁之容、闭月羞花之貌，使一枝方天画戟，真有神出鬼没之奇。又练得一个惊人的法术，能散豆为炮，胸前挂个锦囊，贮着黄豆三五升。交战时，佯为败走，人若赶去，她用手探入囊中，撮豆在手，扭转身来对人一掷，就如响着个百子炮般，在人面上乱爆，一时青肿起来，唯用铁锈水解得；若不晓解救，百个百死。有这等厉害，故官兵远见远遁，百姓闻得“五花贼”三字，就棺柩里的也惊得打颤哩！闲话不表。

今且表梅小姐坐在寨中，不见兄弟回来，着小校打听，小校回来禀复道：“启小姐，昨夜南江口开酒店头目着人来报，有个客人骑着一匹千里马，带两个仆人，跟问大绀山路程，知他要进山来，故不曾下手，叫大王着人于路中截拿。大王遂差云榄山大王石春白带兵在山口伏截；又使小头目于前面林子里手拿。先拿着两个仆人；及那骑马的到来，强不服拿，杀死我家小头目。大王发怒，亲自带兵赶去，不料那骑马的被石大王杀败，倒撞转来被大王围在土山。原来那骑马的有些法术，平白地弄出大水来，护住土山，人不能上。大王只得教兵士紧紧围住，且待天明再处。”

梅小姐忙问道：“先拿来两个仆人在哪里？”小校道：“缚在剥皮柱上。”梅小姐道：“尔可带他进来，我要问他。”小校忙出去解了黄汉二人的索子，带至小姐跟前，喝令跪下。

梅小姐问道：“尔两个姓甚名谁？何处人氏？往大绀山何干？那骑马的是尔何人？尔说得明白，我饶尔下山去。”那黄聪惊得就如拿出校场听斩的一般，一句也说不出来。还是黄汉有胆，垂泪道：“小的是程乡人，姓黄。去年三月，同我相公黄逢玉，奉我太公命，到从化访问姑娘。不料姑娘又移徙到大绀山来，只得同了相公又到此地来。那骑马的是我相公，望大王饶小的三人性命。”

小姐听了喝道：“尔怎敢在我跟前说谎！”黄汉连忙磕头道：“小人是极老实的，在别人面前都不敢说谎，怎么走在大王跟前还敢说谎！”

小姐道：“尔说去年三月起身，程乡到这里有多大路程，要行动一二年才至此地？岂不是说谎么！”黄汉遂把梅花村如何救了张小姐，张太公如何把女许配我相公；及至嘉桂岭，如何遇着李公主，李公主如何招我相公，细细述了一遍。

梅小姐闻言大喜，吩咐小校快解下黄管家缚来。笑嘻嘻向黄汉道：“大叔不要惊，包尔无事。”顾小校道：“快取酒食与管家压惊。”自己忙起身进后寨，装束齐整，骑了马，带了黄汉二人下山来。进至帐中，与弟梅英叙礼坐下，正要开言，小校报道：“军师下山来了。”姐弟二人忙出寨迎接。尔道那军师怎生模样？但见：

> 长不满三尺，大反有数围。远看极像冬瓜，近瞧却同布袋。乱蓬蓬一部虬须，恍东坡之再世；文绉绉满怀鬼怪，疑吴用之又生。来不是卧龙冈，何为羽扇？辅不是刘玄德，偏戴纶巾！

那军师复姓诸葛，名同，越城人氏。广有机谋，深通术数，又有妖法。梅英聘为军师，几番大败官军，都是他的谋略。今夜下山来，与梅英姐弟施礼坐下。

梅英道："军师来得正好！今天外面走进一个娃儿来，被孤家杀败赶至土山。不知他用甚法术，弄出大水来护住土山，进去拿他不得。烦军师大施法力，破了他的法，待孤家拿来与小头目报仇。"

军师道："不才正为着此事而来。前头我占个课儿，这个郎君与小姐有婚姻之数，不可伤他。"梅英道："若不拿来，恐怕他用甚法术儿遁了去。"军师道："他若有遁法，走多时了！"

梅英道："若论才貌年纪，真足为孤姐之匹，但须破了他法儿，方得他出来说话。"军师沉吟了一会问道："他可有同伴么？"梅英道："早间拿获两个仆人。"军师道："今在哪里？"梅小姐道："奴带在这里。"

军师忙顾左右唤进来跪下，问道："尔姓甚名谁？尔的主子何处人氏？"黄汉答道："小人相公姓黄名逢玉，程乡人氏。小人名黄汉。"军师道："我欲放尔去见尔主子，尔肯去么？"黄汉道："大王若肯放小人去见相公，小人怎敢不去！"

军师道："尔的主子用法遮住。尔怎样去见得他？"黄汉道："我相公的法，人看他里面不见，他却看得外面人见。大王若肯放小人去，小人到了那边，相公看见必然收法。"

军师大喜道："既如此，我有一事与尔商量。"因指着小姐道："我这小姐今年一十七岁，貌是尔看见的，还有数般上天下地都寻不出来的武艺。我这罗旁整一整万的英雄都要让她，真是个好对头。我起个数儿，该与尔主人作配，就烦尔为媒。尔若说得尔主人从了这头亲事，不但无丧身之祸，就有一套大大富贵哩！"黄汉叩头道："小人就去说。"

待至天明，梅英叫左右引黄汉二人至山下一看，盖天也似一片波涛，涌立如壁。黄汉对着大水放声大哭。时逢玉坐在祠内，一会见兵士不上来，知法灵验。杀了半日，又不曾食，身子觉得困极了，取块石头做了枕，大着胆放翻身子，且睡一时。醒来想道：“他们虽上不来，我怎样出得去呢？”正在那里思想，忽听见哭声。侧耳细听似黄汉声音，遂跳起来，立在山嘴一望，果是他两个。低头想了一想道：“这个法儿终非了局，不如收了法，唤他两个上来商量，再作计议。”遂依法收了。

黄汉在下面正哭间，忽见波消浪灭，现出一座土山来。仰面一看，果见相公站在山尖上。二人大喜，飞也似走上山来，见了逢玉，抱住大哭。逢玉亦泣了一回，扶起二仆来道：“事已至此，哭也无益。我且问尔，尔两个几时被擒？”黄汉述了一遍。

逢玉道：“她今怎肯放尔来见我？”黄汉又把那军师言语述了一遍，且道：“今已入他圈套。料想插翼飞不去，性命要紧，不如从他。”逢玉勃然大怒道：“逢玉名家子弟、天朝良民，死即死耳，安肯从贼！尔二人要命，快快下山去从他，逢玉死于此矣！”说毕，拔剑上马，便欲冲下山来。黄汉二人拼命抱住，哭倒在地道：“我二人蒙太公与相公视如骨肉，相公不欲生，黄汉怎敢爱死！但尝闻相公说：‘死有重于泰山，死有轻于鸿毛。’相公何轻生若此？”

逢玉道：“吾完吾白璧，不受贼污，何至同于轻生！”黄汉道：“常则守经，变则行权。相公忘太婆临别涕泣之言乎？且张、李二小姐托身相公，彼二人者身虽女子，动循礼则，不怎相公慕一时洁烈之名，身膏草莽，仆知二女不化望夫之石，亦当为坠楼妇矣！相公何忍出此也？为今之计，只宜将计就计，暂且顺从，看有机会再行走出，则婚非所愿，弃之有名，义不受污，逃之无碍，此正行权而不戾经之用也！相公何不思之乎？”

逢玉被黄汉说得透了，又见黄聪跪在跟前哀哀的哭，不觉垂泪道：“尔也说得是。只是她以强暴压我，我便俯首帖耳，摇尾去乞怜，我决不能！我前在梅花村以三事相要，嘉桂岭以三事相拒，今亦以三事相约。彼若能从，吾姑且听也；若不能从，吾宁烂死沙泥，决不与此贼俱生也！”

黄汉道："哪三事？相公说来，待小奴与她说。"逢玉道："一要他归降朝廷，输粮纳税；一李公主身荣一品，愿居张氏之次，今要她居李公主之次；一成亲后，十天半月就要放我归家，侍奉父母。一件不从，唯有死战耳！"黄汉道："待小奴去说来。"连忙回至寨中跪下，军师道："尔回来了么！尔主人怎么说？"黄汉道："我相公闻说甚喜，只有三事要与大王相约，望大王天地之量，俯从其约。"梅英道："哪三件？"

黄汉道："一件，要求大王归附朝廷。"梅英未答，那军师连连点首道："这个是正经事！从得，从得。"黄汉道："二件，我相公先聘张小姐，后遇李公主，李公主愿居张小姐之次，今欲小姐亦如李公主逊让，居李公主之次。"梅小姐未答，那军师又连忙点头道："这个自然，自然。三件呢？"黄汉道："第三件，我相公说，家有老父母，各七八十。成亲后，十日半月就要求小姐放我相公归家侍奉。"梅小姐摇首道："这件行不得！"那军师忙道："此正孝子之事，哪有行不得的道理？尔去回复尔主人，三件都依着尔行。"黄汉大喜，爬起身来如飞去了。

梅小姐道："军师，奴这婚事不是他甘愿的，放回去他若不来，天涯海角，叫奴哪里去寻他？"军师大笑道："只怕他不肯与小姐成亲；若肯与小姐成亲，进了我寨中，放不放权在小姐，愁他飞去了么！"梅小姐大悟道："军师意见，真令人捉摸不着。"

不说军师与梅英姐弟坐在寨中，等候回报。且说黄汉飞至土山，笑容可掬道："瑶王都依了！就请相公下山相见。"逢玉道："必要她撤兵，以礼来接，我才下去。"黄汉只得又下山来说，军师道："大是！大是！"遂吩咐兵士撤营归寨。

梅小姐先自回去。梅英换了礼服，率领众将来至山下，步行上山。黄汉飞报上来，逢玉只得整衣相迎。一一见了礼，梅英携着逢玉手下山，一齐上马，来至天马大寨，叙礼坐定。逢玉道：“所约三事已蒙鼎诺，望大王金石不渝。”梅英道：“孤方将兴大义于天下，安肯食言！”左右献上茶来，设宴款待，就请逢玉暂住前寨，陈设极其华盛。

次日，梅英于寨后，用香草花枝结成一庐，号为花寮。择吉，以鼓乐迎导，逢玉与梅小姐居其中，谓之入寮。逢玉至寮中，见侍女数十人，皆着黑裙，裙脚以白粉绘画，作花卉、水波之纹。发分数绺，左右盘结，上覆绣帕。领、袖或青或红，皆刺五色花绒，垂铃钱数串。语言啁啁，皆不可晓。唯小姐装饰略似汉人，语音清楚。

逢玉看了，闷闷不乐，勉强与小姐饮了数杯，推故不饮。梅小姐偷眼看逢玉，珠颜玉貌，不胜欢喜。见他闷闷不饮，遂叫侍女代己卸妆，吩咐退出。单穿一件淡黄轻绡，红领锦袖，亲斟细茶一盏，以巾抹去盏上泡沫。笑嘻嘻，千娇百媚走至逢玉面前道：“妾虽瑶女，颇知礼仪，决不至玷辱郎君。愿郎宽怀，所约当一一从命。

逢玉道：“若得小姐不食前言，小生更复何求？”梅小姐妆出妖娆。用左手搭在逢玉肩上，右手把盏轻轻凑在逢玉口上道：“郎若陪得妾过，妾心方安。”逢玉见她风流潇洒，语言顺适，也就放下愁肠接茶吃了，与她褪下衣裳寻那鱼水之乐。但见：

> 翡翠衾中，轻试海棠新血；鸳鸯枕上，漫飘桂蕊奇香。情浓任教罗袜之纵横，兴逸哪管云鬟之缭乱。肺腑情倾细舌，不由我香汗沾胸；鲛绡春染红妆，难禁她娇声聒耳。

自此，梅小姐百依百顺，极意逢迎，只欲逢玉欢喜。怎奈逢玉时刻牵挂着父母及张、李二小姐，见她愈来亲热，心中愈觉郁闷。一日，痛上心来，援笔写《八声甘州》一阕，以舒怨恨，云：

> 浪游呵，蹉跎到而今，心儿不清浑。年来又被强梁卖弄，无地望乡云。怎

禁满腔憔悴，白昼又黄昏。闲梦无数，折尽诗魂。　搦管徐图慰解，奈双亲虑我，我虑双亲。怕双亲虑我，劳碌损精神。把调儿填就，读来依旧，懊恼如焚。心心自郁多怜惜，偏觉非真。

写毕，读了一遍，不觉呜呜的哭泣不止。梅小姐原来不识字，每见他写了一篇便对着涕泣，不知他写的是什么，只把闲言闲语来相劝慰。劝他不止，也就陪着涕泣。一夜枕上，乘逢玉情浓之时，双手捧着逢玉那面，低低问道："娇郎，尔终日哭的是么？夫妻之间有甚说不得的话！何不明对妾说？或者妾也有解得郎忧时节。"逢玉只说忆父母，趁势就求她放他下山归省。

梅小姐道："难道更无别念？"逢玉道："就是李公主，小生也与她约定，到了大绀即回她寨中，写书与我捎与张氏。今已数月矣，贤妻苦苦留住不放，怎教人不肠碎！"说毕，那双泪珠儿便落在梅小姐面上来。

梅小姐听了，暗自恨道："我原料他必定是恋着那妖婢，今果一些不错。可恨妖婢牵着黄郎，必须寻个计来开除了她，方能使黄郎死心塌地住在我这里。"心中一边想，口中便一面顺着逢玉道："妾非敢苦留郎君！我这瑶俗，夫妇入寮，必须满了千日，方可出寮；不满千日，则夫妇不利。妾托身郎君，亦愿白头偕老，岂可以不急之务妨奴一生？愿郎宽怀，俟满日之后，妾当遣人奉送郎君到嘉桂岭便了。"说罢交股而寝，一夜无话。

次日起来，梅小姐出至前寨，着人请军师诸葛同进来商议。这一议，险教李公主玉碎荆山，顿使黄逢玉镜分越府。正是：

虎号胭脂最怕人，摧花斫树肯因循。
天心不是怜贞顺，嘉桂安能八十春？

欲知梅小姐与军师商议是么，且听下回分解。

第七回

施毒计假写黄琼书　起雄师险遭力木箭

词曰：

洞房记得初相遇，便只合，长相聚。何期小聚幽欢，变作别离情绪。况值凄凉秋色至，望远山落霞无数。欲寄小红笺，奈飞鸿归去。　一场寂寞凭谁诉，算前言，总轻负。早知恁地难拌，悔不当初留住。其奈风流端正外，别有系人心处。一日不思量，也攒眉千度。

——调寄《昼夜乐》

且说梅小姐闻逢玉系恋李公主，心中妒忌，欲设计除李公主，使人请诸葛同进来。见礼毕，梅小姐道："黄郎每日只是忆念李公主，放他去，恐怕他不来；不放他去，又恐夫妻反目。奴欲求军师设个妙法，去除了李公主，绝了黄郎的念，庶得黄郎安心乐意住在我这里。望军师勿吝妙计。"

诸葛同低头想了一会道："要除她不难，只要瞒了黄郎主仆，如此如此，也不须去除她，她自会送上头来。但须学了黄郎笔迹，方骗得她信，不知黄郎曾露有笔迹否？"

梅小姐道："他每日在那里写字，待奴取一二幅来与军师看。"随转身到茶寮，悄悄取了两幅出来，递与诸葛同。展开一看，是一首《调笑令》小词，云：

朝日，朝日，也似知人愁疾。凄凄斜上东峰，无限偎人意浓。浓意，浓意，莫解心头滋味。

再看第二幅，却被墨污了大半，只剩尾数句，诸葛同朗朗的念道：

况潘岳情怀，荀郎模样。无处觅个青鸾，何时传羽翼，扶云汉，再上嘉山？重携手，推敲数篇，免依怀，闲愁万种歪缠。

诸葛同看了，摇首道："看这词，小姐全不在他心上，真个不除李公主决留他不得！"梅小姐道："望军师作速写起书来，差人递去。"诸葛同领诺出来，日夜把逢玉字迹，细细模效得十分相似，遂写起书来，差一个精细汉人，教了他言语，捎了书子，连夜下山，往嘉桂山而来。正是：

妇人心本毒，不毒非妇人。
怪尔臊胡子，存心更不仁。

今不说天马山，差人径投嘉桂山来。且说李公主，自逢玉去后，着实放心不下，眠思梦想，皆在逢玉身上。一日，坐在寨中欲做一首忆逢玉诗。提起笔来，才写得两句道：

相见无多日，如何遽别离？

便觉神思困倦，隐几而卧。忽闻寨外轰天一声响亮，如万马奔驰，金铁皆鸣。急忙披挂，绰枪在手，跳上银鞍，率领左右出至寨前一看。见嘉桂岭左边崩去一片，洪水迸出，直射至中营来。正惊讶间，逢玉一骑飞至，心中大喜，急忙拍马来迎，不觉马失前蹄，两个一齐颠落崩坎下去。大喊一声“呵呀！”惊醒转来，却是南柯一梦，急出一身冷汗。回头见春花、秋月二婢紧紧以袖护住前后心，问道：“尔两个见了是么？”

春花道：“不曾见是么。公主假寐此间，奴婢两个服侍左右，见公主玉体时动时静，口中呓语。奴婢恐公主着魔，故此拢来掩护。”

公主凝思了一会，心中惊疑，传令请苻雄到来，诉说梦境道：“奴此梦不祥，莫非黄郎有甚不妥么？”苻雄道：“公主思念黄郎，故有此梦，不必忧疑。且此去德庆，不过半月路程，有甚不妥？望公主宽心。”苻雄安慰一番辞去。公主总放心不下，随唤两个军健到来，吩咐道：“姑爷去德庆大绀山，已经月余，谅必将回。尔两个多带盘钱，骑马一路接去。倘接着了，可着一人先回报我，务须接着！”

军健领命。去了月余回来，公主急忙唤入问道：“不曾接着么？”军健回道：“小的两个，一直接到德庆，并无音信。小的便跟到南江口，访问大绀山，欲意到大绀山接取姑爷。彼处人民都说大绀山，近年都被天马山瑶王梅英占据，等闲人去不得。小的因不敢进去，只得回来复命。”

李公主闻言大惊，急唤前往茶蘼山裨将进来，盘问道：“大绀山已被贼占了，姑娘怎敢搬去住？敢是尔探听不实？”裨将道：“彼处邻人都如此说，公主不信可差人再去探来。”公主闻言，遂另换一名裨将再到茶蘼山。探了回来说道：“姑娘移往大赣山，不是大绀山。”公主跌足道：“黄郎休矣！黄郎傲上不傲下，傲刚不傲柔，彼遇强徒不肯屈辱，其能免乎！”遂放声大哭，把前裨将重责二十，褫革不用。诸将闻之，俱来问慰。

苻雄道：“公主不必过为悲伤，须差细作悄至大绀，缉探黄郎曾到彼处否？到了曾受害否？如果有是么长短，末将愿与诸将起倾寨之兵，与黄郎报仇！”诸将齐声道："苻将军之言是也！”言毕辞出。

公主只是分解不开，自思自想道："黄郎是个情深义重的君子，若无事故，必不延迟至今。前在此处，与奴何等恩爱，尚急急欲践张小姐之约！今到大绀难道就肯负奴之约？其必不免也明矣！”想到此际，便寝食俱废。

又过月余，夜将二鼓，心中惊跳，唤春花二婢起来。坐在庭前，仰见一轮皓月，参横桂影，忆去年同黄郎在此玩月，风景如昨，人情异昔，不觉凄然欲涕。命秋月取过笔砚，就于月下写成一绝云：

寂寂庭前草，啾啾户外鸣。
伊人怀不见，月影转花荫。

诗才写毕，外面击梆传进来，苻将军要见。公主大惊道："舅爷何事深夜来见？快请进来！”苻雄进来禀道："朝天关盘摩罗，连夜送一汉子到末将寨中，云是天马山黄郎差来下书的，末将不敢怠玩，特来启知。”公主忙问道："汉子哪里？”苻雄道："现在寨外。”公主忙叫唤进来，汉子见了公主，跪在地下，放声大哭道："望公主念夫妇之情，救取我表弟黄逢玉则个！”

公主问道："尔是何人？”那汉子道："小人是黄逢玉表兄刘鹤龄，同母徙居德庆州，消折了本钱，投在天马山瑶王帐下做个巡丁。前月十三夜，巡至山后，闻得哭声哀惨，系小人乡音。因巡至其处问守牢兵士，说是大王捉得嘉桂岭来的奸细，受苦不过，在此悲啼。小人向兵士赔个小心，进去细问，方知是表弟为看我母子被擒的。小人痛极，欲设计放他，表弟说：‘此山路径丛杂，贼营四布，我身被重创，恐走不出。若要救我，除非通信于嘉桂岭李公主处，起大队人马来铲平此贼，方救得我。公主念我夫妻之情，闻信必来，但恨无人通信耳。’小人闻说，暗取笔砚与表弟作了书，连夜偷下山来，望公主慈悲，救取则个。”说毕，一头哭，一头向胸前贴肉解下一个油纸包儿，包着一封书，取来献上，左右接来交与公主。

公主道：“既是伯伯，请起来坐了。黄郎几时被擒？如何被创？请伯伯细述与奴听。”汉子起来坐下道：“表弟五月初八渡南江口，初九午牌时候二仆被擒。表弟后至，杀散瑶兵，斩裨将一名，拨回马逃走，遇云榄山石春白截战。不得出，复走入紫障山，被瑶王梅英拿获。爱表弟仪表，勒逼与他姐梅映雪成亲，表弟谓已娶了公主，三回五次力拒不从，触怒瑶王，打了二十棍，打得皮开肉绽，昏绝数次。丢在后山土牢，绝其饮食。至第三日，复使人诱说表弟，表弟拒之益力，谓：‘若要我婚尔姐姐，除非我妻李公主来，许了则可。若徒以威力压我，莫说尔是个贼徒，就是当朝宰相，也未必压得我黄逢玉倒！’瑶王大怒，日加鞭箠，幸得军师诸葛同向瑶王说道：‘他既不从，打死也无益。’瑶王始把表弟监在山后，主仆三人日给米三合，危在旦夕，望公主及早搭救。”说罢又哭。

公主听到拒婚打棍，便扑簌簌泪下沾襟。听完，忙把书扯开一看，上写道：

> 辱夫黄琼，百拜贤妻李公主妆次：
>
> 琼别芳卿，于四月中旬陷天马；于五月上浣，云阳力战，非不斩彼渠魁，紫障被擒，竟难脱身虎口。感卿情而拒婚蛮女，甘受毒刑，忍创痛而强延残生，希通惨信。
>
> 呜呼！口绝羹汤，身流脓血，初心愈固，矢死弥坚。倘归魂之有路，当指嘉桂而来游；愿丽质之自珍，勿为鳏生而饮恨。
>
> 薄命黄琼，庶几瞑目。泪白。

读毕，大叫一声，愤绝于几。春花二婢急忙抱住大哭，喊道：“公主苏醒！公主苏醒！”苻雄亦哭。苻夫人闻之，急忙来到，捧着公主脸儿亦哭。少顷渐渐苏醒转来，大叫一声，又气绝于几。星眸紧闭，花容皖白。

苻夫人慌忙抱在怀中乱叫道："娇儿，尔怎么如此！须放着老娘不死！"苻雄见呼叫不醒，急吩咐左右泡盏顺气汤来灌下，方渐渐苏醒。苻夫人与侍女扶至绣房，安置床上，与苻雄两个紧紧看视。至天明，方才哭得出来，道："母舅须与甥女泄恨！"苻雄道："愿公主平其气，安养贵体。料天马山也不是有关、张、马、赵之勇，孙膑、吴起之智，难攻难战的。待末将与诸将操练兵马，刻日起程，与公主泄恨！"苻夫人亦泣道："我儿，尔欲救取黄郎，正须爱惜身子，方才有济。尔平昔读书，如何全没些用？书云：'必有忍，乃其有济。'不怎尔自家先怒坏身子，如何还料理得来？"

公主泣道："贼徒欺奴太甚，不由人不怒恨！"苻雄道："姐好生看视甥女，我出与诸将商议。"出至前营，击动聚将鼓，诸将齐集。苻雄把上项事述了一遍，又把假书与诸将看了，各各咬牙切齿，拔剑斫地道："此贼敢如此欺负人，望将军请公主发兵，我等愿死斗以报公主！"苻雄道："若得诸将齐力，何愁不踢倒锦石，踏平天马！"独邓彪低着头，嘿嘿不语。苻雄道："邓将军为何不发一言？"

邓彪道："末将细细想来，恐怕诸将空有冲天之怒，姑爷决不能救，天马决不能破。"苻雄道："如何见得？"邓彪道："吾闻罗旁万山重叠，其广千里；诸贼散营岩穴，出没不测。若要征剿，必须得三十万人，据其要害，断其救应，然后假以岁月，渐次剪除，则易为力。若仅以数万人征之，击东则失西，击南则失北，自己救应之不暇，而能覆人之巢耶？今嘉桂人马只有二十万，留守非五万不固，除去五万则仅十五万可行，何益于事？"

苻雄道："然则将如之何？"邓彪道："吾闻朝廷累次发兵征剿罗旁，费了许多钱粮，不曾得她张弓只箭。今我们肯去征她，朝廷必喜，何不着人到吴督府处，求他发十五万大兵相助？"

苻雄道："将军之策甚妙，只是今日用不着。就令吴督府慨然应承，诸司不相阻挠，十五万大兵非同小可，必须奏请朝廷，下部会议，复奏准行；然后移文知会，到了督府，又要提调各处兵卒到来，才得后行。今救黄郎如救焚溺者；若待如此，当索黄郎于枯鱼之肆矣！”邓彪道：“即不然，也须请督府发文书，知会关津，方无留难。借横江六百艘、小拨桨四百，水陆并进方为有备。吾闻到了锦石，要渡海，方上得南江口，无船怎样渡海？既过南江，便须留将扎住水寨，以为应援。事须虑全，愚意如此，将军其图之。”

苻雄道：“将军之言是也。”遂一面打发人到督府行事，唤回各处开店裨将，一面操练人马齐整，请李公主升帐，调拨人马起行。正是：

战为凶器谨为然，赖得将军虑得全。

他日罗旁马尽北，方知妙策不曾偏。

三通鼓罢，一声炮响，鼓乐齐奏，李公主升帐。众将参拜毕，李公主发下令来。着前哨总苻雄镇守嘉桂岭，节制诸寨人马；玉蕊山哨总邓彪移镇朝天关，兼管三关；裨将马阿摩守左寨、马顺守右寨、单勇守玉蕊山、贾奇守中洞山，各留兵一万据守。拨右哨总赵信领水军先锋、哨总唐虎为水军合后，各带兵一万、裨将十员先行。凡云棚、望斗、镖箭、帆樯，俱宜齐备，左右架佛朗机炮，副以九龙信炮、蒺藜锡炮、灰罐烟球，不许有遗。二将得令而去。拨左哨总苻离为前部先锋、盘摩罗为左护卫、冯力木为右护卫、马赞为合后、马格为前运、郑继伦为后运，各总兵一万。自总中军，带女将杨翩翩、许玉英等。辞了苻夫人，大炮三声，陆续起程，苻雄、邓彪送至山下。

邓彪启道：“愿公主兵到罗旁，毋躁急，毋玩敌。”公主应诺而去。邓彪回至关上，闷闷不乐，谓苻雄道：“吾观公主满脸愁容，恐非吉兆。前将军使刘鹤龄同细作往探罗旁路径。吾想鹤龄，虽有姑爷书柬笔迹可认，细察其人，眼眶怯而举趾扬，恐不可过信，末将已留下在此，将军以为何如？”苻雄道：“将军可谓深虑远识矣！末将见公主悲伤过度，心中不安，一时虑不及此。”言罢，别回寨去不表。

且说李公主，带了诸将，浩浩荡荡，旌旗蔽空，杀奔天马山来。不则一日，头站已到锦石，扎下营寨，候大队到来一齐渡海。次日，李公主到了，即欲渡海，苻离力阻道：“水军未到，进退烦难，决乎不可。”公主只得住下。

其夜，神思不宁，起在寨中，秉烛而坐。久之，凭几而寐，梦至一个所在，举眼看时，见缥缈峰前现出一个宫殿，尔道如何：

瑶台如画，琼阁凌空。栋际云生，恍似香烟霭霭；帘前霞映，浑疑宝气腾腾。果然上出云霄，真乃下临无地。景象必非蜃楼海市，规模定是贝阙珠宫。

公主到了门前，内里走出一个女童，招手道：“这里来。”公主轻移莲步，跟着她进去，早有一仙女，头戴星冠，身披紫霞服，手执麈尾，含笑相迎道：“妹妹好么？”公主仔细一认，却不相识，忙施礼道：“小妹不识仙姐，仙姐何由识小妹？”仙女笑道：“别了一十八年，怪不得贤妹不相识。但贤妹此来不易，此去尤不易。奴有个柬帖相赠，贤妹持回，可细玩之。”言毕，于袖中取出一柬帖塞在公主袖中。

公主垂泪道：“奴夫为天马贼徒所困，不识此行可能救得否？望姐姐指示一二。”仙女笑念几句道：“尔情彼情，荷情后情；离情合情，总归同情。”公主不解其意，正要再问，仙女把麈尾向面上一拂，忽然惊觉。

举眼见杨翩翩带剑侍立于侧，问道：“尔还未寝么？”翩翩道：“公主未寝，奴婢安敢遽寝？”公主凝思梦境，暗自忖道：“那仙女道我与他别了十八年，难道我前身是个仙女？她道此来不易，此去尤不易，怎么我一惊就醒回来？”再把“尔情彼情”细想，全然不解，也就放下道：“总是连日不宁，心虚发梦，有甚凭得！”

正要起身归寝，忽袖中坠下一物，忙拾起看时，果有一个柬儿，不觉大惊失声道：“原来这梦竟非幻常！”杨翩翩道：“公主有甚梦？”公主把所梦述了一遍。杨翩翩讨柬来看，二人就在烛下张开一看，见柬正中写着两个大字，上下各注二细字：

姦：臣前；嬲：主后。

顶一女字用朱写，下二女字用墨写；两男字用朱写，中女字用墨写。两人看了不解其意，杨翩翩忽以指击案道：“奴想着了，此必是仙女教公主行兵的机谋！”公主道：“尔试解看。”翩翩道：“奴辈是臣，公主是主。臣在前，众女兵当前进也，故一簇都是女子。主在后，公主当与诸将后进，故女在男中也。”

公主道：“怎么上用朱写一‘女’，下用墨写一‘女’？”翩翩道：“下一字注主，主非公主，如何公主好穿红而反用墨写？欲公主易服也。上一字注臣，臣非奴辈，如何奴辈戎服是黑而反写一红‘女’字？欲为首一人穿红也。昔曹孟德征徐州，虚设旗号而身反在官渡。或者仙女亦欲公主颠倒为此，以疑之也。”公主点首道：“尔言大是有理。先虚后实，行兵原有此法。俟诸将到来，尔便可竖我旗号，穿吾红袍先进。”翩翩领诺，言毕就寝。

次日，苻离引一个人来见，公主问道：“尔是何处人氏？见我何事？”那人答道：“小人姓黄名翘昇，程乡槐花村人氏。自幼随父在德庆做香，凡天马、大绀诸山，小人终日往来采香，路径都识。今闻公主来征瑶贼，为地方除害，小人绘成一图，特来上献。”

公主问道：“尔既在程乡桃花村，可识思斋黄太公乃郎黄逢玉否？”翘昇道：“他是小人叔行，哪有不识？”遂把逢玉家世逐一说来，一些不错。公主大喜，推逢玉分上，赏他为帐前把总。取图来看，路径丛杂，山形险峻，叫翘昇近前，指图细问，尽得其要。水军已到，一齐渡海，按图令水军先锋赵信领小拨桨三百，从九十九湾进至紫障滩取齐。先锋苻离由鹏鸪山左出云榄，至紫障取齐。

杨翩翩打公主帅字旗，带女兵三百名为第二队；冯力木为第三队；公主自居第四队；马赞第五队。另拨一支与盘摩罗，由鹧鸪山中路穿出紫障，与苻离合兵。唐虎结水寨于南江口。调拨已定，发炮起行。

单说杨翩翩，穿了公主织锦红战袍，扯起公主旗号，逶迤往云榄山来。行了二十余里，见两山逼来，仰看悬崖上，都是乱蓬蓬的茅草，隔离天日。因前军已过，大着胆指挥女兵缘涧而行。正行间，上面乱茅林里一声梆响，乱弩射下。女兵大喊一声，要走时，路窄涧深转身不得，只得蹲着身子抢团牌遮盖，怎奈其弩长三尺有余，锋利非常，又无虚发，枝枝皆透牌穿骨。三百女兵，一霎间皆死于涧中。

苻离闻之，急欲转身来救。兵马拥挤，转身不得。忽前面鼓角齐鸣，一彪军杀来，苻离只得率众向前迎敌。正战间，背后截出一军，把苻离围在垓心。冯力木闻之，驱兵向前，见三百女兵俱射死做一堆儿；杨翩翩遍身皆弩，丛集如猬，首已被割去，力木大惊，知是中计。一面着人报知后队，一面杀进去救应苻离，怎奈谷口已被贼兵塞住，不得前进。

正慌间，忽闻喊声大起，贼兵纷纷退出。原来盘摩罗至鹧鸪山后，遇贼将万人敌拦住去路，摩罗奋力杀退，向东赶来，正遇贼将石春白指挥兵士来塞谷口。摩罗丢了万人敌来战石春白，春白抵敌不住，败下阵去。力木乘势冲将出来，与摩罗合兵，杀人重围，救出苻离。贼兵退去，诸将不识地利，不敢追赶，且立下寨栅以候公主。

再说李公主，闻前面有兵，急催众将向前，来到涧侧，见杨翩翩射死，放声大哭了一场。拨裨将一员，分兵三千，教于此山之阳掩埋女兵；事毕，就便于此山险要处屯扎，以防敌人扼我。吩咐毕，连夜赶出紫障，与诸将合兵结寨。可怜：

敌骑犹未见，忠义已先催。

未知胜负如何，且听下回分解。

第八回

李公主大战东嵆山　苻先锋败死罗旁口

词曰：

秋风起，秋风起，枯草满山号。转瞬惊沙迷远目，须臾碧血染征袍，归路苦迢迢。

——调寄《法驾导引》

话说诸葛同差人到嘉桂岭下书去了，随后差人打听。过了几时差人回来报道："李公主已定九月初三，起水陆大军来此厮杀。"

诸葛同得报，便差裨将何千领铁刀木弩手一千，于云榄山后龙过涧面上乱草蓬中埋伏，戒令遇前后军俱勿动，俟李公主到来，认定发弩，但能射杀李公主，割了头来便为上功。又差云榄山石春白，带兵一万，听号炮截出云榄山前，塞住谷口。差万人敌带兵一万，往鹧鸪山中路扎营，以防救应。分拨已定，自己同梅英高坐寨中，专候佳音。不一时，裨将何千，提一颗血淋淋女人首级来报功，诸葛同仔细一认，摇首道："这不是李公主首级。我闻李公主国色天姿，绝世无双，这个首级面貌平常，未必！未必！"何干又献上红锦衣襟一副、金冠一副道："难道这个也是假的？"

诸葛同看了，正在那里沉吟，贼军纷纷回来，报称李公主兵将勇不可当，已被杀进东楷山来了。诸葛同道：“彼已深入，免不得要与她对阵。明日待不才亲自下山走一遭，便知虚实。”梅英道：“军师说得是。”一夜无话。

次日，诸葛同率领骁将马守、陈新、铜猫公、宋金刚、石春白一班勇将，一队队摆下山来。两阵对圆，门旗开处，诸葛同纶巾羽扇，坐着一个四轮车儿推将出来，使人高声请李公主答话。

这边阵门开处，拥出一簇女兵，青衫红裤，团牌利刀。中间捧出一位李公主，银鬃白马，红锦战袍，金冠雉尾，打扮得天仙般，出到阵前。

诸葛同忙举手道：“公主处东，我主处西，所谓风马牛不相及也。公主何故兴兵侵犯起来？”

李公主星眉剔起，把手指着大骂道：“有女嫁人，须要人情愿：我夫黄逢玉既不愿招尔贼婢也就罢了，何得加之重刑置之牢狱，如此欺负人？尔快快将我丈夫放来还我，万事都休；若道半个‘不’字，立教尔这班贼徒死无葬身之地！”

诸葛同道：“原来逢玉曾娶公主，我主不知。因他忤意，丢在牢中，昨日已归天矣！奈何？”李公主闻言大怒，回顾诸将道：“谁与我擒此贼奴，与黄郎报仇？”苻离应声而出，直取诸葛同。诸葛同背后马铃响处，一将大喝道：“缓来，陈新在此！”举剑相迎。二人斗上十余合，苻离愤恨，大喝一声，一枪刺陈新于马下。诸葛同大惊，急挥左右上前。李公主看见对阵齐杀过来，把枪一招，兵将亦一齐杀出。混战多时，当不得李家兵将人人愤怒，个个猛勇。梅家副将马守，又被冯力木一刀斫下马来，诸葛同急忙鸣金收军。李公主驱动人马赶杀，直赶至天马山脚下而回。

诸葛同回至山上，梅英姐弟接入寨中问道：“李公主信息如何？”诸葛同笑道：“果被她掉了包儿！”梅小姐忙问道：“李公主不死，今将如何？”诸葛同笑道：“此计虽被她识破，待不才再施个计儿，不怕她人强马壮，包尔一鼓成功！”

梅英问道：“计将安出？”诸葛同附耳低言：“如此如此，妙么？”梅英道：“军师妙计真孙吴不及也。”遂叫诸将前来，各各附耳授计，各去行事。又使人到大绀嶅瑶授以锦囊，叫他们依计而行不题。

后人有几句道那诸葛同云：

诸葛也姓同，应变也谋同。只那正邪两字，同乎不同。

且说李公主，胜了一阵回至寨中，戒谕将士道：“今已深入险地，夜间宜加意提防：不可以一胜，遂骄而无备也。”诸将道：“是。”一夜无话。

到了次日，李公主率领诸将杀至天马，耀武扬威向山上搦战。只见山上静悄悄，关门紧闭，由尔下面喊骂，他全不睬。公主指挥军士上山攻关，只听得一声梆子响，檑木炮石一齐打下。军士急退时，早打伤了好些。李公主虽然心中焦躁，却无可如何。

看看日已转西，一声炮响，一彪军从东杀来。李公主急撤兵退至平地，摆开阵势，命军士射住阵脚。见对面一将，头戴铁兜鍪，身穿乌油甲，坐在乌骓马上，手执狼牙镔铁棍，就如黑煞神般大喝一声道：“瓦罐儿也有两个耳朵，尔怎敢到此来卖弄威风！”这边马赞大怒道：“来将休得夸口，留下名来！”那将厉声道：“我乃大绀山大王铁老虎也！尔是何人？敢来问我！”马赞怒道：“我乃嘉桂岭马赞将军，怎不敢问尔这黑面贼！”举起双鞭便打过来。

铁老虎亦怒，举棍相迎。战上一百合不分胜负，两军喝彩。李公主见马赞杀老虎不下，使许玉英暗暗趱出阵前，扯起雕弓一箭射去，正中老虎掩心镜，叮当一声，射为粉碎。老虎拨马便走，马赞从后驱兵追赶，忽天马山呐喊擂鼓。李公主见日已平西，恐为所袭，鸣金收兵，回寨歇息。夜将二鼓，大绀山火光触天，鼓声震地。军士惊起，尽向东边守御，不提防西边一彪军衔枚驰至，拨开鹿角，进攻右寨来。冯力木率兵死战，直至五鼓方退，搅得军士一夜不曾合眼。

次日，李公主大怒，带兵又来天马山索战，天马山只是不出。将近未申时候，一声炮响，一彪军从西杀来，李公主急命苻离迎住。混战一回，那军急退，李公主收军不赶，回至寨中。夜将二鼓，西边火光触天，喊杀如雷。李公主吩咐将士不许妄动，各把强弩据定寨栅，军至但以弩射之。不一时，东边一军冲至，攻击不入，五鼓退去，又被他闹了一夜。如此，被他连闹了五六夜，军士困倦。

李公主吩咐道："今日且不出军，休息一日。"说犹未了，一声炮响，天马山梅英带兵拥至寨前搦战。李公主大怒，开壁出战。梅英在马上拱手道："孤与公主同是瑶人，何故兴师犯我疆界？"

公主也不答话，举枪便刺，梅英急架相还。战上百十合，二人精神倍加，回阵换马，又斗五十回合，梅英虚掩一枪，拨马便走。公主恐他有计，勒马不赶，敛兵归寨。忽报赵信水军，被诸葛同用昆仑奴凿漏船只。军士一齐上岸，岸上伏兵突出，赵信被围。公主急差马赞往救。忽又报马格运粮至云榄山，被劫去粮草，马格被围。公主大惊，急差盘摩罗领兵去救。摩罗行至云榄，果见马格被石春白围在垓心。摩罗奋力冲杀，救出马格，急忙回来。行不上数里，见守龙过涧裨将，带败残人马走出峡来，道："将军进去不得了，谷口已被铜猫公夺了，用木石塞住。"摩罗大惊，回马急从鹧鸪山中路来。行至山亭，已被宋金刚横挑深堑，密排蒺藜守住，并小路俱被截断。

摩罗向马格道："今当死战，破走金刚，开路以出公主！"马格道："将军之言是也！"大喊一声，来拔蒺藜。怎奈他用强弩硬箭如雨射来，冲进数次俱被射回；又山路崎岖，施逞不得。二人无法可施，只得差人四处缉探进去的路，且按下不表。

且表李公主，坐在帐中暗暗惊慌。忽马赞救了赵信，带败残人马回来禀道："公主快拔营，退出南江再作计议。闻谷口山亭俱被塞断，若再迟延恐出不得了！"公主大惊道："路已塞断，更从哪里出去？"

帐下把总黄翘昇道："公主勿慌，别的小路虽都出去不得，若从东榃山大宽转至柯木山，离罗旁水口只有五十里，且道路平坦可行。只牌山、大箭山稍狭，但到了大箭山，离水口不远了。"公主闻言，只得依着他，差赵信、冯力木为前锋，带黄翘昇为向导，自为中军，苻离、马赞断后，虚设旌旗悄悄起身，离紫障而行。过了东榃、柯木二山将至鸦髻山，一声炮响，伏兵四起。前有石春白，后有铁老虎，把李公主团团围住。

公主大惊，率众女将死战。但公主往东，梅家兵将俱拥上东来；往西，则皆拥上西来。战够多时，天渐昏黑，忽见榃翁山上碗大一盏红灯，跟定公主，往东则指东，向西则指西。

女将许玉英泣道："今须舍奴一命，公主方才出得去。"公主道："如何？"许玉英道："尔看那盏红灯紧紧跟定公主，公主须将袍服与奴穿戴，俟天明，扯公主旗号反杀进去，待彼兵将围绕战奴时，公主便可乘势冲杀出去。"

公主泣道："前已害杨翩翩，今安忍心复置卿于死地？死则俱死耳！"玉英泣道："奴死不足惜，公主上有慈母，下有兵将，皆靠公主一人，何可不自爱重？且奴死则公主可免，公主死则奴能免于死乎？"左右齐声道："许姑娘之言是也！"公主只是不允。玉英奋前向公主头上摘下金冠，解下袍服披在身上。

公主挥泪道："既妹妹如此忠义，受奴一拜。"下马，君臣一齐拜毕，公主问女兵道："谁跟许姑娘同行？"众女兵齐声应道："奴婢等尽皆愿往！"玉英道："可分三百名护卫公主，余俱随奴前进可也。"

公主点首，复分军一万跟着玉英，俟天色微明，身先士卒仍向柯木山杀进。梅家兵将见穿红袍女子杀转来，大喊一声，一拥又紧紧围将上来。那些女兵拿定一个"死"字，舞刀直进，无不一当百，杀得梅家兵士东躲西歪。铁老虎一时阻遏不住，倒退出谷来。后面苻离、马赞行至柯木山，被老虎兵阻住；后面梅英又带兵赶来，围在垓心，二人力战，不得脱身。

次日天明，梅英用劲弩丛射。二人正慌，忽见老虎兵卒纷纷退出，只道救兵杀至，奋力冲突，杀透重围，遇着许玉英，满面血污。马赞急问道："公主何在？"玉英道："未知出去否？将军快往前冲出去，保护公主！奴当挡住后军！"马赞闻言，急举双鞭向前杀去，杀至大箭山口，兵马充塞，力战不出。忽喊声大起，梅家兵士纷纷坠涧，急举目看时，却是赵信、冯力木二人倒冲进来。四人会着，马赞急问道："公主何在？"赵信道："昨日吾二人闻得公主被围，急回兵来救，天色已黑，不敢前进。今早冲杀至山口，幸遇公主从内杀出，吾二人接着护送至南江口，唐虎接过江去。公主虑诸将不得出，着吾二人回来救应。"

马赞大喜，忙忙走出口来，回头不见冯力木，苻离道："冯将军来援我，今反失冯将军，何以见公主！"三将复翻身杀进。见力木被石春白截住，后面许玉英身无完肤，招架不住，自刎而死。老虎无拦阻，遂纵兵蹂杀，把力木又围在垓心。正战间，不提防一弩射来，正中前心，力木大叫一声，落马而死。马赞三将杀进重围，寻不见力木。寻着力木部卒问时，方知已死，三将只得杀出。

不料诸葛同夺了赵信战船，督兵从九十九湾杀至大箭山，教兵士把船上现成佛朗机、九龙炮、蒺藜锡炮、烟球灰罐抬上大箭山，顺风打下，灰烟迷目。点着佛朗机，轰天一声，把苻离打为粉碎。二将大惊，正在危急，忽见山上军士纷纷坠岩，后面一将赶着万人敌而来，大喊道："杀不尽的贼徒走哪里去！"马赞认是盘摩罗。

原来摩罗同马格，寻着土人指引，要从大箭山转入紫障接应公主。来至山后，炮声震地，急差人远远探看，回来说："我家兵将被围！"摩罗急来救应，见诸葛同在山上施放炮石，不提防摩罗兵士突至，连忙退走，万人敌急忙迎住。摩罗怒气填胸，一顿斧头杀得万人敌抵敌不住，绕山脚而逃。摩罗赶来，正遇马赞，举起双鞭把万人敌打于马下，铁老虎、石春白一齐上前救去。众将不敢恋战，合兵杀出罗口，赶至南江，渡过海来保护公主。

退至德庆，扎住营寨，众将入见，禀知苻、冯二将俱死罗口。公主放声大哭道："黄郎之仇不能报，而又损奴大将，伤奴士卒，更何面目回见山中父老乎！"言讫，拔剑自刎。左右急忙夺住，众将上前劝慰。

盘摩罗拔剑斫地，大呼道："公主要死，则大家一齐死休！"遂把剑亦向喉中刎去，马赞一手夺住道："将军何为如此，今日正当大家努力，以图报仇，怎可为此自经沟渎的事？"摩罗道："恨不平吞此贼，以解公主忧耳！"言毕泣下，众将亦泣道："将军如此，不愈伤公主之心乎？"后黎美周有赞盘将军古风一篇云：

烈烈盘将军，自恨不杀贼。
贻主愤欲死，留臣竟何益？
拔出青锋剑，忙向喉中刎。
愿为青者魈，冥然化形迹。
腾挪上天马，啖彼狂奴魄。

又有赞杨翩翩、许玉英一章云：

自古唯忠义，最足感人心。
不见李公主，愤愤斗狸狌。
云洋与鸦髻，万死不能生。
前有杨翩翩，后有许玉英。
愿服主冠袍，饵贼夺主身。
臣非不自爱，义在不敢珍。

且说马赞禀道："此地贼氛未远，不宜久住，望公主作速起行，回至山寨再图报复可也。"公主遂命马赞同赵信监督船只，从水路回军；其余诸将，尽向越城路上来。公主在路，念着阵亡将士，觉得惺惺惶惶，凄风聒耳，长吁短叹，泪下沾襟。正是：

心愁无好事，风物尽成悲。

欲知后事如何，且听下回分解。

第九回

三请兵激怒督府　两招魂瞒脱梅英

诗曰：

罗旁有五花，遇者无其家。
一朝石鼓渊渊动，将军弃甲民咨嗟。
嘉桂有女何英俊，矢灭此贼完忠顺。
惜尔嫉功妒宠臣，沮挠大计真汶汶。
可怜痛哭流涕人，不眠特地恨难平。
感得风流在罗口，临江挥涕不胜情。
山路崎岖险且滑，瘴烟入夜迷寒月。
蛇成两头喷毒雾，遭者肤指自坠裂。
恨深不觉履艰危，万丈牂牁自飞越。

且说李公主大败回来，点视人马，三停折了一停；又损大将两员、女将两员、裨将三十余员；军资器械丧失无数。李公主放声大哭，命人塑逢玉像于都贝大王侧，塑苻离、冯力木像于左廊，懊杨翩翩、许玉英像于右廊。亲自披麻挂孝，扯起白旗一面，向西招魂祭奠，感动得一军皆哭。祭毕，复命人就庙门外搭起醮台，延僧追荐，超度亡者。朝晚亲至坛上拈香；又亲至死者之家抚慰赠恤，备极缱绻。人感其德，故虽经丧败之后，人心悦服，不见其挫失也。

过了几时，令人请苻雄、邓彪二将到后寨，礼毕坐下。公主向邓彪泣道："天马贼徒死吾黄郎，殒我大将，奴与他势不两立，望叔父看都贝大王面上为奴划计，以泄此恨！"说毕，掩面而泣。

邓彪道："报仇之事，今有未可遽言者三。军士疮痍未起，丧亡未补，一未可言。府库空竭，军资残缺，二未可言。末将原说欲征罗旁非三十万人不可，今吴督府已调任播州征杨应龙去了，署督印者乃我之对头缩朒也。请兵必不许，此三未可言也。公主但如越王勾践，卧薪尝胆，十年生聚，十年教训。待士马精强，粮草充足，又有贤明督府到来，然后请兵助战，吾兵前行，官兵后继，分据要害，遏其奔逸，则天马不难平、黄郎之仇不难报也。若今日诚非末将所能谋也。"

公主道："奴每一念及贼徒，心痛如割。若必如叔父之言，迟之又久，奴其就木矣，安能泄此恨乎！"说毕，以足顿地，抚胸大恸。苻雄道："既公主如此，且使人多赍金帛，到缩朒处试请如何？彼乃贪鄙之夫，或者贪吾金帛，肯出兵相助，也未可知。"

公主道："奴有玉带一围，价值千金，情愿献于缩朒，望舅父为奴修书前去，倘得应允死亦瞑目！"二将只得出来，修成禀启，着赵信连夜赶到军门投献，并上禀启。缩朒取书看道：

嘉桂山金花公主李某叩禀大人麾下，为恳发大军征剿罗旁，以除民害、以靖地方事：

罗旁梅贼盘据万山，残州毁县，掳掠平人，敲肌吸髓，二十余年，民心惶惶，眠不安席。今年五月，擒奴夫黄逢玉，强招贼女，奴夫矢死不辱，惨加捶楚，置之土牢，绝食而死。似此凶顽，非早为扑灭，必至蔓延，为祸不小。伏望大人发军剿杀，奴率本部愿为前驱，倘得扫清妖气，罗旁之民幸甚、奴等亦幸甚云云。

缩朒看毕，勃然大怒，把书扯为粉碎，掷之于地道："尔自要为夫报仇，却借百姓名色来此放屁！朝廷官兵可是与尔报私仇的么？”吩咐左右把下书人赶出去。

赵信被赶出来，气得目瞪口呆，只得收了礼物回转嘉桂，禀复公主。公主道：“缩朒不肯发兵，难道满城官府都无一个仗义救民、忠心为国的？将军还当备礼到各衙门恳求，转请缩朒。”赵信不好别得公主的意思，只得备了十来副厚礼，又到三司巡抚各衙门打点。

各官受了贿赂，约齐到军门，婉转代李公主恳请。缩朒只是不允道：“列位先生受了李贼婢礼物，不好意思，可自去招些人马助她报仇。本部堂却受了朝廷礼物，决不敢又把他军马当做人事去换人家的礼物！”说毕，把手一拱，退进后堂去了。

众官被缩朒冷了数句，满面羞惭，退回衙中，也不敢受李公主礼物，依原交还，赵信带了回来禀复。公主见缩朒苦苦不肯相助，日夜涕泣，饮食俱废，卧病不起。

苻雄见此光景，暗自思道：“昔申包胥往秦请兵，秦主不肯发兵，包胥痛哭庭中，声彻殿陛，三日不止，泪尽继之以血，遂感动秦人发兵复楚。今公主忧愤如此，我等何敢自爱其生，不为公主一解其忧也！今莫若也学包胥，到军门哭请，或者感动缩朒，也未可知！”想定主意，来对公主道：“望公主宽怀。末将当亲至军门哭求，或者缩朒怜末将一点忠诚，肯发兵相助，也可少解公主之忧。”公主闻言大喜道：“望舅父善言恳之，奴当恭听佳音！”

苻雄遂辞公主来至军门，传禀请见。缩朒拒之不见，苻雄遂伏军门放声大哭。左右大惊，执住喝道：“这是什么所在，容得尔这个野瑶在此啼啼哭哭！”

苻雄道：“朝廷设兵原以卫民，民既不安，设兵何用？我主志除民害，兴兵讨贼，众寡不敌，为敌所败。督府大人拥着重兵坐视不救，今来请兵又三请不发，意欲何为？”说毕，放声大哭，众兵鞭箠俱下。苻雄愈打愈哭，惊动缩朒，问外面为何喧嚷。左右把苻雄言语禀上，缩朒大怒，喝令拿进来，不由分说，把棋子在案上一拍，喝教打！可怜苻雄被众兵擒翻在地，打了三十棍，打得皮开肉绽，丢在辕门外。随行军士忙来背至寓所，赎帖杖疮膏药贴了疮口，雇轿回山。公主接着，几乎气死，众将皆怒，齐声道："愿公主兴兵，打破省城，斩了缩朒，再往天马报仇！"

邓彪道："今日之辱，苻将军自取之也！孔子云：'不可与言而与之言，失言。'缩朒是个残刻小人，彼恨公主荔坡之辱，就苏、张复生也未说得他动！况当今之世而欲行起古人的事来，在军门吵吵闹闹，哪得不打！公主必急欲报仇，待末将设个计来，必须令他们来求我方可！"

公主道："计将安出？"邓彪道："今可使细作到越城、德庆，一路布散流言，说天马山大王要来争取省城，然后东取惠、潮，西取雷、廉，以图尉佗之业，在山中日夜操练，不久就有兵戈之祸了。百姓闻之，必然惊慌。信息传入省城，那些官兵是没用的，闻着五花贼名儿也胆战心惊。今闻要来争省城，不怕他不来求我们，先发制他哩！但此计不可狂急，只宜缓缓而行，方不至被他识破。"公主到此，也无可奈何，只得忍着一肚皮子气，且听他们缓缓做事。正是：

且将一寸心，容此万斛愁。

今且按下李公主不表。且表逢玉在天马山，终日求梅小姐放他下山，会了张、李二小姐，归家安慰父母，再来与小姐相处。梅小姐道："残冬时候，海风正紧，望郎再住几时；待过了残冬，行也未迟。如今梅花正发，妾与郎君且到轩中小酌数杯。"说毕，挽了逢玉手走到寨后一个小轩中坐下。

此时正是小春天气，看那梅时，疏疏的已开了数枝在那里。逢玉看了梅花，归思愈切、愁思愈浓，正合着侯夫人两句：

庭花对我有怜意，先露枝头一点春。

梅小姐命左右排上宴来，与逢玉饮了数杯，偷眼看逢玉，意殊索漠。梅小姐心中不乐，低着头在那里弄裙带儿。侍女中有一个名唤玉箫者，性最聪慧，善解人意。见他两个饮得冷淡，便走上前来凑趣道："奴婢无甚孝敬姑爷、小姐，且唱支歌儿与姑爷小姐听听好么？"梅小姐点头，玉萧遂敲动牙板，如莺啼燕咤的唱出一支歌来道：

妹相思，不作风流到几时。只见风吹花落地，哪见风吹花上枝。

梅小姐听了，抬起头来嘻嘻的笑道："恁般有趣。是尔做的么？"玉箫笑道："污耳！"梅小姐命赏酒一杯，玉箫接酒在手，笑吟吟捧至逢玉面前道："姑爷未饮，奴婢安敢先饮！"

逢玉道："小姐赏尔的，自然该尔先饮。"玉箫道："请姑爷、小姐各饮一杯，奴婢奉陪。"说毕，取壶向小姐面前也斟上一杯。又另斟一杯取来，恭恭敬敬立向二人，一饮而尽。

小姐道："尔再能唱一支恁样好的，我与姑爷也就饮尔这杯酒。"玉箫闻言，敲动牙板，悠悠扬扬又唱出一支来道：

大头竹笋作三哑，敢好后生冒好花。
敢好早禾冒入米，敢好攀枝冒晾花。

逢玉看玉箫生得细小白皙，长发垂肩，已有三分怜她；又听她唱得清婉浏亮，纡徐有情，句句打合到自己身上，不觉微微而笑。梅小姐看见大喜，忙向头上拔下一枝金钱摇来，赏她道："姑爷自到山来不曾一笑，尔今一歌能令姑爷怡然，不可不重赏。"玉箫也不来接，只憨憨的笑道："俚歌污耳，怎敢受此重赏？但求姑爷、小姐饮干了酒，奴还有一支，一并献丑。"逢玉真个饮了，玉箫复曼节长声而往而复的唱道：

> 山有木兮木有枝，心悦君兮君不知。
> 君不知兮妾心苦，妾心苦兮向谁诉？

玉箫每唱一句，故迟其声，作悲酸之态，凄婉之音真个如怨如慕、如泣如诉，引得梅小姐倒在逢玉怀中呜呜咽咽哭将起来。逢玉取巾与梅小姐拭泪道："小姐过爱小生，小生岂有不知？但欲使小生弃旧恋新，则私心窃以为不可耳。"玉箫复笑嘻嘻唱道：

> 黄蜂细小螫人痛，油麻细小炒仁香。
> 敢好娘儿郎不爱，郎心敢是铁心肠！

引得逢玉、小姐一齐笑起来。三人正唱得入港，忽走进一个女兵跪下禀道："大王回山了。"梅小姐起身吩咐玉箫道："尔陪姑爷缓饮几杯，我去接了大王就来。"又向逢玉道："郎君多饮几杯，妾去就来。"逢玉道："小姐自便，小生酒已有了。"梅小姐辞了逢玉，出至前寨。梅英同诸葛同，杀退嘉桂人马，收兵回山，已至寨中。见小姐到来，二人出位迎接，叙礼坐下。

诸葛同拱手道："小姐恭喜，李公主已完结了！"因复称赞道："李公主可谓能得士矣！深入险地，如在阱中，犹杀我士卒五万、大将两员，若非不才临机应变，奇出不穷，几乎失手。"

梅小姐起身致谢道："难为军师了。只是如今还是说与黄郎知道好，还是不说好？"诸葛同道："此事不才筹之熟矣！小姐与大王都不好说，待明日如此如此，他若有甚说话，尔每都推在不才身上，大王与小姐方可转舵。"梅小姐道："军师妙策，曲尽人情。"说毕别回。

次日，诸葛同着人请梅英与逢玉至寨宴饮。梅英道："怎么又承军师美意？"诸葛同道："姑爷到山，不才尚不曾尽得主道。今日无事，特屈大王到来，陪姑爷畅饮几杯。”逢玉起谢，三人传杯弄盏。饮至半酣，诸葛同擎杯向逢玉道：“姑爷饮此一杯，不才有句话儿禀上，望姑爷见谅。”逢玉接酒道：“军师但说。”

诸葛同道：“姑爷与我家小姐成婚，不知哪个多嘴的说与嘉桂山李公主知道了。李公主大怒，兴兵到此，声声要取姑爷首级回去。不才怪她不逊，略施小计，把她人马杀得抱头鼠窜而去，李公主被乱马踏死在罗旁口鸦髻山下，今敢启知。”

逢玉闻言，把手中酒杯落在地下，呆了一会道：“此事真么？”诸葛同道：“哪有不真！”回顾左右：“取割下袍袖来与姑爷看。”一头说，一头就把袍袖递过来。逢玉接来一看，血染满一幅红锦袍袖，果是李公主的；逢玉大叫一声昏绝于地，左右急忙扶住。少顷苏醒过来，放声大哭，见壁上挂着一口剑，奋前取下，拔在手中道：“公主为我而死，我何以生为！”把剑望喉中便刎，左右急忙夺住，诸葛同一道烟走了。

梅英向逢玉跪下道：“这都是军师不是，望姐夫看孤姐弟面上少息雷霆之怒。”逢玉哪里听他，正嚷间，梅小姐哭了出来，把诸葛同海骂了一回。与梅英各挽着一只手，扯了回来，梅英又慰解一回辞去。

逢玉明知他们设局害了我那公主，可怜公主是个多情多义女子，今日为着我，抛尸原野，死于非命，悲风泣露，情何以堪！愈思愈哭，愈哭愈想，想到惨切，便捶胸顿足，以头撞地而哭，真欲如“春蚕到死丝方尽，蜡炬成灰泪始干”。一日，五鼓起来，修了两封诀别书，秘密封好。天明，叫人寻了黄汉到来，暗地嘱咐道：“这书两封，一封与张小姐，一封与我父母的，尔须藏好。吾死之后，他留尔无益，便可归去，须为我寄谢张太公与张小姐，幸自爱，今生负约，来生当效犬马以报！”

黄汉惊泣道：“相公何为出此言？”逢玉道：“此贼残虐生民，朝廷不久必来扑灭。我久处贼中，若不早死，必至贻累父母，一也。此山层峰叠嶂，路径盘折，而贼巢又星罗棋布，若不早死而思逃窜，必被拿获受辱出丑，二也。李公主忠贞节义，为我而亡，而我乃与贼人同食共枕，食其食，衣其礼，贪生苟免，则李公主非贼杀之也，直逢玉杀之耳！此吾之不可不死者三也。言止此矣！尔如有爱主之诚，当成主之义、全主之名，毋相阻也！

黄汉闻言，叩首涕泣，佯领诺出来，把上两事隐过不言，只将感李公主之情不忍独生这一段话，密地着人通知梅小姐。小姐闻言大惊道："然则奴欲私郎反杀郎矣！"急问左右姑爷安在，左右道："前头哭向山后去了！"梅小姐忙毁妆跣足，步至山后。见逢玉取一幅白纸条，写个魂幡儿道：

故妻金花李公主之魂

向东插住，取办香撮土为坛，招魂哭拜毕，取幡焚化，撩衣踊身，正要向危崖跳去。梅小姐到来，一把抱住大哭道："郎！妾知罪矣！郎如肯恕妾无知，妾愿塑公主像，终身奉祀，以忏罪过！郎若不肯恕妾，郎不必死，乞请斩妾，与公主报仇可也！"言毕大恸。

逢玉见此情状，眉头一耸，计上心来道："尔要我恕尔么，除非同我到鸦髻山收公主尸骸，以礼殡葬，延僧超度她则可。不然，吾唯有索公主于九泉已耳，安能同尔妒妇一日居乎！"梅小姐道："愿从郎命。"逢玉道："前在土山所约三事，转瞬食言，瑶人多诈，吾岂能复信尔耶？"梅小姐闻言，向东跪下，指着那轮红日道："妾若食言，有如皦日！"逢玉见她立矢，方才见了，与她走下山来。

左右进入参粥，小姐接来亲用玉匙调和，奉至逢玉面前道："郎君三日不食矣！望郎勉进一匙。"逢玉以手推开道："吾喉中嗌塞，食不下去。"梅小姐挨近身边道："望郎强进一匙。"逢玉凭几不答，梅小姐置盏案上，凭几垂首于侧，逢玉偶回转头来，猛见她惶惶不胜情，一时过意不去道："小姐梳妆。"梅小姐道："郎不爱命，贱妾何以妆为！"言毕泣下。

逢玉勉强走至案前，取起粥来吃了数匙，梅小姐方命左右取绣墩来，坐在逢玉膝前，使玉箫理发梳妆。传命裨将："选五百军士，星夜到鸦髻山，搭起草棚三间，礼生鼓乐、祭仪棺衾、工匠人等俱要整备。我明日同姑爷到来殡葬公主，毋得违误，取罪非轻！"裨将领命前去。

次早，梅英进来，与逢玉见礼毕，向梅小姐道："闻姐夫要到鸦髻山殡葬公主，待弟同去，庶可相帮行事。"梅小姐应诺，梅英遂挽了逢玉手，出至前寨。用饭毕，一齐上马，前呼后拥，往鸦髻山来。到了山下，进至棚中，军士已把许玉英尸首抹净，改换冠袍，安置棺中，面上覆以红锦，专候逢玉到来看了盖棺。逢玉看见，三步作一步走至尸边，掀开红锦，见头面毁烂已不可复认，此时也顾不得臭秽，伏在尸上，就如孔夫子见了麒麟一般，放声大哭。哭到情极，便把头向尸上乱触。梅英忙来扶住，扯在一边，左右急忙盖上棺盖，逢玉犹呼天抢地的哭哩！正是：

圣人哭道，时人哭色。
用情不同，伤心则一。

梅英劝道："死者不可复生，姐夫还当保重贵体，料理公主为是。"裨将进来禀道："公主吉宅当在何处？乞大王示下，以便兴工造筑。"逢玉道："必须择一善地，使异日不为道路，不为城郭，不为耕犁所及、洪水所冲的所在方好。"梅英遂挽逢玉手道："孤与姐夫亲去踏看何如？"逢玉遂起身，与梅英上马，由鸦髻、荔窝一路看来，都云不吉，直看至大箭山口。指着锦石，佯为不识道："那山是什么所在？”

梅英道："此乃锦石山也。”逢玉道："那山花草至冬不凋，必是个旺气所在，就与大王到彼一看何如？”梅英要顺逢玉的意思，忙应道："好。”遂渡过南江，登锦石山来。见正西一面江水环绕，群峰拱照，逢玉道："此处龙回虎抱，足称吉地，就此罢。”梅英举目细看，果然风藏水聚，点头道："姐夫眼力不差！”就命军士移营在山上扎住，开圹兴工。不三日，筑起巍然一座大坟，迎许玉英棺柩到来，择吉安葬。

逢玉又取白布一匹，写起一竿长幡，向鸦髻山招魂，引至墓所，举哀祭奠；梅英亦拈香礼拜。祭毕，颁祭肉于军士，就坟前烫起酒来，大碗酒大块肉欢呼畅饮，直至更尽才撤席就寝。众军士连日辛苦，夜来又多吃了几碗酒，各各齁齁睡去，鼻声如雷。

将近三更，逢玉想道："此时不走更待何时！”悄悄起来，轻轻步出营外，一步步摸下山来，也顾不得荆榛乱石、茅深月黑，拣着小路缘江而走。走过三四个石山，心中慌迫，不提防露湿藓滑，扑咚咚一声，跌下牂牁江里去了。正是：

福无双至，祸不单行。

未知生死如何，且听下回分解。

第十回

寻旧盟竟成画饼　控匪赤反自招灾

词曰：

归，洞口梅花斗雪开。人如玉，幽恨尽堪排。
猜，蜂蝶纷纷自去来。人何在，香径长莓苔。
哀，遗恨师雄梦乍回。香魂杳，没兴一齐来。
悲，衙鼓咚咚血肉飞。呜冤事，今已不须提。

——调寄《十六字令》四阕

话说逢玉认定李公主已死，乘间求梅花葬祭毕，夜至三更时候，偷出营外，悄悄下了锦石山，拣着小路而走。其夜愁云密布，星月无光，黑魆魆的爬过几个石山，不觉走至一个绝地，进退不得，下面水声如雷。逢玉心中慌张，仰着头，用手搭着一块石板，要从上面爬去，不防石面苔藓被露湿了，滑溜溜搭不住。来一个鹞子翻身，“扑”的一声跌下危崖去了。正合着古人两句道：“危崖坠危石，势落不能留。”幸是跌在水里，若是跌在石上，就不化为肉饼也不免头破耳裂。

闲话休题。且表逢玉跌在潭心，似有物托住一般，轻轻送至岩边，攀着一根红龙须爬上去，坐在岩下。幸身上不曾伤损，浑身衣服虽湿，南方天气，十月尚不甚寒冷。坐至天明，举头一望，两岸俱是斗绝的石壁，下面潭深无底，自家也不觉吐舌惊诧道："这个所在，跌下不死岂非天命！只是怎得出去哩！"

正想间，耳中听得橹声咿咿轧轧摇进口来，急睁着眼看时，见两个女郎。一个大约二十余岁，穿件紧身蓝布衫儿，绿巾缠头，立在船头举网打鱼。一个小的约十五六岁，穿紫布衫，梳个懒妆儿，额系一条青绉纱，一手把舵，一手捻着一枝梅花，立在后梢，口中唱道：

手捻梅花春意闹，生来不嫁随意乐。
江行水宿寄此身，摇橹唱歌桨过滘。

逢玉喊道："两位姑娘救小生则个！"两个女郎听见，摇拢船来，扶下逢玉。见逢玉衣裳皆湿，取件衫裤与逢玉道："天气寒冷，相公且换下湿衣，奴代尔烘烘。"逢玉接来换了，两个女郎与他绞去水，一面代他烘衣，一面热些酒食来与逢玉暖寒。

逢玉吃了，致谢道："小生落难，蒙贤姐妹恁般救济，小生无物相酬，乞赐仙号，异日好来相谢。"大的道："我两个是蛋户，救济失水是常有的，何必云谢！请问相公仙居何处，缘何失水？'

逢玉道："小生程乡人氏，因访亲回去，失足坠水，若不遇贤姐妹，要冻死岩下哩！不知这里是什么所在？到省还有多少路程？"女郎道："这是牂牁江口，到省还要十多日。"逢玉道："求贤姐妹渡小生上岸如何？"那大的道："这里上岸，无路可走，须到越城方有大路。相公若不弃，且住舟中，明日我姐妹送相公到越城去如何？"

逢玉此时吃了些酒，觉浑身疼痛起来，又一夜不曾合眼，也想睡睡，便答道："恐怕打搅不便。"大女郎道："说甚话来。"遂指着铺盖道："相公且憩息片时。"逢玉谢了一声，打开铺盖，一直睡至日暮。二女唤醒起来，见摆设许多玉珧鱼脍、火酒蒜泥。

逢玉惊讶道："怎么要贤姐妹恁般盛设！"大女郎笑道："鱼虾是

奴饭碗，说不得是么。”说毕，斟酒相劝。饮至更余，大的笑向小的道：“今夜只有一个铺盖，怎样好？”小的低着头微微而笑，大的道：“也罢，待奴睡在火舱里，等阿妹与郎齐睡罢。”

逢玉道：“岂有此理！小生蒙贤姐妹相救，复赐酒食，已出望外，安敢复僭铺盖？今夜自当贤姐妹睡在铺盖上，小生睡了一日，当在外舱坐以待旦。”

大的道：“郎君不必推诿，奴两个虽是蛋女，颇自贵重。今因奇郎踪迹，故不避羞耻，愿荐枕席。因缘难再，望郎勿拒，但不知阿妹意下何如？”小的低低道：“要睡大家齐睡在一铺罢。”大的笑道：“尔倒知趣。”收了盘盏，取水与逢玉净手，铺床叠褥，挽逢玉就寝。逢玉此时感念她两个，不敢十分相拂，只得从她云雨起来。

两个都是处女，啮指相受。逢玉大为奇异，因问道：“卿姐妹曾受人家聘否？”大的道：“奴两个曾遇异人授服丹药，凡龙蛇恶毒魑魅之类，都不敢相犯，故敢于江海之中独来独往，矢欲如刘三妹，不轻嫁人，随意歌乐。昨宵姐妹两个坐在船头钓鱼，见一朵彩云坠在对岸，光彩射人，姐妹正看间，现出一个夫人，身穿大红袍，头戴冠帔，自称她是许玉英，蒙天帝怜她忠贞，封为罗旁后土夫人；今文曲星君有难，尔两个与他有缘，可速撑船至牂牁江口相救，说毕腾空而去。奴两个不敢不信，拢船上来，巧巧遇着郎君，岂非缘分？”

逢玉听了那许玉英名字，耳熟得紧，只是再想不起。想了一会，忽然想着道：“是了，原来她也死了！”不觉潸然泣下。二女忙问道：“死了哪个？”逢玉道：“卿见那个许玉英是嘉桂山李公主女将，今既蒙卿心爱，料说也不妨。”遂把前后事细述了一遍道：“玉英必从李公主而死，今又来报卿救我。女中有此忠贞，怎不感动天帝！”二女闻言大喜道：“然则郎君为群媄所争夺，果系非常人也！但郎君今欲何往？”

逢玉道：“公主已死，到彼亦无益。去年四月，路经梅花村，曾聘张氏为妻，相约小生到了从化回去，举家与小生东归，事出多故，挨延至今。明日便当辞贤姐妹到梅花村去矣！”

二女道：“如要到梅花村，奴姐妹径送郎到博罗如何？”逢玉大喜道：“若得贤卿肯相送，大恩大德当铭肺腑。”三人说得投机，直讲到四鼓，才勾肩叠股而睡。正是：

> 情因款洽言难尽，话不投机半句无。

次早起来，取路缓缓摇船，往博罗来。凡遇市镇必买酒买肉，与逢玉浅斟低唱，极绸缪之致；夜则三人共铺，畅鱼水之乐，如此者非止一日。已到博罗，大女郎对小女郎道：“阿妹陪郎坐坐，待奴买些酒肴来与郎饯行。”去不多时，带着岸上一个伙家，提着一坛绍兴酒，携了许多果品之类到来放下，叫小的烹调起来，摆满一船。请逢玉上坐，二女左右相陪。饮至数巡，小女郎以手搭在逢玉肩上，把星眸斜视着逢玉唱道：

> 官人骑马到林池，斩竿筋竹织筲箕。筲箕载绿豆，绿豆喂相思。相思有翼飞开去，只剩空笼挂树枝。

小女郎唱完，大女郎蹙着眉道：“阿妹怎么唱出这歌来！待为姐唱尔听。”

> 云在水中非冒影，水流云动非冒情。
> 云去水流两自在，云何负水水何萦！

小女郎低头嘻嘻而笑，逢玉不觉泣下。大女郎取巾与逢玉收泪道：“阿妹戏言，郎何认真！”逢玉道：“小生诚负二卿，但卿若能从小生东归，小生颇有家私，尽供养得起，不识二卿意下如何？”大女郎摇着头儿唱道：

拨棹珠江二十年，惯随流水逐婵娟。
青蘋难种君莫种，烟雨堪怜君莫怜。

逢玉拭泪道："贤卿高致，小生不敢强，但后日小生欲来相访，卿仙踪缥缈，叫小生何处问津？"大女郎道："郎不必来访，奴两个异日自会来寻郎。"说毕就寝。次日，二女各出白银十两相赠，逢玉洒泪上岸，二女拨开艇儿自去。正是：

人心未尝同，不可一理区。
宜各从所好，未用相贤愚。

话说逢玉别了二女，取路往梅花村来。行了数日，一阵香风过处，现出没上没下、粉雕玉琢一般的梅花来。逢玉不胜感叹道："去年到此，青子满枝、绿荫遍地。曾几何时，梅花再发，又别成一个境界了！"逢玉此时也无心玩景，飞跑至张家庄来。

到了庄前，见一所庄院被火烧得七零八星，牡蛎墙倒在一边。只剩东边一间，又户破窗倚，寂无人声。逢玉心中老大惊疑道："难道岳父待我不至，径自搬移去了不成？只是怎么连房子也放火烧了？"正惊疑间，破户"呀"的一声响，走出一个后生来，拱手问道："相公何来？到此何干？"

逢玉忙作揖道："小弟黄逢玉，去岁四月到此，蒙岳父张秋谷把令爱配小弟，约弟到从化访亲回来，就同弟搬移到敝县居住。小弟因事拘绊，直到今日才回，不知岳父几时搬去，连房子也烧了。兄是何人，却住在此？"

那后生听了，放声大哭道："原来兄是吾妹夫！弟张志龙，六月由广西回来，房子已烧了。访问邻人，方知家父母及妹子，本年三月，已被丰湖何足像同饶有，引火带山贼来劫掳去了。”逢玉大惊道：“兄可曾到彼探听下落么？”志龙道：“弟虽去来，只是贼巢深邃，无路可通。回来气愤不过，就到府县告理，怎奈何足像手脚甚长，着人在官府处使了银子，官府都不准审理。妹夫到来甚好，怎么设个计来救取父母、妹子则个！”说毕又哭。

逢玉闻言，以身投地恸哭道：“天乎！黄逢玉何罪，直使我所遇皆穷，一至于此！”两个哭了一会，志龙扶逢玉进破屋里，取张折脚凳与逢玉坐下，炙些粥来与逢玉吃。逢玉哪里吃得下，两人相对坐至二更。逢玉道：“明日莫若同兄到军门去告，并求发兵征剿，方能有济。”志龙道：“小弟带回些银两，两次告理，使费已尽。欲往军门，无盘钱奈何？”逢玉道：“小弟蒙友人赠白银二十两在此，明日便同兄去告。”商议定了，解衣就寝。

逢玉既伤张小姐，又恸李公主，伏枕流涕，哪里睡得下！挨至天明，梳洗毕，志龙收拾铺盖，同逢玉出至河口，搭船到省。寻下寓所歇下，逢玉写起状子，候得督府出衙拜客，守在辕门等候督府回来，将状递上。

督府收了状子，进至衙中，把状来看，开头看见“黄逢玉”三字，就把状来掩过，丢在一边，顾左右道：“与我唤那告状的黄逢玉来！”此时逢玉尚在辕门，闻督府吊问，忙整衣进去跪下。

督府问道：“尔就是黄逢玉么？”逢玉叩头道：“童生正是黄逢玉。”督府道：“嘉桂山招亲的就是尔么？”逢玉又叩头道：“不敢，因李公主苦苦相求，童生不得已应承的。”

督府又问道：“天马山招亲的亦是尔？”逢玉见督府问到此，声色俱厉，只得又叩首道：“天马招亲，因童生访亲至彼处被擒，强把其姐梅映雪招生。生知其系叛贼，佯应承了，近日乘空，才逃得出来。望大人镜察。”

督府把棋子在案上一拍道：“罗旁万叠重山，他不放，尔怎逃得出来！明明交通瑶人图谋不轨，今代他出来做细作，还敢大胆来军门告状，着实可恶！”逢玉连连磕头道：“其实二处，皆为所诱，非小人有心！”

督府大怒道：“天下许多人他不诱去，偏偏来诱尔一个？尔这狗才，不打如何肯招！”喝令左右把逢玉放翻在地，褪去裤子，亲起来指定道：“须重责这狗才！”左右答应一声，一棒无情棍从半天里打下来，一气打了二十棍，打得逢玉皮开肉绽，死去移时方醒。督府吩咐左右：“与我押至南海县，审问了勾引反叛情由，申文来奏请斩首！”左右答应一声，也不管尔走得走不得，把铁索套在逢玉颈上，如狼如虎扯着便走。张志龙在外面，听得人声宣扬出来：“督府拿着天马山奸细黄逢玉，已解去南海县审问了。”志龙不知就里，惊得魂不附体，连夜逃出城外。

次日，欲进去探听的实，又恐一网打在局中，只得抛了逢玉逃回梅花村去了。正是：

无可奈何收拾去，长使英雄泪满襟。

今不说张志龙回梅花村，且说逢玉解至南海县来。这个县官是有名的洪一夹，生性极贪极酷，不问尔是么样人，遇着他只是一夹！人因安他这个绰号。今日见督府大人解下个瑶王的女婿来，要他审问，不觉大喜道：“生意到手了！”忙出堂来坐下，吩咐快快唤进来。左右带进逢玉，摔在案下，逢玉已不能起跪，仰卧于地。

洪一夹笑道：“尔在天马、嘉桂为瑶王女婿，做尽大喇喇模样，今日到在本县案下，还敢不跪么！”逢玉哀求道：“童生实是伤重，起跪不得，求公祖哀怜冤屈，笔下超生。”洪一夹笑道：“本县看尔是瑶王女婿，必然知书识礼，今日姑且免问。”回顾左右：“且带出外厢，好生看视。”退堂进去。差役带出，对逢玉道：“尔有什么孝敬大老爷，快快拿出来。我们代尔送去，明日审时可免毒刑。”

逢玉泣道：“我实无银子，求列位哀怜无辜，向太爷面前说个方便。”差役道：“别的无银子还说得太爷信，尔是个贼大王女婿，说无银子鬼也不信！”又一个道：“身边无银，信儿也通一个与尔那瑶王知道，她闻得女婿受苦，怕不整千整万辇将来救取尔么！”又一个道：“我看尔这亚官仔，雪条般嫩的屁股，若舍不得银子，那时大老爷发起怒来，我们就要爱护尔，恐怕也护不得。”逢玉只说没有。

一个怒道：“管他银子用不用，干尔甚事！尔敢是舍不得他白屁股么？”那一个笑道：“莫道屁股舍不得，就这个面孔儿也令人爱杀哩！”一个道：“尔既这般爱杀，何不自家拿出些银子救他？”那个道：“反叛罪大，若是些小事，我就救他出来做个龙阳，也现现我的体面。”

逢玉听了，心头大怒道：“这班奴才乃敢如此放肆！大丈夫死即死耳，何必哀求贪官、乞怜奴隶！”志气一奋，顿觉心头凉快，痛楚都减。一夜无话。

到了次日，县官不见逢玉送礼来，坐堂审问，皂快拿进逢玉来，洪一夹大喝道：“快快承招，免本县动刑！”逢玉道：“乞赐纸笔。”县官命取笔砚与他道：“从实招来！”

逢玉研得墨浓，提起笔来，向纸上写八个大字道：“皇天后土，实鉴此心。”写毕递上，与县官看了，大怒道：“反贼怎敢抗违玩忽！”命取夹棍来上了，众差役喝吆一声，把绳一抻，逢玉大叫一声昏绝于地。差役口含冷水，提起逢玉头来兜面一喷，悠悠扬扬苏醒转来。

县官喝道：“快快招来！”逢玉抗声道：“叫我黄逢玉招什么？”县官道：“勾引瑶人，谋为不轨！”逢玉道：“皇天后土，实鉴此心。”县官大怒道：“再收！”差役喝吆一声，把夹棍收理，痛得逢玉披头散发又昏绝于地，差役复以水喷醒。

县官道：“尔招不招？”逢玉道：“除了‘皇天’八字更无可招！”

县官命敲，左右取槌在夹棍上敲了数下，逢玉又死去。移时苏醒转来，人已十分困了，卧在地下答应不得。县官教且抬出，明日再问。皂役抬在牢中，用铁索扣住，闭了牢门自去了。可怜逢玉娇贵身子，受了恁般毒刑丢在牢中，一口水也无人送与他吃。渐渐恶血攻上心来，昏昏沉沉死在地下。一点魂灵直从泥丸透了出来，随风飘荡，因心恋着嘉桂，随风飘至都贝大王庙前，见庙中走出一位女娘，身穿红袍，头戴冠帔。逢玉只道是李公主，大叫道："公主救我！"

那女娘见了逢玉，欷歔而泣道："妾非公主，乃公主麾下许玉英也！君随妾来。"逢玉跟着走回牢中，玉英把魂依旧推入泥丸，用手摩了一会，复扶起，用手在后心狠狠的拍了一下，逢玉惊醒，大叫一声："痛杀我也！"睁眼看时，星月在天，霜华满地，哪有什么许玉英！听樵楼已打四更，忽然心头作恶，侧转头来向地尽力一吐，吐出两个红丸，异香扑鼻。取起一看，大惊道："此乃我同岳父到龙虎山，遇黄野人赠的，怎么吐了出来？"忙取起纳在口中，细细嚼烂，和涎咽下，觉遍身骨节辘辘有声。顷之，心胸宽爽，肿痛顿失，精神如旧。心中大喜道："黄野人原说服了此丹可免非常之难，仙语已验，料无大事。"放开心怀，曲肱而睡。

天色已明，差役推门进来，见逢玉全然无事，大为骇异道："尔受了恁般重刑，怎么一夜就平复如旧？敢是有甚法术么？"逢玉笑道："法是没法，天相吉人，自然有人救护。"说犹未了，内面门子大喊道："值班哪里？老爷要问昨日犯人黄逢玉，快快带进内堂来！"差役听得，忙带逢玉进内堂跪下。

洪一夹道："本县昨夜发个梦，梦见两个仙女从空而降，一个约二十余岁，一个约十五六岁，自称是珠姐云妹，奉许夫人命来求本县宽尔刑法，后日自有人来救尔。今早起来，阿奶说起，夜发一梦，与本县相合，阿奶额上近发一血瘤，大如茶杯，无人敢医。那个云妹对阿奶道：'尔若能叫尔丈夫宽我黄郎刑法，我与尔取去血瘤。'遂向袖中取出一把小刀，把阿奶额上血瘤割去，全无痛楚，今早起来平塌如初。如此看来，尔的冤屈想是真的。只是督府大人与嘉桂山李公主有仇，本县不问实尔个反叛罪名，本县固免不得罪责，恐怕还要把尔解往别衙门研讯。不如尔暂且招承，待本县叠成文案，详上去，尔便可从容待救，尔意下何如？”

逢玉初时，恐怕县官诱他，苦苦不肯；后复想道：“他说许夫人，难道许玉英夫人真个又来救我？只是云珠姐妹又是哪个？”忽然省悟道：“原来阿妹两个竟是仙人！怪她云水拨棹而歌，超超有出尘之想。也罢，生死有命，且由他做去罢。”遂对洪一夹道：“既系老爷肯周旋童生，暂且招承再处。”

洪一夹大喜，遂吩咐差役暂将黄逢玉收监，不许禁子、囚徒人等刁难他，本县查出，定行重责不贷。差役领命，带逢玉出来，送至监中，将大爷言语吩咐了一番，禁子应诺领进去了。正是：

收监公冶原无罪，下狱邹郎太是冤。

未知后来果有人救逢玉否，且听下回分解。

第十一回

梅映雪誓志寻夫　张志龙脱危认妹

词曰：

乱云堆里一婵娟，姣如莲。莫将洛城并巫烟，一齐看。　　漫道天心暗，须知恶贯难延，洞胸匕首雪仇怨。雪仇怨，一炬了凶残。

——调寄《望仙门》

今不说逢玉监禁南海。且说梅英在锦石葬了许玉英，其夜与逢玉饮了更余酒，归寨就寝。天明起来，左右报进姑爷逃走了。梅英拍案道："孤失检点了！昨夜该与他同寝。怎样回复孤姐？"低头想了一会，忙叫四个裨将来吩咐道："昨夜阴云布合，山高路黑，料姑爷去此不远，尔等可分作四路，各带军士，赶回姑爷。"

裨将领命，各选快马分头来赶。赶了三四十里，并无影响，只得回来复命。末后一个裨将从德庆州一路回来的，禀道："启大王，姑爷并不见消息，末将倒探得一事回来。"梅英道："什么事？"裨将道："末将到德庆州，闻得人说李公主不曾死；末将留心访问，一路居民都如此说。"梅英听了也不回答，但吩咐军士返寨。回至天马山，梅小姐忙出寨接着，问道："黄郎安在？"梅英道："姐夫前夜逃去了！"

梅小姐闻言，不发一语，转身进后寨去了。

梅英分散军士毕，随进后寨，见梅小姐坐在一张白桐几上，手托香腮，对着菱花古镜然然流涕。耐庵子读至此，作一篇古意道：

西邻有佳人，独坐揽明镜。
不自画长眉，但见珠泪迸。
问之有所思，欲语不肯竟。

梅英见此光景，一时过意不去，因上前劝慰道："姐姐不必愁烦，小弟随差人往各处体访姐夫下落，务必绊他回来。"梅小姐不答。梅英又劝道："姐夫虽然薄幸；天下甚大，英雄甚多，岂无一胜姐夫十倍者？姐夫如果不回，小弟愿为姐遍选天下，必得一才貌双绝者为姐姐作配。"

梅小姐闻言勃然大怒，叱之道："孺子何得乱道！梅映雪岂人尽夫者耶？黄郎不回，奴唯有长斋绣佛，结缘来生耳，尔何得乱言！"梅英诺诺而退。正是：

奴心不比壮心淫，夫去还当守女箴。
云外酒炉红杏月，千秋羞照白头吟。

过了半月，连滩副帅闻大刀，使人来请梅英与诸葛同到彼赏梅去了。梅小姐使人寻了黄汉二人进来，问道："尔可认得梅花村张太公么？"黄汉道："怎不认得！小仆同相公在张家庄住了月余才来的。"

梅小姐大喜道："李公主既死，我料尔相公必不往嘉桂山，必到张小姐那边去。我今欲同尔两个到梅花村，寻尔相公；寻不着径到程乡住在公姑处，尔二人以为何如？"黄汉道："只怕小姐此话不真！如果真心，怕不是古今来一个绝有志气的女子！"梅小姐道："哪有不真？只是尔两个男人，我一个女子，必须想个绝妙的走法，方不致人疑惑。”黄汉低头想道：“小姐虑得极是。真个走得不好，被人识破小姐是天马山下来的，岂不被人拿了？莫若小姐径扮了男装，汉二人径呼小姐为相公，使人捉摸不着。”

梅小姐大喜道：“尔想的与我正合。”遂取了千金，藏好在一只皮箱内，捆了一副铺盖，带了随身衣服，与黄汉挑了。命黄聪将逢玉骑来的黄骠马上了金鞍，牵至辕门伺候。自家换了一件淡黄袍，束了一条玉纹鸾带，上盖着大红呢马褂，头戴一顶芙蓉冠，冠上遮着绿呢红里雪帽，带上雌雄宝剑，出至前寨坐下。

传令守寨将士进来吩咐道：“奴今要到梅花村访黄郎去，尔等须紧守寨栅，毋得疏失！大王回来，可代奴说知，叫他不要虑我。”众将齐跪下叩头道：“小姐兄弟只有大王一人，既要远离，须俟大王回来一别。”

梅小姐泣下道：“奴非不知，但大王回来，必不舍得奴去也。”说毕含泪上马。众将不敢十分相阻，送下山来。小姐回顾道：“尔等须善事大王！”众将跪下道：“敢不如命！”说毕，挥手令回。众将回至寨中，连夜使人到闽大王处报知梅英。梅英急忙回来，问知备细，欲差人赶回，众将禀道：“小姐去志已决，谅赶也不回。不如随后差人打探小姐下落，再差人候问可也。”梅英见说有理，也只得放下不题。

且说梅小姐来到南江口，渡过海，主仆三人取路往梅花村来。行了两三日，将近马墟，早有许多接客牙人走拢来，拦住道：“客人到我家歇去，我家的床铺洁净，不比他们的龌龊！”那一个道：“相公到我家方好，我家的茶儿也香酒儿也热，不比他家的滥恶！”纷纷的来争马缰，嚷个不了。梅小姐从来不曾出门独走的，见了这个光景，不知他们怎的，正要发作，黄汉走来喝道：“投宿要人情愿，怎么这般啰唣！”说犹未了，内中一个后生喊道：“黄客人，尔回来了么！”黄汉举眼一看，认得这个是夏间同逢玉往大绀时，歇在马墟的王小二。

黄汉大喜道：“就生不如就熟。小二哥，再到尔店中住罢。”众牙人见他们有老主人，遂一哄而散。王小二大喜道："黄管家，尔老人家面孔还是一样的，怎么尔家相公比先反觉嫩了些？害我一时睬不来！"黄汉笑道："我相公是清闲人，走在亲戚家里，住了许多时，自然会嫩起来，怎比得我！"小二道："是。"遂来代黄汉挑了担儿，一径进店来。

见店中先坐着一个秀才，身长膀阔，满口胡须，戴万字巾，身穿千金裘，把梅小姐上下一看。但见：

鼻倚琼瑶，眸含秋水。眉不画而自绿，唇不抹而自红。杜义凝脂，尚输一天风韵；何郎傅粉，难同两朵桃花。更兼妆体风流，真个令人骨碎。

那秀才看见，魂不附体，忙出位向梅小姐作揖下去。梅小姐忙回礼，相逊至客座坐下，拱手问道："仁兄高姓大名？贵干何处？"黄汉从旁代答道："我相公姓黄名玉山，要到惠州梅花村访亲。"

那秀才哈哈大笑道："小弟与仁兄恁般有缘！"黄汉道："怎么说？"秀才道："小弟姓钱名子干，生平好习武，前科蒙张大宗师取人批首。去岁有个舍亲，住在惠州府城外，屡次着人来请小弟到彼教他儿子武艺。因小弟是个清闲惯的人，经不起那道途的跋涉，屡辞不往。近日又着一个家人，具了百金来请，不得不去。思量邀个读书中朋友相伴同行，但今隆冬时候，各各思量暖妻抱子，哪个肯出来冲风冒雪？因此闷闷不乐，信步到此撞撞，或者遇着惠州朋友要到家去的，就便搭伴同行，也免得去时的冷淡，不意就遇着仁兄，岂不是有缘么！"

黄汉道："原来如此，钱相公尊府何处？"子干道："就在前面，去此不远。今夜要攀仁兄主仆到舍下歇息，明日作伴同行了。"黄汉把眼来看着梅小姐，梅小姐道："承兄雅意，既要小弟同行，兄回去作速打叠，小弟就在此候兄便了。"钱子干哪里肯，三回五次，苦苦相邀，梅小姐总不肯去。

王小二听见，走前来相劝道："既钱大秀有此美意，黄相公不可不去。三位不知，我钱大秀做人极好哩！家中有十余万家资，极肯救济贫人，交结豪杰；又学得一身武艺，百十人近他不得，真是当今一个豪杰。他肯相留，黄相公当即命驾为是。"

原来梅小姐也是不怕人的，今天改了装，暗自忖道："只要自己检点些，料他一时看不出来。店中也是男人所在，就到他家一走，有何妨碍？"梅小姐遂起身道："既然如此，就去罢。"钱秀才见梅小姐允了，不胜大喜，相拱出了店门，请梅小姐上马。梅小姐道："府上既不远，就与兄步行罢。"钱子干苦苦请梅小姐上马，梅小姐只得上马，跟着钱子干缓缓而行。

到了一所绝大的庄前下马，相逊至厅上。见摆设得极其雅致，两廊放着许多弓箭刀石，梅小姐却也不放在眼上。宾主相逊坐下，献茶毕，钱家小厮掌上灯来。钱子干进内一时，左右摆上席来，请梅小姐坐了客位，殷勤劝饮。梅小姐拿定主意，只推素性不饮，不肯多吃。

酒至数巡，食供数套，钱子干斟上一杯酒，满面堆着笑道："仁兄路途辛苦，今夜在小弟敝庄，不妨多饮数杯，明日路上不要饮罢。"梅小姐道："承兄雅意，小弟实实不能饮了。"钱子干见梅小姐十分不饮，只得开上饭来用了，撤席安置不题。

看官，你道这个钱子干真个要往惠州么？尔不知这个钱子干，真有泼天的家私，只有个毛病儿，专一喜欢男人的后庭花。家中许多美姬美妾，他见了就如眼中生出个钉来一般。见了个少年子弟，不问白的赤的，便就一身都酥麻起来。正合着不才两句诗儿道："酒不辨清浊，花不择好丑。"今日见了梅小姐这个天上有地下无的面孔，怎不令他魂儿死去半天？只是道路偶逢，又见梅小姐行装炫耀，知非平常人家子弟容易到得手的，必须下段磨铁成针的细嫩工夫，方有巴鼻。因黄汉说出要往惠州梅花村，他就趁势说也要到惠州城外，思量在路上细细来缠他，不怕他不入吾彀中的意思。灵思猝计，也算一个偷龙阳的老手班头。

在梅小姐，因自家扮了个男装，只道男人见了个相爱男人，就如女人见了个相爱女人一般，怪不得他亲热，绝想不到男人对男人还有个足令人骨醉魂销的后路！故此慨然许他同行。黄汉又是个老实头，故此主仆三人就到子干家住了一夜。

次日起来，用了早饭，钱子干换了簇新一套衣服，也带个小厮牵马，一个健仆挑担，同梅小姐一行起程往惠州来。一路上把马挨近梅小姐身边，甜言细语亲亲热热的走。怎奈梅小姐终是个女人，见钱子干涎着面亲热得不像样，心中未免不好意思，把头掉开，若不看见的一般，又时时叫黄聪贴近身旁走。故此，钱子干虽心热如火，总不敢多说一句心腹话儿。

行了数日，已到三水，子干忽又想道："终日路上走，他的童仆紧紧跟随，叫我如何开口？必须雇个七舱船来，有门有户，又得终日促膝，方可乘空恳求。"想定计策，因对梅小姐道："近日海风正大，仆人挑了担儿走，十分辛苦。不如待小弟雇只大七舱船来，船轻风紧，怕不一日走得两三日的路程来，何苦在马上受此风霜！"

梅小姐想道："若是我三个，走得快时，就八舱也好。今既多了这个姓钱的，一至船上就点检不得许多，只是路上走的好。"因笑道："兄长若怕风霜，请便！小弟是不怕风霜的。"

钱子干道："小弟与仁兄情同骨肉，若仁兄有用得小弟着时，死且不避，何怕风霜？特念仁兄娇姿贵质，受此凛冽，小弟心中着实不安耳！"梅小姐笑而不答，子干无可奈何，只得跟了梅小姐走。梅小姐渐渐觉得他的心术不正，便或前或后，终日不与他交一言，正合着笠翁《采莲曲》末一句道："只许郎看不近郎。"

钱子干见梅小姐扬着鞭，不瞅不睬，愈觉魂销意沮，渐渐茶不思饭不吃，一日甚似一日。不觉间又走了数日，子干仆人道："相公身子不快，今夜到了博罗，拈剂药来试服如何？"

子干骇然道："今夜就到了博罗？"惊得几乎坠下马来，因念道："今夜若不老着面恳求，明日到惠州就要分散，我钱子干这条性命就要断送在他身上了！也罢，到了博罗，且在城外寻个僻静店儿，遣开他的仆人，备些酒食，求他救救性命。他若不允，倚着我一身武艺，用强也要取他些滋味回去，庶免丧此残生！"想定主意，就叫健仆前来，悄悄与他说明，教他如此如此。仆人领命，先去寻下歇店，回至街口接到店中，多把银子与店家。办了一个正席摆在梅小姐房中，一个副席摆在外面。梅小姐道："兄长何故备此盛席？"子干笑道："与仁兄同行了许多时，情同胶漆，明日弟要与仁兄分手了，故略备薄酌，与仁兄畅饮几杯，小解离情。"

梅小姐是个侠义女子，闻他明日要分别，也就和容悦色的道："兄长明日要相别而行，则此酒还当小弟设来与兄长饯行才是。"子干道："吾二人虽形分尔我，而情实无彼此，何须说出尔酒我酒来！"说毕定坐而饮。

黄聪紧紧贴在梅小姐身边，子干顾小厮道："外面还有一席，尔可邀黄管家也去相饮几杯。明日一别，相见不知何日，尔等独能恝然乎？"钱家小厮遂来扯黄聪去。黄聪道："我要在此伺候相公。"梅小姐道："既钱相公如此盛情，不可不去领了。"黄聪只得出来。子干见童仆俱去，笑吟吟道："小弟不知怎的，自见了仁兄就如醉如痴，夜夜梦魂都缠在仁兄身上。"梅小姐见他说出这话来，只道被他识破自己是个女子了，把两脸通红起来道："兄长敢是醉了？"子干道："未饮心先醉。"说毕，斟上一杯酒来，奉至梅小姐面前道："仁兄若肯相怜救钱子干这条性命，请饮此杯。"

梅小姐见他渐渐不雅起来，遂大声叫道："黄聪取茶来！"原来黄聪二人已被钱家小厮与店主商量，移席在对面店里饮酒去了。梅小姐连叫数声，总不见答应。梅小姐焦躁起来，起身要出去道："奴才怎敢连呼不应！"

钱子干急了，连忙出来拦住道："仁兄可怜钱子干特为仁兄相跟至此。今童仆皆往别店饮酒去了，望仁兄赐子干片刻之欢，救此残生！"梅小姐勃然大怒道："尔放什么屁来！"子干情极了，见梅小姐已发了怒，因想道："一不做，二不休！"也不由得梅小姐肯不肯，一把向梅小姐身上抱去。梅小姐大怒道："畜生何敢无礼！"一拳打来，"扑"的一声，一个乌鸦晒翼跌出房外去了。梅小姐抢上前来踏住胸膛，摄起粉团般一个拳头向胸前打下，就如八十斤银锤也无这等厉害。只一拳，打得钱子干口吐鲜血，在地下雷一般的吼，却再挣不起来。

店主听见消息不好，急叫四仆进来，黄聪忙扯开了梅小姐。钱子干跳起来，羞变成怒，一个黄龙出洞，向梅小姐阴门里钻进来。梅小姐眼明手快，搭住他的拳头，拽开脚向后一扑，一个燕子衔泥跌在地上。满胡子都是鸡屎，连鼻尖儿也擦去了一大块。

店主见打得狠，恐怕打死人命，忙叫进伙家，把钱子干扶出外面来劝道："相公是个读书人，又系同伴，怎好相打！"钱子干羞得一句话也说不出来。钱家二仆取巾与他拭去面上尘灰，抹净血迹，收拾铺盖，算还店钱，连夜扶子干上马出店而去。正是：

漫拟后庭花下，恣意做个神仙。
怎奈主人不肯，一拳打破情圈。

黄汉问道："怎么就把钱相公打起来？"梅小姐微微而笑道："可恶！这畜生敢走在我跟前无礼！"黄汉闻言，也就不问，取茶进来，安置而去。

次日，算还饭钱，梅小姐出至店前上马。对面店主走来，悄悄问这边小二道："昨夜打那姓钱的，就是这个小相公么？"小二点头道："是。"店主把舌乱伸道："这个小相公，花枝般一个人材，有这样本事！把金刚般的汉子，就如打只雌鸡般，仰前倒后，招架不来。大是奇事！”梅小姐闻言，只是暗笑。正是：

黔驴虽大，却怕於菟。
断喉尽肉，庞也真误。

梅小姐主仆三人离了博罗，一路说说笑笑，又行了一二日，不觉走到一个三岔路口。黄汉一时认不清楚，只得请梅小姐下马，坐在一块石上，等个人来问问。

不一时，见个老者，道袍竹杖，向山凹里踱将进来。手里拿着一枝梅花，口中念着苏词两句道：“高情已逐晓云空，不与梨花同梦。”黄汉忙向前鞠躬道：“请问仙翁，到梅花村从哪条路去？”老者把手指道：“那凹上道去，就看得梅花见了。”梅小姐闻言，立起身来上马。

老者把梅小姐上下一看，举手问道：“相公到梅花村何事？”黄汉道：“要到秋谷张太公府上访个亲眷。”老者复问道：“相公与秋谷是相识么？”黄汉道：“张太公是我相公岳父。

老者闻言忙向梅小姐作揖道：“闻足下被督府监禁南海，几时出了这个冤狱？”梅小姐摸头不着道：“并无是事！”老者摇首笑道：“这又奇了！请问足下高姓大名？”黄汉道：“我相公姓黄，名玉山。”

老者道：“然则令岳非敝友张秋谷了！只是梅花村并无两个张秋谷，敢是足下记错了哩！”黄汉道：“哪里会记错！去年四月间，我同相公曾在他庄上住了月余才去的。他的太婆龙氏，好不仔细哩！”老者闻言，执着梅小姐手道：“然则前月来的原是假的！足下来的正好，志龙有辨质了。且足下亦知令岳令正满门遭惨祸乎？”

黄汉初时，闻老者说逢玉前月到了，也觉欢喜；及闻张太公满门遭祸，不觉失惊道：“张太公遭了什么惨祸？”老者道：“一言难尽！请足下坐下，容老拙细述。”遂携梅小姐席地坐下道：“秋谷是老拙好友，不合去年四月同足下到丰湖考诗，压辱了何足像，气死了何肖。足像愤气不过，听信饶有，交结了火带山贼，欲来报仇。叶孝廉知了风声，先用银子贿赂了饶有，饶有遂撺掇足像放宽了叶孝廉，遍处来查足下踪迹。查来查去，查着了秋谷是足下令岳，尊正尚未过门。本年三月，遂引火带贼到来，把家资男妇掳掠一空，房子也放火烧了。六月，秋谷长男张志龙回来，上下去告，官府衙役都是受了火带山贿赂的，哪里肯准他的状子？前月来了一个少年，自称他是黄逢玉，系秋谷的女婿。带了志龙到军门告状，被督府说他交通瑶人，谋为不轨，即时打了二十棍，发在南海县鞫讯。志龙逃了回来，昨日才到家。今早何足像、饶有统了四五十人到来，声称奉军门命擒拿叛党，把志龙捆住拷掠。老拙想道：'军门拿人何须用着尔这班无赖白徒？必是闻风报怨！' 因念敝友情义，进去代志龙折辩。怎奈他口口咬定足下大名是嘉桂、天马贼党，现在南海县中供招明白，还要到军门告老拙袒护叛逆，老拙只得走了出来。今足下到来就好与他辩质了。"

三人闻得逢玉被拷南海县中，俱呆了一会，梅小姐问道："志龙被捆在哪里去了？"老者道："那班人还在村里做饭吃，还未有解去。"

梅小姐立起身来，向黄汉道："且到村里，问志龙个的实再处！"黄汉垂泪道："是。"三人忙辞了老者飞奔进村来，走至破庄前，见五七十白徒，一个圈儿坐在一块吃饭，中间放着一大锅饭，志龙粽子般缚在破门限上。

梅小姐看见，勃然大怒，喝令："黄汉与我解下缚来！"饶有听见，喝道："谁敢动缚？"黄汉倚着梅小姐，哪里怕尔这般！径来解缚。早跳起一个白徒，把黄汉一掌打了一跤。

梅小姐大怒，跳下马来抢将前去，一手把他后领扭住，一手扯住他后裤，直托起来，向热腾腾一大锅饭内尽力一掼，一声响亮，一锅饭泻满一地：众白徒一齐跳起来奔梅小姐。梅小姐拽开手脚，左一拳右一掌，打得一个落花流水。何足像见势头不好，一道烟先自走了。众白徒见何足像走了，也一哄而逃。

梅小姐与黄汉三人赶了一回，转到庄前，见一人跌折了脚，伏在败篱笆下。黄汉扳转面来一看，黄汉曾在栖禅寺院大石台下见过，还依稀认得，喝道："尔可是饶有么？"饶有跪下道："好汉饶命！"梅小姐且教把缚志龙的绳子暂且缚住，我自有发落。

回至废堂基上，志龙挥涕跪下道："张志龙若不遇壮士，不知死所矣！请问壮士大名？"梅小姐忙扶住道："既是贵姐令兄，便是奴的哥哥，请起相见。"

志龙起来拭泪道："不识壮士何由知舍妹？"黄汉道："这位是天马山梅大王令姐梅小姐，系吾主黄逢玉第三房夫人。今日特来尊府寻我相公，同令妹东归的。"黄汉说毕，梅小姐请志龙拜见，二人一齐拜下。拜毕，便兄妹称呼，相对大哭，黄汉、黄聪亦哭。哭了一会，志龙遂把逢玉到来前后，细细述了一遍。

梅小姐道："黄郎既已诬服，料想有力无处用了。兄妹在此，徒作楚囚对哭，亦非了结。"因指着皮箱道："此箱内有白银千两，奴本意带回程乡以奉公姑的，哥哥好同黄聪携了此银，连夜赶回省城，上下使用，免黄郎受禁子之苦。奴今即同黄汉回山，起大兵来，矢必踏平省城以泄奴恨！"说毕，将锁匙交志龙收了。

志龙哭指饶有道："贤妹，此个仇人就是引贼来害我一家的，当今如何发放？"梅小姐道："这个易得。"随吩咐黄汉进破室内，卷了衣服、被帐应用之物出来，将外面篱笆柴草堆满一室，取饶有到来跪下，拔出雪亮的剑来指定道："我丈夫与尔何仇？我贵姐一家与尔何冤？尔乃起此恶毒，害得他家破人亡，该当何罪？"饶有叩头讨饶道："都是何足像做的，不干我事。"

梅小姐道："若要人不知，除非事莫为！足像行恶都是尔这狗才引导，今日我容得尔，天理也容不得尔！"说毕，一剑挥为两段。正是：

善恶到头终有报，只争来早与来迟。

未知后事如何，且听下回分解。

第十二回

急救夫人起三军　运奇谋遂破六步

词曰：

五花鞸鼓下岩峣，马蹄骄。金戈耀日画旗飘，万民号。　烽火连宵至，将军胆战心摇，须臾血肉满关郊。满关郊，此衅问谁挑？

——调寄《望仙门》

话说梅小姐杀了饶有，把尸首拖在破室内柴堆上，放把火烧了。梅小姐道：“哥哥住在此无益了，奴同哥哥赶出河口，雇船只与哥哥，同黄聪到省城看视黄郎。奴同黄汉从路上赶回天马，就提大兵来救。”说毕，一齐起身赶出河口，雇只快船与志龙同黄聪去了。梅小姐遂同黄汉，取路径回天马山来。不则一日，已到南江，早有伏路小军接着，飞报上山来。梅英闻知大喜，忙率领将士下山迎接。

梅小姐见了梅英，放声大哭道：“黄郎被督府缩朒诬他交结瑶人，图谋作反，屈打成招，监禁南海，望贤弟作速发兵救取。”梅英闻言，心中大怒道：“缩朒这贼子！孤久欲与他作对，今乃敢陷孤姐夫！愿姐勿忧，待弟与军师商议，就发兵去救。”言毕，军士簇拥上山，至寨坐定。众将俱来参见毕，梅英就着人请军师。诸葛同到来，叙礼坐下，梅小姐把逢玉受陷始末缘由，一一告诉了一遍道：“望军师早发奇谋，救取奴夫！”说毕，欷歔不胜。

诸葛同道：“番禺，一都会也。攻之非易，必须谋出万全，方能有济，尤不宜轻举妄动。今据小姐所述，老者闻而未见，志龙见而未真，还须差人到省打探的确，方可出兵。请小姐放心，且进后寨少憩，待不才差人打听，如果的实，现放着不才与大王两个，决不致姑爷有半点差池。”梅小姐起谢，退入后寨。梅英就差裨将陈龙往省探听。

这个陈龙，绰号千里驹，其行如飞，一日一夜能行一千里路。不消两日，便探听回来，禀复道：“末将到南海县门首，遇着黄聪从监中出来，说姑爷熬刑不过，已招成叛逆，在监听斩，叫大王、小姐作速去救。”梅英闻言，急请诸葛同商议。

诸葛同道：“既已确实，则不得不救，但肇庆为省西咽喉，城池坚固，又有重兵把守，非急切可破。不破肇庆，又恐阻我粮道，又恐扼我归路。为今之计，莫若如此如此，里应外合，则唾手可得。不知大王、小姐肯为姑爷一行否？”梅英、梅小姐一齐道：“军师妙计，奴姐弟愿往。”

诸葛同道：“大王、小姐既肯一行，明日可先拨定人马，俟大王下山十日，大兵陆续进程。约定兵至肇庆第三日，三更时候，大王可斫开西门为内应。”梅英应诺。

次日，梅英升帐坐下，聚集诸将听令。拨万人敌为先锋，军师诸葛同为中军，铁老虎、石春白为左、右翼，宋金刚为合后，各领生熟瑶军五万。铜猫公拘集官民船只三千艘，领兵五万，昆仑奴五百名，从水路进发，为诸军救应。陈龙、黄梦魁运粮接济。分拨已毕，把剑印付诸葛同道：“众将俱听军师节制，违者立斩。”众将齐声应诺，吩咐且退。

梅英转至后寨，与姐梅映雪打扮做凤阳府打花鼓的。梅映雪头缠一条青绉纱，身穿元青紧身夹袄，大红紧袖，红呢领。梅英亦穿上短衣，头上包巾，腰系二色带，淡红裤，飙子鞋。各暗藏流星锤，悄悄下山，向肇庆一路，嘶起锣儿，系动花鼓唱将来。至了马墟，牙人贩子见了，齐声喊道："金童玉女下降了！"一时间，挨肩擦背的围绕上来看。梅映雪嘻嘻的笑道："贤弟且唱一套与列位听听，就讨些赏发。"梅英道："姐说得是。"遂打起锣鼓来，梅小姐引喉唱道：

姐也儿，凤阳来，哪怕千山万水，越破弓鞋，但愿得个多情君子，赠奴金钗。攀郎颈，斗个嘴来合和谐，漫道郎垂还是奴垂。

一把声就如新莺出谷般，唱得众人莫不心摇目荡，智乱神迷。正听得好，一声锣响，歌已唱完，众人齐声称赞道："妙！妙！大家多敛些钱来，求这姐姐再唱一支与我们听！

众人嚷犹未了，只见人丛中钻进一个人来，叫道："打花鼓的跟我来，钱大秀要打花鼓哩！"众人闻钱大秀要打花鼓，遂不敢阻挡。让开条路与梅小姐两个走，只在后面簇拥跟来看。

梅小姐暗想道："哪个钱大秀这般声势！"走进店来一看，原来就是钱子干。因在博罗被梅小姐打了一顿，又羞又苦，走回来连日卧在床上。今日见天气晴明，出来散闷，闻得来了个花鼓子弟，生得甚好，遂着人来唤。两个上前见了礼，梅小姐认得他，他却认不得梅小姐。梅小姐见他鼻尖上还贴着小小一个膏药儿，忍不住伏在梅英背后，咬着袖儿格吱吱的笑。梅英不解其意，回转头来道："笑什么？"梅小姐道："奴闻人家的莲花痔发在粪门上，这大秀的痔怎么发在鼻尖上？"引得众人一齐笑起来。

钱子干只道江湖子弟戏耍惯了的，却不怪她；又见梅英生得玉笋般一个身材，不觉又淫心荡漾的笑道："尔有什么好曲儿唱支我听，我重重赏尔。"梅英遂敲起锣儿，梅小姐遂打起鼓来，打了一阵，梅小姐引喉，才唱得一句"姐也儿"，钱子干把手乱摇道："不要尔唱，待尔这哥儿唱。”梅英遂接着唱道：

凤阳来，看尽许多王孙贵客，半是庸才。哪有得如相公，风流气概，倜傥情怀。怜芳也，踏雪寻梅合归来，不是牙牌，就是诗牌。

钱子干看那梅英，虽然白皙可爱，却见他气宇轩昂，凛乎不可犯，猛地想着博罗一段，恐怕又惹出事来出丑，一片淫心也就丢在九霄云外去了。及后听见梅英奖誉他风流，奖誉他倜傥，也还是个本分的事。末后听见奖誉他一个“诗”字，不觉笑逐眉开，欢喜得了不得。

原来钱子干虽倚着银子买了个秀才，肚子里却无一物，那做诗做文的事全然不通。从来不通的人，偏要装做通的模样，去骗那村牛瞎子，图他说句斯文中称誉。偏是那村牛瞎子，遇着个富贵人儿，就如遇了神仙一般；见了个文人诗客，就如见了乞丐的一般，故遇着子干，不是说他功名显达，就是说他田连阡陌，总无人说他一句文人诗伯的。子干又不好嘱托得人不要说他是个财翁，要说他是个才子，只在人前或买部书儿、或买管笔儿，隐示他是个文人墨客的意思。无奈那村牛耳窟里、眼眶里、心坎里都是“富贵”两字，塞得没缝，见子干买部书儿也只道他银子丰熟，买管笔儿也只说他钱财广用，气得个子干叫苦不过。正是：

哑子吃黄连，有苦说不得。

今日听见梅英誉他不是牙牌就是诗牌，半生哑谜被他一屁弹着，哪得不喜！忙跳起身来，执着梅英的手道：“兄真钱子干之知己也！今晚准要请到舍下小酌几杯。”

梅小姐只道他又起了是么邪心，笑嘻嘻的道：“相公，奴姐弟两个是没傝僁的，不要去罢，去时恐怕冲撞相公不便。”钱子干道：“走江湖的子弟，是极通乡情的，哪致冲撞人？今晚决辞不得！”

梅英向梅小姐道：“姐姐如何？”梅小姐道：“既承雅意，不可不往。”子干大喜道：“还是姐姐爽利。”三人相逊出店，来至庄上，叙礼坐下。小厮献上茶来，吃罢，内面走出一个丫头，对着钱子干道：“姑娘与大秀娘，闻得花鼓姐唱得好曲。要请进内面唱支歌儿，问大秀好么？”

子干未答，梅小姐起身道：“奴也要进里面向大秀娘、姑娘们见个礼儿，有甚不好？”走近前来，携着丫鬟的手向里面就走。到了内堂，看那钱大秀娘子，年约二十余，颜色也中中，再看那钱姑娘，年约十六七岁，生得真个：

> 淡白梨花面，轻凝杨柳腰。
> 拟兰花解语，比玉韵偏饶。

三人见礼坐下。丫鬟捧上茶来，钱姑娘不转睛的把梅小姐呆看。梅小姐看见，笑嘻嘻的唱道：

> 妹也儿，凤阳来。看杀许多娥眉粉绿，绝少珠胎。哪有得如姑娘天然秀美，不假安排。风情也，占断寒梅合奇哉。不羡天台，哪数阳台。

钱姑娘姑嫂两个，听梅小姐唱得悠扬婉转，清音沁骨，不觉大喜，就留住在内，不肯放她出来。夜中，钱姑娘就留梅小姐同宿，二人极讲得来，今且不表。

再表梅英坐在堂上，见廊下放着许多弓箭刀石，知钱子干也好武事，因指问道：“那弓刀是大秀用的么？”钱子干遂自誉道：“小弟别无所长。唯此弓马颇为入府生童所推服。”梅英见他夸口，要试他才学，遂奉承道：“观大秀尊躯雄伟，自然是个英雄，敢求大秀赐教一二？也不负小弟得谒尊颜一番奇遇。”

子干闻言，技痒难禁，立起身来道：“但恐贻笑大方，若不鄙嫌，请兄到射圃请教。”梅英大喜，相携至圃。子干取张百石弓来，抽箭在手，也不推让，径自射了三箭，虽都能插在皮上，却不能射中红心。梅英微微笑道：“果然好射法，养由基不是过也！”钱子干闻梅英极口称誉，不觉踌躇满志。

梅英接过弓来道：“待小弟请教三枝如何？”钱子干道：“兄如会射，不妨。”梅英搭上箭挽开弓，用连珠射去，枝枝皆透红穿革而过，惊得钱子干倒身下拜道：“小弟肉眼不识英雄。妄自矜伐，内愧欲死！”梅英忙扶起道：“小技献丑，勿哂足矣，何用过谦！”二人转至堂上，钱子干不胜起敬，整席款待。

次日，梅英请梅小姐出来，作别起身。钱子干苦留不住，送至庄外而别，梅英遂径取肇庆路上来。行了数日，已至肇庆，见城上旌旗布满，城门上坐着一个千总，在那里盘诘出入，看见梅英两个撞进城来，喝令兵丁挡住，不容进去。

梅英道：“小的是打花鼓的。”千总喝道：“尔不见示谕么！凡异言异服之人，尽宜查拿送究！我不看尔是打花鼓的，就拿尔到军门治罪！”梅英笑道：“小的冲州撞府，就是南京、燕京也一年撞他三五遍，不曾见尔这个小去处，偏恁般作威作福！”千总大怒，喝令军士：“与我拿下！”梅英见不是头，掉转身去了出来。

看官，尔道天马山人马尚未动，怎么肇庆就守得恁般严密？原来是嘉桂山邓彪的计策，暗使人一路布散流言，假说天马山五花贼要来争取广城，缩朒闻知，恐怕先有细作到来潜伏，故行此牌到各处关津渡口，严加提防，察拿语面生疏之人。若不是这个千总煞有乡情，梅英言词间，适也被拿了。

闲话休题。且表梅英姐弟商议道：“既进城不得，留此也无益，不如回去再作计议。”梅小姐道：“弟言大是。”遂取路而回。来至六步，见许多百姓负男背女，一队一队蜂拥而来，都言天马山大队人马杀来了，号哭之声一路不绝。就有一班无赖棍徒成群结队，假称天马山大王，乘风抢劫财物，掳掠子女。

梅英两个行至越城，忽见一队强徒拦住一队百姓，大叫："天马山全伙在此！知事的，快把财帛妇女们放下，饶尔去！"执着军器，耀武扬威的在那里。梅英姐弟两个听见，勃然大怒道："狂徒乃敢如此败孤名色！"各取出流星锤，向当头一个面门打去，早已头破脑裂，死于非命。众强徒齐喊一声，抛了百姓，一拥上前。梅英姐弟把锤使动，打得二三百强徒如风扫残云雨打败叶一般，东躲西歪，走得没命。强徒已散，车子内爬起一个女子，来看梅小姐，大喊道："姐姐救奴！"梅小姐急上前一看，原来是钱姑娘一家，因闻得天马山大队杀下山来，邻舍尽皆逃窜，钱子干慌了，收拾家资把车儿载了：又取一轮车子装载她姑嫂两个，自家骑了马，唤集二三十家人，要往肇庆表兄杨千总处避贼。未至越城，撞出一伙强徒拦住，子干惊得倒撞下马来，幸遇梅小姐两个，救了一家性命。梅英见子干伏在地下打颤，连忙向前扶起。子干见贼徒打散，方才定神，向梅英姐弟拜谢。

钱姑娘手挽住梅小姐大哭道："姐姐送奴到肇庆则个！"梅小姐道："肇庆城中盘诘严密，怎么进得去！"钱子干道："小弟有个表兄在那里做千总，小弟已先着人到彼通知，叫他出城来接。"梅小姐大喜道："如此极好，奴两个也要进城避贼，无奈这些赃狗不容异省人进去。今姑娘既要奴两个相送，乞姑娘把两身衣服与奴两个换了，方可送尔进城去。"

钱姑娘大喜，忙取出衣服两套与梅小姐二人换了，认作一家人，往肇庆来。到得城门，杨千总早已在那里相候。钱子干下马，上前相见了。杨千总来与把门官说知备细，钱子干又送上门包，把门官就令放进城去。寻下一所房子，留梅小姐二人一同住下不题。

且说督府缩朒，闻得邓彪流言，心中大惊，忙行牌到各处关津要地，严加提备，聚集多官商议御敌之策。议犹未定，德庆、肇庆诸处告急文书，真个雪片般飞报将来，道：“天马山起了六十万兵杀下山来了。”惊得缩朒面如土色，无计可施。

巡抚戴耀，夜叩军门请见道：“事逼矣！大人可速发兵往据六步，坚壁清野，勿与贼战，使之进无所得、退无所掠，然后乘其返归，蹑而击之，可获全胜。若徘徊观望，狐疑不决，肇庆一摇，省城可忧矣！”

缩朒方憬然道：“先生金石之论也。”随发兵三十万，水陆并进，又檄肇庆总兵杜崧，夜驰至六步，先据住要路，以俟大兵到来，扎下五个大寨，立栅挑堑，内设强弩铳炮。布置才完，一声炮响，天马山人马已卷地杀来。官军见之，莫不股栗。到了栅边，就来攻栅，缩朒忙叫放铳，军士忙把佛朗机燃着数百个，轰天的隔栅打去，万人敌方才鸣金，退下一里外扎营。

次日，率众又来攻击。怎奈官军寨栅坚固，铳弩厉害，一连攻击三日，总不能进，无计可施。闻军师已到，出寨迎接，至军中坐下，诸葛同问道：“近日曾交战否？”万人敌道：“官军总不出战，末将率兵攻栅，怎奈他铳炮厉害，人马不能近。专候军师到来计议。”

诸葛同听了，起身出营，坐了一个四轮车儿，带了骁将数人，到栅边看了一回。转到寨中坐下，吩咐铁老虎、石春白各带精兵五万人退至越城左右，远远埋伏，听候号炮。石将军先出，截住官军归路；铁将军横击其阵，以蹂躏之。万人敌带懦弱五千，俟锦囊到来，依计诱敌出战。又付裨将锦囊一个，潜会铜猫公依计而行。一一吩咐毕，自与宋金刚统领大队人马退至马墟扎住了，随差裨将十员，各带兵三千到乡间掳取百姓，不论强弱，掳满六千人便来回话。

众将得令，各各分头行事。不消三日，纷纷解百姓到中军来交纳。诸葛同一一用好言抚慰，当赐酒食毕，将百姓分作三营，每二千人为一营。又令百姓中，有豪杰敢为元帅者，许报名来升赏。军令一下，百姓中就有那一等暴杰子弟好做贼的出来报名。诸葛同酌量人品轩昂的，选出三个为元帅，赏他金盔雉尾、锦袍银铠、马匹军器，分领民兵，余俱号为将军。皆跃踊欢喜，出至民寨，高坐帐中，点视民兵，作威作福，要百姓呼他为大王。

到了次日，诸葛同唤宋金刚，附耳说了几句，付一锦囊，叫他押二千民兵到万人敌营中来，将锦囊并密语与万人敌说了，忙出营迎接民帅，置酒款待，极口奉承，民帅自以破敌自任。宋金刚辞回。

次日，万人敌同民帅来至栅前，辱骂了一日，缩朒总不出来，万人敌只得收兵。次日，又率民帅到栅前骂了一回，官军不出。万人敌叫兵士掳掠牛酒，就栅前解衣痛饮，有醉而呕吐者，官军总是不理。第三日，万人敌吩咐兵士到各乡掳取妇女五六百人，就栅前解去衣服，对栅轮奸，死者就丢在官军栅前堑内。官军见者，莫不掩面悲啼。

内中激恼了一个好汉，姓杨名杰，就是前日缩朒升他作巡瑶观察的，当时见此惨毒，愤激起来，挺身到缩朒跟前请战。

缩朒道："瑶人凶锋正锐，如此举动又怕有计，其宜严加守御，待他粮尽，无处掳掠，自会退去，然后举兵追击，必无不胜。此陆逊破刘备之策也，将军宜静以待之。"杨杰道："大人差矣！瑶人因民为粮，岂可以比刘备？若待他粮尽而后击之，窃恐西道民人无噍类矣！愿大人视民如子，急救厄危，卑职愿为前驱，死而不怨！"

缩朒因荔坡一战，李公主以八百人破他二十万众，闻着"瑶人"二字未免心怯，况五花贼比嘉桂山又加凶狠的！今起六十万人马来，哪得不惊？故此任尔怎样说他，他总不许。杨杰愤然道："大人不肯出战，乞发兵三万与卑职，试探敌人强弱如何，大人再行发兵可也。"

缩朒见他肯自家去试敌，也就依他，发兵三万开壁出战。万人敌见官军出战大喜，忙招兵退至一箭之地，扎住阵脚，让官兵出来，摆成阵势。见杨杰骤马提刀杀过来，万人敌忙叫民帅上前迎敌。原来杨杰虽一时愤激出来，自家却无甚本事，见个金盔银铠的杀将来，只道是个瑶王，必然好手势，未免手忙脚乱，打个冲锋过去。一来一往，战了三四合，见敌将武艺比自家还减十分，遂大着胆，举刀向敌将奋力斫来。那将措不及手，被杨杰劈作两片去了。杨杰用力太猛，连敌将坐下的马背也斫了一个透明窗。

杨杰此时心中大喜，把刀一招，官军一拥杀过来。万人敌弃了民兵，丢盔弃甲而逃。那民兵惊得呆了，要走时，两脚就如生了根一般，哪里移得动！官兵赶至面前举刀乱斫，二千百姓杀得不留一个。杨杰打起得胜鼓而回，进至中军，缩朒起身迎接道："今日不是将军忠心为国自来请战，本院几乎失一英雄。"说毕，赐酒三杯，即擢为左哨游击，杨杰大喜。

次日，万人敌着人到军师处请兵，诸葛同又拨民兵二千到来寨前搦战。杨杰挺然请战，缩朒又分兵三万与他，开壁杀出，见了敌将大喝道："杀不尽的贼瑶，今日须杀尔片甲不回！"舞刀跃马直冲过来。

万人敌又使民帅出迎，战不两合，被杨杰一刀斩于马下。军官见杨杰又胜了，一拥上前，万人敌拨马便走，瑶兵如玃猱一般，飞也似去了。只剩二千百姓跌作一堆，任官兵斫瓜切菜一般，杀个罄尽。杨杰又打起得胜鼓，令军士齐唱道：

天子有道，督府有德。
瑶蛮虽强，累战累北。
督府有德，天子有道。
灭此丑虏，如扫枯槁。

缩朒亲出至栅门迎接，携杨杰手并马而行。至中军坐下道："若得诸将尽如将军英雄，何难灭此朝食乎！"说毕，加升为参将。帐下诸将见杨杰两日升至参将，不觉心痒起来。次日，闻得贼兵又来栅前搦战，遂齐声道："卑职等俱愿出战！"

缩朒见众将已奋，心中暗喜道："军心已奋，可以一战矣！"遂向众将道："尔众位将军俱愿出战，本院当尽起五寨之兵，亲执桴鼓，与瑶贼一决雌雄！将军各宜努力向前，有一功就赏一功，如杨将军故事，决不食言！"众将大喜，各各摩拳擦掌，听候调拨。缩朒依先拨三万人马与杨杰，开壁先出，大兵陆续出寨，摆成阵势。门旗开处，杨杰跃马大呼道："有胆的尽跟我来！"诸军齐喊一声，一齐冲过阵来。万人敌不待交锋，拨马便走。杨杰大叫道："贼将休走！"正赶间，冲出一队兵来，为首一个金盔银铠，跃马来迎，被杨杰手起刀落，斩于马下。军士一拥上前，二千百姓又被官兵杀得干干净净。杨杰一马当先，飞赶前去。

缩朒见杨杰连胜两阵，驱动大军随后赶来，下令军中："进前一步有赏，退后一步者斩。"军士得令，如风驰电闪向前追赶。正赶间，一声炮响，诸葛同率领宋金刚拦住去路。杨杰咬牙切齿的道："贼奴看刀！"金刚亦怒道："尔这个真强盗，不要走！"只一合，把杨杰挑个前心透后，死于马下。官兵大喊一声，退后便走，诸葛同挥动三军随后掩杀。官军自相践踏，缩朒大惊，急传后军退走时，一声炮响，一彪军截住去路。缩朒正慌忙，一彪军横冲入来，势不可挡，纵铁骑纵横蹂躏，杀得官军尸横遍地，血流成河。

缩朒走投无路，匹马向南而走。正走间，一将天神般拦住去路，大叫道："天马山先锋万人敌在此！"举枪便刺，缩朒大呼一声，翻身跌下马来。忽一将冲来，大叫道："主帅勿慌！陈高在此。"举刀接住万人敌，力战五六十合，被万人敌一枪刺死。

缩朒弃了冠袍，杂在败军中而逃。逃至栅前，见烟火冲天而起。原来被铜猫公用昆仑奴伏在水中，凿漏横江战船，官兵大噪起来。猫公乘势冲击，破去水寨官兵，杀上岸来，从干栅后杀进，放起火来，五寨粮草被烧一空。缩朒不敢进栅，向北而逃。

忽一彪军截出，大叫一声道："天亡我也！"一跤跌在地下。

未知生死如何，且听下回分解。

第十三回

怒屠三水县　力困五羊城

词曰：

行行过泷口，上上炮台西。
海润乾坤小，城高日月低。
雄关辟双剑，沃壤过三齐。
一自通朝贡，终年少鼓鼙。

又曰：

贪残不可训，缘利起为奸。
敲肤民始困，吸髓世斯难。
兕虎嗥原野，关河走狐貛。
可怜珠海地，腥浪涌安澜。

话说缩朒弃了冠袍，匹马向北而走。走了十余里，转过小坡，忽一军截住，惊得一跤跌在地下，睁眼看时却是杜崧。原来杜崧守栅，被铜猫公杀败，带些败残军士守在此处，登高了望，见死尸蔽江而下，知大军已败。正在那里惊惶，忽见一骑披头散发飞奔而来，忽然坠地，急向前视之，却是缩朒，忙下马扶起道："元帅幸脱大难，此地贼氛甚近，末将且护送到肇庆再处。"说毕，催动残军飞奔肇庆来。镇抚林秉汉接入城中。把四门紧闭，吩咐军士上城守御，亲自日夜巡视，以防瑶人乘胜攻城不题。

且说诸葛同，驱兵四面蹂杀，杀得官军血流有声。其走至南岸者，俱被驱入江中，淹死无算，抛弃旌旗器械山积，直杀至日暮，方才收军，就在缩朒栅中住了一夜。

次日，杀至肇庆城下，把城围得铁桶相似。架起云梯，蚁附攻城，又差掘子军在东北掘进。还是林秉汉有些经济，水灌掘子军、挠钩火箭破云梯，不然也几乎失守。

至第三日，诸葛同与十来个将士，尽穿锦衣花帽，骑马到城东、南、北看了两三遍，回至营中，吩咐宋金刚挑选老弱万人，分攻城东、南、北三门，务要旌旗不整。余俱移屯西门，远远摇旗擂鼓，又取柴草在西门堆积如山，声言烧城。

监军顾养谦看见这个举动，来对林秉汉道："贼人在城东、南、北三门看了半日，今反把精兵尽聚西门，以懦弱攻东、南、北三门，彼盖欲使吾尽调精兵守西门，他便悄的从三门攻进，使吾急不能顾也。吾今偏不要中他计策，把精兵尽拨东、南、北守御，只留老弱守西门，公以为何如？"秉汉道："监军所料不错。"遂把精兵拨守三门，以老弱千余人守西门，亦摇旗擂鼓以应之，今且按下不表。

再表梅英姐弟二人，住在钱子干寓中，终日不出。忽一日，钱子干慌忙走进寓来道："督抚大兵被天马山杀败，贼兵已把城围了，如何是好！"钱姑娘姑嫂闻之，慌慌做一团。钱姑娘日夜涕泣，梅小姐安慰道："姑娘勿忧，有奴姐弟两个在此，就破了城也能包尔无事。"

到了第三日，梅英与姐商量道："这里到西门要转两条街道，姐是女装，走出来怕就被人盘诘，莫若同钱姑娘讨副男衣来改了，方可行事。”梅小姐点头进内，与钱姑娘道：“奴欲到南门探个乡亲，城中兵丁充斥，女人不便走动，奴欲向姑娘借件男衣改换去走走，不知可有合身衣服么？”

钱姑娘就来与哥哥说知，钱子干道：“我幼年习射时戴的一个绿包巾、一件古铜紫袖箭袍，颜色尚新，不知长短如何？就取来与那姐儿穿来一看。”说毕，打开包袱，取付钱姑娘，与梅小姐改换起来，倒也合式。

钱子干走进来把梅小姐一看，不觉骇然道：“姐姐换了男装，面庞觉熟得紧！”梅小姐道：“与大秀同行十余日，难道就忘了？”方知前日黄玉山就是她，不觉两面通红起来，跪下道：“贤姐弟两个变化非常，英雄无比，必非等闲之人，务求说明，开我茅塞。”

梅小姐忙扯起道：“今日不好说得，明日自知。夜间或有动静，望姑娘与大秀勿慌，奴自有法救护。”说毕，天色昏黑。梅小姐同梅英坐在厅上，候至三更，轻轻走出，反扣了门。见街上巡兵过去，便悄踅至西门。一声锣响，见一个将官手执利斧，带了三百多骑兵飞奔而来。梅小姐急取流星锤从铺檐下跳将出来，大叫道：“天马山全伙在此！”声犹未绝，流星锤已到面门，把那将打下马来。

梅英急抢巨斧在手，飞身跳上马，挥动巨斧把三百骑兵一阵杀退。梅小姐亦夺马匹器械，飞奔至西门，把那些老弱杀散，斫开城门，放下吊桥，众将一拥而入。及林秉汉闻知城中有奸细，急带兵来救时，天马山大队人马已排山倒海杀进了城。秉汉率将巷战，怎奈梅英姐弟两个勇不可挡，只得退走至东门，与众将保着缩朒，连夜退回三水县来。

县官陈起凤出城，以策于缩朒道：“瑶贼累胜而骄，必无准备，元帅可将大军四面埋伏，瑶人到来，待卑职诈为迎降。犒以牛酒，使他安心酣睡，突起击之，必然得胜！”缩朒摇首道：“我兵今已胆落，驱之夜战，事必无成！不可，不可！”

陈起凤复请道："此计既不可行，乞元帅拨兵三万与卑职，虽不能杀他尽绝，也叫他吃我一惊不小！"缩朒道："省城要地，守御单薄，今将带回军士，保护根本为上！"遂不听陈起凤之言，连夜赶回省城去了。

陈起凤无可奈何，只得与守城千总王景槐、葛超群，把总旺应商议道："元帅不肯留兵，此城决然难保。然守土之臣当与城存亡，与其坐而待亡，又不如设计杀贼，以死中求生！不知三位将军肯助一臂之力否？"三将慨然道："卑职矢死报国！先生有用卑职时，死而无怨。"起凤大喜，各授兵一千，教他如此如此，三将大喜，分头行事；自己却备了许多花红牛酒犒军之物，城上竖起降旗，出城远远迎接不题。正是：

奇兵只用三千众，能使敌人一夜惊。

话说梅英攻破肇庆，把城中金银财帛搜括一空，着裨将捆载先送回天马去了。随差裨将到钱子干寓所，请钱子干兄妹到府堂相见。钱子干惊得面如土色，同了钱姑娘走进府堂，战战兢兢跪在地下。

梅英、梅小姐忙下来扶住道："孤承贤兄妹相携进城，此功不小！"钱子干闻言抬头一看，方知打花鼓的就是瑶王，连忙磕头道："生员该死。"

梅英挽起道："兄亦颇具英雄眼力，令妹一见孤姐便知敬爱，亦不可谓非女中之琤琤者也！孤今年一十七岁，尚未有室。今欲求令妹为配，不识兄肯相从否？"钱子干大喜道："但恐郑齐非耦，奈何？"梅英道："说甚话来！"回顾军师诸葛同道："就烦军师为媒如何？"诸葛同道："不才当得执柯。"梅英大喜，吩咐大排宴席庆贺。梅小姐携钱姑娘姑嫂进后堂款待。

次日，拨兵一万、差裨将一员，送钱姑娘一家先回天马。然后发兵杀向三水县来。前军来报：“三水知县，具牛酒来迎接大王。”梅英叫来相见，陈起凤走至马前跪下，梅英唤他起来，抚慰道：“先生可谓识时务之俊杰矣。”

陈起凤躬身答道：“大王战无不胜，攻无不取，虽古孙吴何以过焉！缩大人不思与大王请解和好，乃欲驱犬羊之众与虎豹斗，所谓螳臂自雄，以卵击石也，安得不败！卑职企慕雄风已非一日，今得拜麾下，实为万幸。望乞收录。”梅英大喜，命左右备马，与陈老爷坐了，一齐来至城下扎住营寨。起凤请梅英进城安民，梅英领将士百余人进城，戒令秋毫无犯，百姓皆执香花迎接。陈起凤设席县堂，请梅英南面坐饮，自己立在一边斟酒。

饮至起更时候，梅小姐着人来接，梅英因陈起凤奉承得快活，已吃得大醉，出至寨中，放倒头齁齁便睡。众将兵亦因连战皆胜，三水不战而降，就不把官军放在心上。见梅英进城饮酒去了，就着小头目到各处乡间掳取牛酒，欢呼畅饮。各各吃得大醉，解去衣甲尽皆酣睡。

夜至三更，一声炮响，西北角上万炬齐明，喊声震地。一彪军衔枚驰至，如翻江搅海般冲进营来，举刀乱斫。石春白睡梦里爬将起来，马不及鞍，人不及甲，慌忙跳上无鞍马杀出营来。东北一声炮响，火光触天，又一彪人如疾风暴雨般杀至，正不知多少人马，两营军士自相践踏，军中大乱。

铜猫公在江中听得岸上大乱，喊杀如雷，知官军劫营。正欲提兵上岸来援，一声炮响，缘江火把乱明，遂不敢动。梅英跳起，拔剑在手，当营门而立，吩咐军士不得妄动，兵来只用强弩射去。吩咐才毕，城中鼓噪南出，直攻中军，被梅英强弩射住，冲突数次，俱被射回。梅小姐亲提一支，从右军绕转前寨，来援万人敌。军师诸葛同率宋金刚从后来援石春白，正遇着千总王景槐指挥军士乘乱冲击，被金刚一枪刺死；杀散士卒，再来援万人敌时，千总葛超群已被梅小姐杀死。

前面火光愈炽，喊声不绝，却不见杀来。诸葛同不解其意，差探马往前探听。原来都是些百姓，用茅草缚成十字样，灌以桐油，四头点着火，在彼鸣锣击鼓呐喊助威，官军已被杀尽，百姓尚不知，犹在那里叫喊。诸葛同闻之大笑，吩咐军士大家喊杀，却差宋金刚带兵一万，分头驰至坡上，一拥上前，把百姓杀得呼爷觅子，寸草不留。收兵回来，天色已明，点视士卒，被杀万余人，践踏死者不计其数。

梅英大怒，喝令刀斧手把石春白、万人敌推出辕门斩讫报来！军师诸葛同忙上前道："请大王息怒，姑饶二将，使他攻破三水将功赎罪。"

梅英道："孤看军师分上姑且饶尔！限尔一天，带本部军士攻破三水，方许来见孤。若逾限不拔，可把头献来！"二将叩谢起来，提兵攻城。陈起凤以忠义激励百姓搬砖运石，上城守护。贼兵到来，矢石齐发，看看日已西沉，城尚不破。万人敌心中慌了，一手执链，一手执牌遮护身体，舍死突入箭林，一链打去，搭住女墙，一踊上城。百姓尽皆惊倒，陈起凤急捻枪来刺，被万人敌把牌一挡，翻身跌下城濠里去。石春白跳下城濠，一手拿来缚住；指挥军士蚁附上城，斫开城门，大军一拥而入，遂破三水。

石春白把陈起凤解投大寨来，挺立不跪。梅英拔剑叱之道："孤以尔为好人，乃敢生此歹心！今被擒获有何理说？"陈起凤笑道："为臣尽忠，死固其所，更无他说！"言词从容，神色自若。

梅英不觉敬服道："威不能屈，难不苟免，从容就义，视死如归，真君子也！"欲释之使去。起凤道："守土之臣，当与城存亡。城失矣，起凤无可偷生之理！但愿无虐我百姓，无残我近郊，起凤受赐多矣。"

梅英顾左右道："忠臣也！斩之以成其名。"随吩咐将士："毋得掳掠三水百姓！"令犹未下，满城百姓已被万人敌屠杀一空，县治民居烧为白地。

梅英闻之，叹息一回，发炮起马，杀奔省城来。一路官军望风而溃，如入无人之境。到了省城，拨铁老虎屯太平门，铜猫公屯靖海门，石春白屯正东门。自与诸将分屯西门，日夜攻击。城大而高，矢石如雨，一连攻击数日，总不得进。诸葛同吩咐军士取生牛皮数千张，裹以竹牌，如墙而进，城中矢石遂不得近。巡抚戴耀命军士架起七星炮，火箭、火砖向下击之，皮皆皱裂。

诸葛同又心生一计，命军士造起钩梯数千，升至城下，钩住城垣，鼓噪而上。戴巡抚戒令军士勿嚷，只放炮檑石，贼自然会退。又束刍灌油，丢在梯下，令人多放火箭，刍燃火发，钩梯尽断。诸葛同大怒，尽驱近城百姓持箆束薪，载濠土累起如山，上架蓬荜，形如行屋，以避锐石；军士伏在蓬下用铁刀木弩，仰面向城上射来，守城将士莫不应弦而倒，城上大慌。戴巡抚看见，忙招募敢死士，乘夜用索缒下城去，持油灌刍草，杀死守蓬军士，放火焚烧，火举山崩，持弩军士俱被压死。诸葛同无计可施，梅英道："军师只在旱地攻击，城中亦只提防岸上，何不使铜猫公着昆仑奴，暗从水门钻进城中，放起火来；俟城中慌乱，然后四面复架云梯攻击，使他内外不能相顾，怕不一鼓而拔！"诸葛同道："大王之计大妙！"即差人到靖海门使猫公行事。

看官，尔道梅英水军怎么累用昆仑奴？原来这个昆仑奴出儋耳山中，生得目睛青碧，入水能伏三五日，饥则捕鱼虾而食。梅英收了数百，置之水军，多得其力。今日军师传下令来，要他暗从水门钻进城中放火，他便用油纸包好火药，系在腰间。俟子时分，潮水涨了，钻入水中，顺着潮水入至水门，弄开闸板，摸到清云桥，爬起来取出火石敲出火来。正要放火，早被守文明门参将陶足用看见，一声梆子响，锐箭齐发，把钻进昆仑奴，一堆儿击死。天明，把尸首撂在城下。诸葛同闻之，无法可施。正是：

小智遇着大智，动皆缚手缚脚。
饶尔计出无穷，辄成弄巧反拙。

诸葛同闷坐寨中，宋金刚进来启道："外面有一个士人，自称姓王名得阶，有破城妙策，特来禀知。”

诸葛同忙叫请进来相见，礼毕，诸葛同拱手道：“闻兄有破城妙策，乞即赐教。城破之日，在兄所欲。”王得阶道：“此城高而固，破之非吕公车不可。”

诸葛同道：“其制如何？”王得阶道：“此车其形如舟，高一丈五尺，长五百尺。设楼数重，簟第左右，板如平地。一人披发仗剑立于前，上载羽旗，中数百人，各挟机弩毒矢。牛数百头，运石毂而行。旁翼两云楼如左右，高广与城齐，俯视城中则妇女皆见。军帅若能以此攻城，何忧不拔？”诸葛同大喜，就令王得阶监督制造。不消几日，已造得齐备，驱牛运动，其行如飞，城中军民妇女见之皆哭。戴巡抚忙上城一看道：“此吕公车也，我自有破之之法，诸人不必惊慌。”遂命军士取巨木十数为杆柱，置轴柱间，取千斤之石系杆上，转索运杆，石飞如弹丸般从半天打下来，车遂不敢近。又复募敢死士，以大炮击牛，中其当轭者，牛骇返走。诸葛同费了许多心事、钱粮，同王得阶造出这个车来，尚不曾进城又为戴巡抚所破，心中怒恨，却无可如何。

王得阶道：“小生更有一个现成法儿，亦望军师制而行之。”诸葛同道：“有何现成法儿？”王得阶道：“彼能运木飞石打出城来，破我吕公车，我何不取他现成法儿，运木飞石打进城去？”诸葛同大喜道：“子可谓善以用法矣！”即吩咐军士制造数千杆柱，运巨石亦数千。分系杆上，转索运杆，向城上打来。

其时缩朒正守西关，因连日辛苦，假寐城楼。军士大喊一声，一个巨石直落向西关城楼屋脊上来，一声响亮，把城楼打塌了半边。正是：

飞石也知奸可击，直从半天摦狂魂。

未知缩朒如何，且听下回分解。

第十四回

诈覆巢指东击西　正中伏左支右诎

词曰：

笑尔城狐社鼠，只堪负固云岩。翠屏如削鲤峰巉，折竹揉花都敢。　鞋韈声翻瀚海，楼台轩起朱炎。珠街玉市穗城南，三舍羞君避闪。

——调寄《西江月》

话说缩朒假寐西关，被飞石打塌城楼和交椅，跌下瓮门，幸遇折柱撑住砖石，不曾重伤，左右救起，抬回军门去了。诸葛同在城外见打塌城楼，大喜，益命军士搬巨石时时打进去，打得城中鬼哭神嚎。戴巡抚慌了，与林秉汉等商议，修成告急文书，差精细军校，乘夜从北门敌兵稀少处，缒下城去，到惠潮一路催兵救援。

原来潮州总兵林天赐，已带兵十二万与惠州兵备道殷正茂合在一处，惧瑶人厉害，逗挠不进。及接戴巡抚告急文书，明知省城危在旦夕，只是观望不决。推官姚会嘉献计道："瑶人虽悍，当此攻城不破、心灰意沮之时，二公若使人扬言：'韩元帅提兵四十万，由桂岭直攻天马，覆贼巢穴。'彼惧失巢，必然归救。二公将人马由间道抄出郊西藕塘等地埋伏，俟其兵至，截其归路，左右纵击。城中闻之，必出兵掩击其后。更檄虎门兵，牵制其水军，使之不得救援，可获全胜。”

殷正茂道：“此计大妙！”遂使细作到处传说韩元帅大兵已下桂岭了，一面提兵由海道抄转西场、荔子湾、藕塘等处，分头埋伏。姚会嘉又假为韩雍檄文：“檄林天赐屯兵铁冈，遏贼东奔；檄殷正茂趋赴肇庆，截贼归路，俟大兵捣了贼巢，一同截杀。”做成文书，差细作由佛山抄转省城大路，故意被他拿获，解至梅英寨中来。左右搜出文书，拿与梅英，看了大惊，急忙请军师到来商议道：“韩雍足智多谋，非同别个。天马精悍尽带在此，倘被攻破，孤等退无所归，军师如何酌处？”诸葛同道：“省城坚固，谅非一月半月攻得破的。韩雍既出桂岭，不如且收兵回去，破了韩雍再来攻城。”梅英遂唤铁老虎断后，于三更时候，悄悄起身。

传下令来，梅小姐大惊，急来见军师道：“大军到此非易，今黄郎尚未救出，军师何遽退兵？”诸葛同道：“闻韩雍由广西提大兵四十万直捣天马，故且归去，破了韩雍再来。”

梅小姐道：“不然！韩雍之兵未知真假，省城破在旦夕；省城已破，韩雍虽来，无能为矣！若听一面之讹言，遽然退兵，官军惩前日之失，到处关津必加严备，军师虽欲再来，其可得耶？”

诸葛同笑道：“不才岂真信韩雍来耶？但思省城坚固，非有内应必不可破。省城被吾等困了月余，民间薪柴必乏。不才欲姑且退到肇庆，使他开门放民樵采，差遣精勇混入城去。然后回军内外夹攻，方能破得！望小姐勿虑。”梅小姐道：“如此则可。

诸葛同就令万人敌带兵一万，于初更时分先退，余俱在三更时分拔寨，悄悄起行，只留铁老虎一军断后。军令一下，各各扎缚停当，乘着月色悄悄离了省城，往西场而来。将到藕塘，一声炮响，伏兵齐起，前有殷正茂，右有林天赐，左有姚会嘉，把梅英围在垓心，梅英挺戟向前冲突。

殷正茂悉用民车塞住要路，锐箭如飞蝗般射来，冲突不进。诸葛同教军士取火焚车。正茂预备水器，火不能爇。正突击间，铁老虎被戴巡抚观知瑶人退走，率众杀出城来，一阵把老虎杀得抵敌不住，败阵而来。梅英大惊，率众鏖战，总不能出。战至天明，所有出路俱被戴巡抚分兵截住，梅英只得暂且扎下营寨歇息。

其夜二更，飓风大作，吹得飞砂走石。戴巡抚乘着风威，吩咐军士架起砂炮，顺风打去。每发一炮，辄毙数百人，杂以快钯藤盾，长短互击，杀得瑶兵纷纷乱窜。后人有个《行军曲》，写那砂炮的厉害道：

砂炮都须丈六长，藤牌一一辅花枪。
纵横只用鸳鸯阵，马战何如步战良？

又：

挑战特特逾白沟，刀牌好手夹蛇矛。
镖枪先掷身随入，出没如风敌尽愁。

梅英心慌，来与军师诸葛同商议道：“军师有何妙法破得此炮？敌虽百万，孤何惧战！”诸葛同此刻也一筹莫展，沉吟了一会道：“炮是无法可破，前路已被塞住。唯向北一带人马较少，不如且从此路攻出，寻个山头占住，再作计议。”梅英只得从他，命铁老虎为前锋，向北杀来。正遇着杜崧，只三合，被老虎一棍打下马来，官兵退走，老虎乘势冲出。梅英等继之，勇不可挡。镇抚林秉汉忙叫军士放爪哇铳，军士得令，万铳齐发，震天的一响，一个弹丸打中老虎前心，透甲洞胸死于马下，瑶兵一拥退回。

梅小姐马到，嗔目大呼道：“众将上前，不破此炮，终不得出！”声犹未绝，一马已到放铳军前，伸手去锦囊撮出那炼就神豆在手，向那放铳军士一撒，就如发了百十个大爆一般，青光到处皮肉尽焦，一连撒了数千。把放铳官军打得屁滚尿流，丢了鸟枪拼命而逃。梅英等一拥上前，杀到白云山来。忙上了山，分布军士据住山口，众心暂定。正是：

猛虎虽然堕陷阱，且凭土窟护其身。

且说梅英虽占住白云山，却被戴巡抚合兵团团围住，累战不出，渐渐缺少粮草，满营皆慌。诸葛同只得把出平生本事来，与宋金刚带了一万余人为前锋，自己披发仗剑，杀到戴巡抚营前，念动真言。一时间，狂风大作，黑气迷漫，官军对面不见，无数鬼兵从天而降，手执降魔杵向官军杀来。

官兵大惊，退后便走，禁遏不住。姚会嘉看了道："此邪法也！"戒军士勿慌，只把鸟枪向鬼兵打去。一霎间，鬼兵尽灭，依旧天清气朗。军士大喜，万铳齐发，打得诸葛同依旧退上白云山去。其夜，诸葛同步至摩星岭，俟潮水将作，复披发仗剑作起法来。忽潮头涌起数十丈，白浪如山，直滚到山下来，官军大噪。

姚会嘉看见，谓戴巡抚道："潮水从没至此，必系瑶贼邪法，可取木板数十，写'广利洪圣王到此'七字，投之，邪法必解。"戴巡抚依言，写起数十木板，向南拜而投之，狂涛怒浪寂然而灭。后人有诗一首赞那洪圣王的灵应云：

波罗江上有神君，保障炎洲亦大勤。
漫道天吴清昔日，安澜今更奏奇勋。

再说诸葛同在摩星岭作法毕，一阵风过，见白云山下惊浪雷奔，骇水并集，官军大噪，心中大喜，思量下山发兵冲杀。步尚未移，波浪倏灭，不觉大惊道："怎么此法也有人破得？"回至军中无法可施。

次日，梅英聚集众将商议道："现今只有三日粮草！若再过三日，军中无粮，岂不活活饿死！如何是好？”诸葛同道：“不才连日在山顶审视，官兵粮草尽聚在东边龙果寺中。若得敢死士于夜半悄悄下山，突往劫之，必然可获。但军中无此敢勇之士，奈何？”说毕，梅英把眼看着众将，众将惧怕鸟铳厉害，无一人敢应者。梅小姐愤然道：“今日为奴黄郎之事，还当奴亲去走一遭，死而无怨。”

诸葛同大喜道：“既小姐肯往，可于二鼓带步军三万前往，大王率军接应。”差宋金刚从山南杀下，直攻戴巡抚；石春白从山西杀下，直攻殷正茂，听山上连珠炮起，方许回军。分拨已定，诸葛同复作起法来，把剑向官军营中指定，喝声疾，一时愁云四起，把官军罩得对面不见。梅小姐带兵悄悄来到龙果寺前，拨开鹿角，大喊杀人。

官军因贼兵从不到此，又因其夜阴风习习，黑气茫茫，只道大雨将至，贼必不出，闭了寨门大家酣睡。忽闻喊声，正不知多少贼兵杀至，爬起来抱头乱窜，被梅小姐一顿杀退，抢入龙果寺，把粮搬得一空。

戴巡抚闻得东边炮声震天，知贼人劫粮，急要调兵来救。一声炮响，宋金刚率兵杀至，因见天气昏黑，恐怕有伏，不敢杀出，只教军士放铳。宋金刚只在远远呐喊。殷正茂闻之，急率指挥熊彪杀出营来救应，正遇石春白接住，混战了一会，春白拨马便走。熊彪恃其勇猛，挺刀赶来，将至月溪，一声炮响，伏兵齐起，春白转身拍马杀来，大喝道：“脏狗休走！”举起截头大刀把熊彪劈为两段，驱兵掩杀，殷正茂急收兵入寨。

时山上连珠炮已响，春白收兵，打得胜鼓而回。诸葛同亲下山来接，见得了无数粮草，春白又斩将而回，不胜大喜，重赏春白，将粮分给各营，瑶兵尽皆欢庆。正是：

不用量沙夸劲敌，笑君赍盗万石粮。

次日，黄汉入见梅小姐道：“昨夜小姐劫得粮来，军士皆踊跃欢喜，黄汉独忧！何也？盖以此有限之粮供军士无穷之食，此粮复尽，龙果寺岂容小姐再往耶？”梅小姐道：“尔言诚是，但无计出得重围！”

黄汉道：“小姐若信小奴，小奴倒有一计，不但能破官军如摧枯拉朽，并能使他俯首帖耳送出我相公来还小姐！”梅小姐闻言，笑容可掬的立起身来道：“尔有恁样妙计？怎么不信！快快说来。”

黄汉道：“前在三水，大王进县饮酒去了，众小头目分头落乡间掳取牛酒，小奴亦同着小姐部下蔡京等出掠。回至官道，见石将军部下军士拦着两个军健在那里斗，小奴等上前帮助，认得那个军健是嘉桂山苻将军部下裨将马阿摩。小奴喝住了问他何往。他说：‘李公主有个姑娘，住在广西荔波，亦号李公主。于成化十三年归降朝廷，蒙朝廷置永安州以处之，使其子世袭，今年九十整寿。李公主差他赍寿礼往贺。’小奴方知李公主不死，因把我相公的事与他述了一遍，他两个喜道：‘我公主日夜痛伤姑爷，今若知姑爷不死，就要来相寻哩！’他两个因寿期已迫，不敢挨延，遂匆匆辞去。临去时，还嘱小奴千万通个信与公主知道。小奴因军事倥偬，不曾与小姐说知。昨日小奴在此想道：‘大军被困，事已危急。若李公主已死，他部下将士恨小姐诱杀其主，必然深入骨髓，也不必提了。李公主既不曾死，这里到嘉桂岭五日可到，小姐何不亲往嘉桂求李公主发兵解围，同救我相公？李公主若肯发兵，合两寨之精勇以攻此怯懦之众，直制梃以挞之耳！复何忧乎？”

梅小姐摇首道：“闻她被我们杀败回来，三到军门请兵复仇。今闻我们被围，她不火上添油也就罢了，怎望她来救援我们？”黄汉道：“不然，李公主是个有情有义的女子，她闻我相公被诬在狱，岂忍坐视？且小姐以三十万人马已杀至省城，尚不能救我们相公；小姐之兵既败，嘉桂一军又岂能独救我相公乎？以此说之，不怕她不连夜起兵哩！”

梅小姐明知这条门路甚好，只因自家做差了，无颜去见李公主，口中只说李公主决不肯发兵，去必无益。黄汉不会其意，只苦苦说去求有益。两个争辩不了，早有人把此事传与军师诸葛同并梅英知道。诸葛同忙布成一卦，试看吉凶。得个同人之象，心中大喜，忙同梅英到来。施礼坐下，诸葛同笑向梅小姐道：“黄汉之言尽可行得，望小姐看这二十余万人的性命，勿吝一行。不才前布一卦，得个上吉之兆。小姐此行不但救得这里二十余万性命，姑爷亦可不血兵而出！望小姐勿疑。”

梅小姐见军师力赞她行，不好十分推辞，只得道：“也罢！奴就把这条性命丢与嘉桂山，也见奴为黄郎奋不顾身的念头！”诸葛同见梅小姐应允了，大喜道：“既小姐肯行，可于初更，俟不才调遣将兵攻官军时，悄悄同黄汉带兵一支，从舒鹤台杀下，投舍身崖穿过，直走连川去。”商议停当，诸葛同与梅英辞回大寨，俟更鼓已动，调拨诸将向西、南两处冲杀下来。

戴巡抚闻得炮响连天，只道贼人又到东边劫粮去了，吩咐军士紧守寨栅，自提大兵赶至龙果寺，分头埋伏以待贼兵。及守北山军士来报贼人冲出一支兵去了时，戴巡抚已不在中军；再赶到龙果寺来报，方慌忙带兵从后来追。追至新关，梅小姐转身来战，官军蜂拥而来，梅小姐恐黄汉有失，忙欲退时，急切间脱身不得，正在那里着急。忽一声炮响，一将杀来，把官军杀得退走不迭。梅小姐看时，却是万人敌。

原来万人敌于那夜被官军隔断在前，闻梅英被困，急回身来救，被姚会嘉伏兵杀败，只得退到花县，据了城池，着人会合铜猫公兵，移扎此处，欲来救援，争奈众寡不敌，未敢遽进。今闻喊杀之声，着人探视，回报我家兵将被大队官兵赶来了，因此杀来，正遇梅小姐，一阵杀退官兵。梅小姐大喜，将部下尽交与万人敌两个，教他暂在此屯扎，候嘉桂人马到来一同解围。自己只带黄汉十数个军健，飞奔嘉桂岭来。

未知李公主果肯发兵否，且听下回分解。

第十五回

事急矣梅映雪负荆　没奈何李小鬟选将

词曰：

空相忆，无计得传消息。天上萧郎人不觌，寄书何处觅？　新睡觉来无力，不忍看伊书迹！满院落花春寂寂，断肠休恨惨惕惕。

——调寄《谒金门》

今不表梅小姐带了黄汉杀出重围，飞奔嘉桂岭来求救。且说李公主，闻得苻雄到军门请兵，被缩朒打了回来，气得几死。邓彪献计，布散流言，欲使缩朒闻之，惧怕天马人马，好来求他们，李公主到此，也只得依计而行。终日催促邓彪行事，一面就着人到省探听消息。

过了月余，探马回来报道："天马山真个起兵杀下山来了，缩朒径自提兵往肇庆迎敌去了。"李公主急请邓彪进来商议道："天马兵动，缩朒已提兵逆战，奴欲起倾寨之兵，抄出贼奴之后，与官军夹击之，叔父以为可否？"

邓彪笑道："官兵怯懦，缩朒无谋，不思深沟高垒出奇制胜，而遽趣六步，屯营四冲之地，不出十日必溃矣！大军一溃则人无固志，天马人马必乘胜长驱，深入其地。然省城高深，攻之非易，吾俟其攻城力疲，然后遣将励兵，承其敝而击之，鸦山之耻可一鼓而洗也。若今敌锋正锐，遽驱士卒与战，所损必多！末将未见其可也，愿公主再忍耐片时为宜。”说毕辞出。李公主惩前日之失，不敢不依，然心痛逢玉惨死天马，每一念至，辄涕泗交流，襟袖皆湿。

一日，偶在箱中检出逢玉所题咏，及刘鹤龄假书，捧读之余，不觉呜咽失声，悲不自胜。春花、秋月百般慰解，方才伏枕而寐。梦里忽闻笛声凄楚，惊醒转来，心中惶惶如有所失。起在房中团团走了一回，左不着右不是，不觉走到案边，见有花笺一幅，提起笔来写道：

读罢云笺泪满襟，恹恹多病怯孤吟。
无端又被飞来笛，吹碎中情暗不禁。

题完，自家念了一遍，愈觉无聊。掷笔起来，移步出了兰房，步向后轩看谁吹笛。来至轩中看时，却是春花二婢，因见公主终日悲啼，着实不安，方才见公主睡去，两个轻轻出来，走到轩前碧桃花下散闷。

见轩中挂着一枝玉笛，春花取下来道：“妹妹唱几支歌子来，待奴吹起玉笛，倚歌一和，少解愁烦如何？”秋月道：“好极！”两个遂在那里轻吹低唱，唱那《短调踏歌》。李公主恐怕打断她的兴趣，缩转房来，依她格调做成一百首以自消遣，其比兴之工、双关之巧，如：“中间日出西边雨，记得有情人在心！”“一树石榴全着雨，谁怜粒粒泣珠红？”“灯心点着两头火，为娘操尽几多心！”许多深情艳语，篇仄不能尽载，姑录一二章以见其余：

岁晚天寒郎不回，厨中烟冷雪成堆。
竹篙烧火长长炭，炭到天明半作灰。

又：

柚子批皮瓤有心，小时则剧到如今。

头发条条梳到底，鸳鸯怎得不相寻？

一日，出歌与春花二婢唱之。春花按腔吹起笛来，秋月引喉徐唱了一回。春花偷眼看着公主时，倚着椅儿两泪交流，春花把玉笛向玉阶一摔，化为齑粉。公主拭泪问道："春花何怒于笛？"春花道："奴婢本意，吹笛以解公主之悲，今奴愈吹而公主之悲愈甚，吹他何为！"公主慰谕之道："吾心中自悲，原不关吹笛也。"春花泣道："公主有多大精神，经得如此日夜悲啼！公主不爱身而亦不爱老夫人乎？"说毕，挥泪不止，秋月亦泣。

公主扯二婢近前，以手抚摩其身道："吾非不自知，但情不能禁耳！今当为尔戒之！"二婢拭泪谢道："公主能戒，非但婢子二人实受公主之赐，其自老夫人以下，皆受公主之赐矣！"正是：

悟主不须多取譬，抵将慈母警芳心。

且说苻夫人，因邓彪儿子弥月，请她到玉蕊山住了七八日。心放公主不下，苦苦辞回，怎奈邓夫人母女抵死挽留道："彼此总一般，嫂嫂且过了元宵去。"苻夫人道："婶婶有所不知，我儿思念黄郎终日悲伤，奴今住此七八天，不知她怎样了，奴要回去看视她。"

邓夫人见说，方才放了苻夫人回来。既进寨中，急忙来到公主房前，见春花两个在阶前扑蝶儿戏，忙问道："公主呢？"二婢见夫人回来，上前磕了头，起来道："公主在房里假寐去了。"苻夫人掀起珠帘，走进一看，公主隐几而卧，花容消瘦，莲颊皖白。夫人大惊，忙上前抱住大哭道："娇儿，尔怎么恁般形状了！须知老娘所靠唯尔一人，尔也须节乎情正乎礼，留着此身看觑老娘，为何恁尔的性儿悲伤到这个田地！”说毕，抱在怀中，一边哭，一边把手在公主身上百般抚摩。

公主泣道：“念着黄郎惨死，不由孩儿不心痛如割耳！”母子在房中正哭不了，忽报姑爷仆人黄汉回来了。公主闻言，忙携苻夫人手走出堂来。黄汉已到面前，公主见了黄汉，恸上心来，放声大哭；黄汉亦哭。哭毕，向夫人、公主磕了头，起来立在一边。

公主道：“尔几时脱身来的？”黄汉道：“小仆于去年十一月，在天马山同梅小姐到梅花村寻我相公来。”公主大惊道：“尔相公惨死天马，尔怎么反到梅花村寻他？”黄汉道：“相公没有死！”

公主惊讶道：“去年八月，尔相公使表兄刘鹤龄捎书到此，说被贼奴毒打，危在旦夕。复贼奴诸葛同，在阵前说黄郎受刑不过而死，难道是假？”黄汉道：“并没此事！”公主即着人到邓彪处唤刘鹤龄时，已逃去了。

李公主方知前书是假，不觉变悲为喜道：“尔相公既不死，为何不到我这里，却到梅花村去？”黄汉始把某时到云洋山，相公如何被困，小仆如何劝相公与梅小姐结亲，后相公闻梅大王诱公主到彼被害，相公如何欲自刎，如何写书两封，唤小仆进去，密嘱小仆俟他死之后携与张小姐及我太公诀别，嘱毕，相公遂向山后投崖去了。说到此处，遂向身畔取书奉上。

公主忙拆与张小姐一封来看，上面略写几句：“贼不可婚，身不可污云云。”以下都是说李公主为我而死，义不可独生，情不可独生，今将从李公主于地下。许多酸语令人不忍卒读。公主未曾读完，两只眼泪已如大珠小珠般滚将出来。

读毕，放声大哭道：“如此则黄郎已死矣！”黄汉忙扯住道：“小仆救了！”公主道：“尔怎得救他？”黄汉又把如何通信与梅小姐，梅小姐如何毁妆请罪，次日相公要收公主尸骸，梅大王遂同我相公到鸦髻山寻着穿红袍女尸殡殓了，择地焊石，筑起大坟，招魂祭奠，事毕，我相公一夜逃去了。

李公主听到此，不觉又欢喜起来道："后来如何？"黄汉又把梅小姐要跟寻我相公，一同归程乡奉侍我太公太婆，因料我相公认定公主已死，必到梅花村去，遂携千金带小仆并黄聪到梅花村来。谁知张小姐于去年三月，已被惠州何足像引火带山贼来劫去。相公痛恨，带了舅子张志龙到军门告理，不知军门怎么就知我相公与公主结亲，声声称我相公勾结嘉桂瑶人谋为不轨。把我相公屈打成招，做成反叛文案，丢在死囚牢中，监候听斩。

公主忽然大怒道："缩朒这贼子，累次来撩拨我，今乃敢如此胡为！"因问黄汉道："尔可曾探听的实？"黄汉又把天马山差陈龙打探，遇黄聪在监门，传相公话，求梅小姐速往救他，梅小姐遂大起人马，如何破肇庆，如何困省城，如何战败被围白云山，小仆如何劝梅小姐来求公主发兵解围同救相公，梅小姐现在辕门，伏乞公主早赐发兵。

李公主闻梅小姐到来，把双眉一竖，也不回言。径进房中穿戴起御赐冠袍，传令刀斧手侍候。云板响处，三声炮响，鼓乐齐奏，李公主升座堂上，堂下喝吆一声，如天崩地塌之势，左右已摆得刀山剑海。黄汉见此举动，捏着一把汗儿跟了出来，看她怎样。只见李公主取令旗一面，付一员将官道："与我拿进妒妇来！"那将官巨雷般答应一声，飞奔至辕门，押梅小姐进来。李公主看梅小姐时，自用绳索背剪了，背上插着一根大荆条，走进堂来跪下。

公主大怒，喝道："我与尔往日无仇今日无冤，为何下此毒计，诱吾伏杀，殒吾名将，残吾士卒。该当何罪！"梅小姐无言可答，李公主喝令刀斧手："与我推出辕门乱刀斫了罢！"左右喝吆一声，刽子手早把梅小姐押出辕门去了。黄汉大惊，忙叫道："刀下留人！"转身向李公主跪下，连连磕头道："公主不欲救我相公耶？"

公主道："怎么不救！"黄汉道："公主如欲救我相公，则梅小姐必不可杀！"公主道："我救黄郎，何须此妒妇！"黄汉道："不然！

今全省兵力聚在一处，公主若赦梅小姐之罪，与之合兵，则易为力。若杀梅小姐而不救其兵，天马人马势必溃败；天马既败，公主一孤军，又能独与全省之师相抗耶？”

公主道：“梅婢是贼，吾斩贼婢之首以赎黄郎，可不战而救！”黄汉道：“闻缩朒专为荔坡之恨迁怒于我相公，是相公之囚因公主不因梅小姐也。公主虽斩百梅小姐，其能赎我相公之罪乎？”邓彪谏道：“梅小姐罪虽可诛，彼既负荆而来，杀之不武，可赦之。”苻雄亦谏道：“公主归降朝廷何负于缩朒？而缩朒每事必来求我衅端！前者，末将奉公主之命到彼借兵，兵不肯借也就罢了，竟把末将毒打起来！彼意岂在打末将，直打公主耳！如此小人非威不屈，不如依了黄汉之言。救出梅家兵将，与他大战一场，也教他晓得我嘉桂岭是不好惹的。”众将齐声道：“苻将军之言是也。”

李公主恨梅小姐平白地设计诱她伏杀，若不是仙女托梦玉英代死，身已不免，今日到来如何不恨！今见众将齐心救她，只得依允道：“既众位将军如此说，姑且饶这贱婢。”黄汉闻言，也不等公主发放，爬起来如飞走出辕门，解去梅小姐绳索，带回案前跪下。

梅小姐哭道：“妾得罪公主，死有余辜。公主虽杀妾，妾不敢怨，但求公主早早发兵救取黄郎。”公主道：“奴本不赦尔，今看诸将之面姑饶尔这遭，今后须同心同德共事黄郎，勿生歹心！”说毕，命女侍扶入后堂更衣相见。梅小姐叩谢起来，同侍女进至后堂。苻夫人接着，命春花取公主穿的绡金织锦大红袍与梅小姐换了。李公主发放将士进来，梅小姐请苻夫人上坐，拜见道：“梅映雪幼失所恃，今见夫人如见母氏，愿拜夫人为母，望夫人勿拒。”说毕，插烛也似拜了四拜。

苻夫人看梅小姐风流窈窕，心中已十分爱她；今见她要认做母子，不胜大喜，立在椅侧受了半礼。礼毕，转身请公主立在左边，相对而拜，便以母子、姐妹称呼，苻夫人命左右设宴款待。正是：

昔日寻仇今一家，战袍脱却着流霞。
银船酒滥春如海，一片笙歌奏九华。

一夜无话。次日梅小姐泣向李公主道：“妹弟梅英受困白云，粮草已缺，望姐姐早发人马解救。”李公主道：“贤妹勿忧，待奴与将士商议即行发兵。”梅小姐起谢。李公主遂请邓彪、苻雄到来商议起兵。邓彪道：“左哨、思汉二寨自苻、冯二将已故，将士至今尚无统属，公主可挑选智勇以领之，就命为先锋。”李公主就命邓彪传下令去：“来日三更，十寨军将齐到校场操练，挑选先锋，往破缩朒，救取姑爷。”军将闻之，皆踊跃欢喜。

至期，李公主与梅小姐皆戎装掼束，入辞苻夫人，出至校场。众将迎接，上了将台坐下，梅小姐坐在旁边。奏乐一套，击鼓三通，校场中虽有二十余万人马，无一个敢交头接耳越位离次，静荡荡地如无人一般。公主传令开操，一声炮响，但见：

阵按八方，旗分五色。龙虎奋翼，旗帜迷天。横空墨雾，皂纛标坎北之兵；彻汉朱霞，赤帜识南离之象。平野满梁园之雪，旄按庚辛；乱山回寒谷之春，色分甲乙。顽愚非江陵之石，雄武识嘉桂之军。坐作有法，进退有方。盔甲鲜明，枪刀耀目。

梅小姐看了，暗暗惊骇道：“李公主真是奇女子！必如是方成个军兵，若我天马山人马直是儿戏耳！”梅小姐正在那里暗羡，一声炮响，大操已毕，军士各归队伍。苻雄上前禀请道：“请公主挑选先锋。”李公主传下令来：“一要三箭命中，二要力举千钧，三要武艺超群，三者俱备方许充为先锋。”军令一下，就有一个英雄飞马至台下，带转马头向南跑去，弯弓搭箭，连射三箭皆中红心。

李公主看时，却是苻雄部将贾奇。射完箭，跳下马来，撩衣走至石磡边，把石一侧，用手托住石底，一个千斤大石轻轻举起，众将喝彩。放下来，飞身上马，取丈八蛇矛在校场盘旋舞了一会，正要上台来领先锋印，左边青旗队里忽一将跃马大呼道："贾将军，留下先锋印与我！"李公主急看时，原来是苻离部将单勇。跑出校场，飞马便射，三箭也中红心。跳下马来，取出六十斤重两根银锏，轮动便舞，初时还如银龙出海，蜿蜿蜒蜒；再舞已如玉蟒翻波，呼呼的响；舞到妙处，连身子都看不见，就如一片月光罩住的一般。

三军喝彩，连梅小姐也不觉喟然叹道："真个舞得好！"单勇舞罢，撩衣走至石边，依着贾奇的法把石托起来，绕军前走过，大喊道："如此勇力可为先锋么！"三军莫不吐舌，连梅小姐也惊得呆了。单勇走了三匝，把石向上一抛，离地约有丈余，一声响亮，落将下来，没入土中尺余。李公主大喜，吩咐左右取先锋印来。

单勇伸手正要来接，忽见一骑如一朵彩云般飞入校场来，到得将台，滚鞍下马，走上将台来参见。李公主看时，却是邓彪女儿，名唤月娥，年才一十六岁，真个生得：

樱桃樊素口，杨柳小蛮腰。

李公主道："贤妹到此何事？"月娥笑道："闻公主考武，小妹也来试试！"公主道："奴因心中有事，久不曾与贤妹比试，今来正好，趁梅小姐及诸将在此，贤妹试演习一回儿来看看好么？"

月娥问道："这位就是梅小姐么？"公主道："正是。"二人见礼毕，月娥问道："公主以何物试众将？"公主道："一射箭二举石三舞刀。"月娥笑道："箭也罢了，公主又不是开科取士，何用刀石？"公主道："贤妹意下如何？"月娥道："在愚妹想来。今日做了先锋，明日就要厮杀，舞刀勒石有甚用处？不如命将士过来与小妹比试，有能敌得小妹的就教为先锋，方有实际。"

公主道："比试枪刀不是耍处，贤妹不要如此夸口。"月娥笑道：

“技痒耳，非夸也！”公主笑道：“既贤妹有此胸襟，单将军可与舍妹一试。”月娥道：“公主取中了几位？”公主道：“单将军与贾将军两个。”月娥道：“可叫他两个来并奴一个。”公主道：“如此贤妹须要仔细。”月娥道：“无妨。”

说毕，走下台来，跳上绣鞍，拔出双股剑，飞马至校场中间。贾奇大喊一声，挺着丈八蛇矛对着月娥花心便刺，月娥不慌不忙，把双膝一夹，一骑马交锋过去。单勇大喝一声，一条银锏如怪蟒穿波般从后门钻进来，月娥徐举双剑相迎，三匹马搅作一团。

李公主见月娥敌二员猛将全无半点渗漏，心中大喜，携了梅小姐手，命侍女移金交椅在月台边坐下。正看得闹越，忽见月娥把马一拍，飞转将台边来。二将不舍，挺矛赶来。月娥霍地兜转马头，把手向上一撒，一道红光，李公主与梅小姐急起身看时，一将落马。月娥就马上一跃，直跃上九尺多高的将台来，立在公主面前，喜得个梅小姐前仰后倒的拍手大笑。

原来月娥慕冼夫人之为人，也结成个锦伞，练得纯熟，藏在胸前，见赢不得二将，佯为败走。二将赶来，忽兜转马，把锦伞劈头罩来，贾奇不提防被她罩住，轻轻一扯，翻身落马，三军如雷般笑将起来。

李公主恐贾奇羞惭，忙叫二将俱上台来，升贾奇为思汉关哨总，单勇为左哨总。就以邓虎为先锋，以月娥为副，带兵五万先行，以盘摩罗、马赞为左右护卫，单勇、贾奇为合后，亲统大兵一十五万即日开炮起行。其余将士俱随苻雄守寨。但见：

如云剑戟貔貅壮，塞路旌旗虎豹惊。

未知果能救出逢玉否，且听下回分解。

第十六回

假助战一鼓解围　真讲和三军释甲

诗曰：

人生最怕是情浓，情到浓处法便松。
说甚王官承简命，哪知臣节贵寅恭。
旗翻晓日珠江暗，剑指层城铁骑封。
不是戴侯能镜衅，京观看筑阜如墉。

话说嘉桂山大队人马，行了两日，先锋邓彪扎住营寨。候李公主到来商议道："省城集数十万众分据要害，吾分兵以攻之，则不足与敌；合兵以攻之，则彼前后趋救左右合击，是自孤其势也。以末将之见，莫若假为助战，使彼不疑；然后进兵，直逼官军下寨。闻铜猫公扎营连州界上，密使人约定，乘夜径攻佛岭，趋击殷正茂营。戴巡抚闻之，必发兵救援，公主乘其调拨，起而袭之，梅英之围可一鼓而解。"

公主大喜道："叔父此计大妙，但须得一能言快语者为使，方能骗得他信，叔父试思谁可使者？"邓彪道："裨将郑继伦可也。"公主即唤郑继伦到来，授以懿旨，赍礼往中军来。

戴巡抚闻之，唤入帐中。参拜毕，献上礼物，禀道："末将奉公主命，上禀大人麾下。天马强徒与公主有深仇，今闻举兵犯省，公主亲统三十万众愿为先锋，斩此强徒以泄积恨，特差末将先来禀知。"戴巡抚闻言，暗暗惊骇，吩咐且退，急集多官商议道："李公主不俟征调，遽统众到此，恐有诈伪，君等有何妙策以止之？"指挥佥事王经道："嘉桂山李公主自降服以来，极守朝廷法度。去年九月，以宿愤兴师往征天马，吴大人曾给大小战船一千艘，不料被天马强徒杀得大败回来，连次到军门请兵复仇，缩大人不许，三司大人都曾为彼代请。今来助战，谅无别意。"

时参议赵可怀在侧，戴巡抚顾问道："此事果实么？"可怀道："给船请兵，果有是事。"戴巡抚道："李公主既为吴大人所信，谅必无他。"遂重赏郑继伦回去。

李公主闻之大喜，提兵直奔白云山来。邓彪又教李公主亲来见戴巡抚，诉说前怨，今愿破贼徒以上报朝廷、下泄私愤的衷情。戴巡抚见李公主辞气容貌忠厚慈祥，遂深信不疑。

次日，李公主率领将士来到白云山下搦战。举头望那白云山，但见：

> 白云蓊郁，紫气横斜。溪号归龙，喷薄飞流垂玉佩；台名舒鹤，苍茫瑞雾挂瑶林。艳艳刺桐十里红，香满甘泉之苑；亭亭飞关千峰翠，芳留运使之名。菖蒲涧、舍身崖，仙云霭霭；宾象峰、玉虹洞，古迹森森。诚哉天南第一奇峰，允矣海国无双福地。

且说梅英困在白云，粮草已尽，日日着人在摩星岭探望救兵，总不见到，心中正慌。忽见小校飞报上山来道："山下一支兵，打着嘉桂岭旗号，单搦大王出战。"梅英闻言大喜，忙披挂上马，冲下山来。只见李公主勒马门旗下，以鞭指梅英大骂道："无知贼徒，乃敢持强来此寻死！"顾左右道："谁与奴擒来？碎尸万段以消奴恨！"说声未绝，月娥飞马舞剑，早杀过阵来。梅英急忙招架，一往一来战上一百合，不分胜败，两军喝彩不迭，梅英暗暗称奇。

又斗上一二十合，月娥虚掩一剑拨马便走，梅英飞马赶来，看看至近，月娥“嗖”的一箭射来。梅英急躲时，一箭正射在鞍上。梅英急拔下一看，箭上刻着“梅映雪”三字，梅英大喜，忙拨马佯败转来。李公主把鞭向前一指，众军一拥杀过对阵。梅英急命军士抛盔弃甲而走。李公主赶至山足，打得胜鼓而归。戴巡抚闻之，使人重赏月娥。

其夜，报马来报：“铜猫公已攻破佛岭，杀到左营来了。”戴巡抚急遣参将李应祥、游击陈寅往救。忽闻嘉桂人马满营鼓噪，火焰冲天，戴巡抚正惊疑间，小校飞报进来：“嘉桂营中漏了火！”

说声未绝，一声炮响，嘉桂人马已卷地杀来，官军大惊，不战自乱。监军顾养谦，跄踉弃营而走；官军看见，只道是戴巡抚，大喊一声道：“主帅遁矣！”大家号哭起来，争先逃窜，自相践踏，戴巡抚那里止遏得住！

李应祥闻喊声震地，回望军营，火光触天，知被瑶人袭了营，与陈寅急回兵来救。杀至中军，接着戴巡抚，杀开一条血路，保护着且战且走，奔回省城。戴巡抚吩咐二将屯兵三元里，接应败军，亲自登陴，守护城池。天色已明，陈寅二将收得败兵数万进城，殷正茂等已奔回惠州去了。正是：

攻成垂手忽空勤，不恨嘉桂恨监军。
间尅军需临阵走，教人挥泪叱珰勋。

再说梅英，得月娥通了信，回至山上，吩咐军士扎缚停当，专候下面发作，分军冲突。夜至二鼓，山下火光冲起，喊杀连天，梅英遂挥军大喊杀下山来，腹背夹击，杀得官军大败，死者枕藉。官军既退，梅英收兵，率领将士到嘉桂营中，拜谢李公主。

次日，两寨人马分头来攻省城。一连攻了三日，戴巡抚随机应变，守御有余，激得诸葛同性起，吩咐军士道："今夜各要备斗大一土囊，限明日辰刻至东城交纳，无者立斩！"至期，诸葛同亲提一土囊，使铜猫公冒着箭林，掷囊城下。众军大喊一声，一齐拥至，丢囊城下。顷刻间，叠囊为磴，高与城齐，众军鼓噪而登。戴巡抚大惊，急吩咐放铳，已被万人敌抢入城垣，军士惊倒，火不能燃。幸李应祥闻之，率五千爪哇铳手到来，轰天的打去，瑶兵方才退下，而城中亦力竭矣。

且说李公主见省城将破，心中愁然不乐。邓彪道："省城破在旦夕，公主反而不乐，何也？"公主道："奴自归降朝廷，矢守忠顺。今为缩朒困奴黄郎，不得不救；然破王城、杀王官，岂忠顺者所为耶？叔父有何善策使奴不失忠顺初心，方为妙着。"邓彪道："若然，则唯有讲和耳！"

公主道："前既以助战欺了戴侯，今与讲和，恐彼不信，奈何？"邓彪道："前虽欺彼，尚未说出黄郎情节。公主若遣能言之士到戴巡抚处，与他说明缩朒前后怀恨缘由、黄郎被诬情节，叫他出黄郎以招降天马，戴侯是个忠正廉明的人，既知挑衅酿争皆由缩朒，必能即出黄郎以和。"公主道："然则此行非叔父不可，愿叔父勿辞劳苦，为奴一行。"邓彪许诺，李公主遂请梅小姐到来商议，把兵马暂且退下。

邓彪单骑来至城下，对着守城军士道："嘉桂岭哨总邓彪，有事要见巡抚大人，烦列位通报一声。"戴巡抚闻报，吩咐军士用索吊上城来。见礼毕，戴巡抚道："足下见吾何事？"邓彪道："彪闻：'仁者待人，不记小怨。'前者彪主李公主，因救父都贝大王，以女兵三百，破缩大人二十万众于荔子坡，伤缩大人股。当是时，父女情切，身且不顾而能顾缩大人耶？缩大人初不自启，而切齿于心。始则不容公主归附，力阻吴侯；继而叠遣杨杰到山凌虐，而公主含垢忍辱，臣节弥凛。去年十一月，主夫黄逢玉，以事到军门，缩大人不由分诉，令解南海，严刑酷拷，勒招叛逆，做成文案，监禁南牢。夫天马梅氏，不奉正朔，不隶版图，谓之为贼，彼亦何说云辞。而彪主自归附以来，矢忠矢顺，四县人民莫不共见，而缩大人必目之为贼，强加叛逆之名，诛其夫以泄其愤而后快，是光天化日之下而独不容彪等以自新也！伏望大人昭雪其冤，放出主夫，彪等愿说降天马，以上报国家、下答大人。”

戴巡抚道：“足下暂留馆驿，容本院查问。”邓彪告退，戴巡抚会集多官计议。参议赵可怀道：“若论放一黄逢玉而能降积年巨寇，此百姓之功也。但彼以兵挟我，则朝廷体统亦甚可惜！今当查究黄逢玉前后，如果情真罪当，必不可偷一时之安，以坏朝廷法度；若果冤枉，可即出之。”

戴巡抚道：“参议之言是也。”即差人到南海，吊县官洪一夹来，问道：“黄逢玉反叛，所供是实么？”洪一夹感仙女之神，知逢玉后来必定是个异人，有心要救他；今闻戴巡抚问及，遂把缩朒指授勒招叛逆，逢玉呼天自矢，抵死不招，及后与逢玉商议，暂且招承以待申理等事，据直说来，一些不隐。

戴巡抚闻言，把洪一夹连声叱退，即着人请邓彪来，赐座于侧道：“本院查得黄逢玉果系冤屈，但足下何以能使天马归降？”邓彪道：“天马梅小姐，爱黄郎才貌而强委身焉。黄郎恶其不遵王化，背之而逃，而梅小姐乃能弃数十万之众，而跟着黄郎欲以荆钗终，此其心非徒暴戾恣睢者比也。夫顺也者，妻道也，臣道也。彼不忍背黄郎而独忍心背朝廷乎？此彪之所以知天马之可以降也。”戴巡抚大喜道：“既如此，就烦足下一行！”

邓彪即告辞起身，依旧用索缒下城去，回至营中，把上项事一一述与李公主听了。李公主即同邓彪到梅小姐营中，与梅英等一一叙礼坐下。邓彪又将见巡抚之言叙说一番，众皆欢喜愿降。

李公主与梅英商量，将两寨人马撤退至花县扎下，梅小姐就求李公主代为修下表章，备本年赋税，差宋金刚同邓彪进城交纳。戴巡抚降阶相迎，备酒款待，用好言抚慰二将道：“足下归降朝廷，便是朝廷臣子，本院当为足下奏请封爵。”

二将起谢，邓彪道：“末将等已蒙大人收入帡幪，夫主黄逢玉乞大人早赐释放，以慰两寨之望。”戴巡抚道：“足下且回，本院还要以礼送逢玉至寨。”二将拜谢而回。正是：

> 上官尽得如巡抚，珠海安能致寇兵？

且说逢玉，虽监禁南海，洪一夹时时着人看视；又得黄聪二人携梅小姐千金到来，上下使用，买得牢头、禁子都来服侍，倒也清闲自在。只是心痛李公主惨死、张小姐不知存亡，未免忧心如焚，凄然欲绝，想到无可分解时，则悲歌长吟，感得一牢罪人皆为陨泣。

一日昼寝，梦携张小姐回家，母氏沙夫人接着。正在悲喜交集，因风雨骤至，禁子呼叫，惊醒转来，心中懑烦，取笔书《江城梅花引》一阕，以写其悲怨云：

> 日长睡起不清浑。倚监门，瞩危垣，懊恼一腔无字写忧恨！枷锁风吹声淅淅，摇铁马，响啾啾，总懑烦。　　懑烦，懑烦。不堪论，已恨吞，虑又纷。割也割不断，怎禁销魂！但愿双亲长日笑吟吟，莫为着侬憔悴损。侬恨也，可今朝减几分！

写毕，正在那里悲吟，忽禁子乱叫进来道：“黄相公在哪里？巡抚大人差官来接了！”逢玉闻叫，暗自忖道：“哪个巡抚肯来接我？”徐徐出来，禁子忙与他开了锁，去了颈上铁索，扶出监门。见一个将弁打扮的官儿，捧着一副袍帽靴子，后面一个兵丁牵着一匹马，见了逢玉躬身道：“下官奉巡抚大人命，请相公换了冠袍到衙相见。”逢玉不知就里，不肯换服，道：“逢玉尚不知大人释放之由，安敢遽改内服！”

正在那里推逊，只见黄聪与志龙手中拿着梳篦，笑嘻嘻从东边胡同子里走将出来，扯逢玉在一边，附耳说道："梅小姐退兵花县，遣人进城与巡抚讲和了。"志龙向那将官接了冠袍道："将军先回，容家姐夫梳洗了来。"那将官道："大人立等相见，求相公作速些儿。"志龙道："晓得。"将官去了，二人连忙与逢玉梳洗毕，换了衣袍，一同来到抚衙。将官接着，引至大堂跪下。

戴巡抚忙叫起来相见，逢玉叩头起来，赐坐于侧，左右献茶毕。戴巡抚道："本院查知贤契之冤，已具辩本为贤契申理，贵相知近日归命朝廷，贤契到彼还须勉之忠顺，永作王臣，无生贰心。本院本欲与贤契小酌数杯，恐贵相知等人凝望，贤契可即行。"又以手指阶下鞍辔皆备的一匹白马道："以此相赠，少表微里。"逢玉不知详细，无可回答，唯有诺诺而已。

辞了出来，黄聪二人接着，一同出城，逶迤往花县来。早有探望小军飞报两寨知道，李公主与梅英率领将士出城远接。逢玉看见，滚鞍下马，李公主与梅小姐走上前来，抱头大哭。

逢玉只知梅小姐来救，李公主一段，城中巡查严密，无人敢说，逢玉却全不晓。今猛地见李公主走在跟前，反觉呆了，一点眼泪也哭不出来，睁着眼看了一会道："小生与公主还在梦里么？"公主哭道："妾实未死，郎君所葬乃女将许玉英也！"逢玉方才泣数行下道："小生自分与公主永弃，谁知尚有今日！然非许夫人两番相救，小生不为屈子之沉，亦死魏齐之杖矣！"众人忙问："哪个许夫人？如何相救？"逢玉把玉英两次相救事，叙说一番，众人闻之莫不嗟讶不已。

梅英请逢玉上马，来至李公主营中，逢玉与诸将各各相见过，再三致谢活命之恩。李公主大排宴席庆贺。其夜，梅小姐就让逢玉歇在李公主营中，二人拥入罗帏，就如隔世重逢一般，恩爱之情比那初婚时更觉如胶如漆，亲切不过。有诗为证：

破镜重逢日，返魂尔许时。
双双鸳枕上，细细说相思。

次日，梅英备酒与逢玉庆贺，一连饮了数日。一日，诸葛同谓梅英道："邓小姐月娥，才貌双全。大王若求而为配，亦可谓得一闺中良佐。"梅英道："孤已聘钱姑娘，安可再娶邓小姐！"诸葛同大笑道："田舍翁多收十斛麦尚思置妾，何况大王抚有千乘者乎？虽置十妾有何不可？"梅英道："军师所说亦是，但不知邓将军相愿否？"

诸葛同道："待不才往说之。"遂起身来见李公主道："今姑爷已救出，不才等离山已久，欲辞公主回去。小姐理应跟姑爷住在公主处，但先大王生小姐只姐弟二人，小姐既住公主处，我大王便失一臂。今欲求邓将军小姐，为我主之助，望公主推小姐分上，俯赐鼎诺。"

李公主大喜道："但恐舍妹才凉德薄，不足为大王之配。如果不弃，当即从命。"诸葛同大喜，回至营中，与梅英备下千金聘礼，送至李公主营中，交邓彪收下。李公主着人到省城制办二三千金妆资，择吉就寨中成亲。

当日鼓乐喧天，迎月娥到梅英寨中成亲，拥入后寨。梅英代月娥揭去盖头，注目一视，二人暗暗欢喜，左右摆上宴来，交杯而饮。梅英道："前在阵上遇卿，心甚羡慕，不意竟成鸾凤！"月娥低头微笑，梅英情不能禁。命左右撤席，与月娥解扣宽衣，共赴阳台。正是：

销魂昔在鸳鸯阵，探穴今从锦帐中。
漫道一枪堪著勇，玉门关窄未堪攻。

次日，大会将士宴饮。戴巡抚与各官闻之，亦遣人来贺，梅英一一款待。又过数日，因离山已久，放心不下，率领月娥来辞李公主回山。李公主正要备酒饯行，忽一人踉跄走进营来，看着梅小姐跪下，放声大哭。

众人大惊，不知何事，且听下回分解。

第十七回

愿征寇假公济私　忌成功散兵归寨

词曰：

万马奔腾入榄泉，挥戈一战息烽烟。回望长林红似火，复堪观！　共说腥风须尽扫，旌旗更指紫官山。堪恨宵人偏掣肘，泪阑干。

——调寄《摊破浣溪沙》

话说李公主闻梅英要回山，正思备酒饯行，忽一人奔进营来，向梅小姐跪下，放声大哭。梅小姐急看时，却是张志龙，忙扶起道："哥哥有事但说，不必悲伤。"志龙道："妹夫既出冤狱，而志龙一家仇尚未报，望贤妹可怜舍妹横遭荼毒，乞借雄师为妹报仇！"逢玉闻言亦顿足而哭。

李公主与梅英忙离座问梅小姐道："此位何人？"梅小姐道："此梅花村贵姐令兄。"遂把遇老者之言，及杀饶有、救志龙、认兄妹之事细细述了一遍。梅英问逢玉道："既有这等情节，姐夫何不早言！明日孤当亲提一旅之师踏平火带，与姐夫泄恨！"李公主道："大王与舍妹新婚，明日可携舍妹先回天马。报仇之事奴当任之。"

逢玉道："家岳一家遭此惨毒，非不欲早为大王与公主言之，乞兵报仇。但念两寨将士，为着逢玉劳苦了许久，今释甲未几又欲烦动，殊非逢玉所忍启口耳！既蒙大王与公主慨然兴师，不须大王亲往，但乞两寨各借兵三万，大将数员，逢玉当自往火带铲平壁垒，与家岳报仇！”

梅英道："姐夫不要轻敌！孤闻火带山贼凶暴异常，还当以大兵擒之为妙。”逢玉道："兵贵精而不贵多，火带贼徒皆乌合之众，吾以有制之兵临之，直发蒙振落耳！大王勿虑。第须禀明巡抚，求他给付船只、兵符，关津隘口方无窒碍。”

正议论间，忽报马报进营来："火带山贼闻吾等兴兵围了省城，乘势攻破龙川、河源等县，今已杀到柘园来了。”逢玉闻言，以手加额道："天助吾成功也！”

梅英问道："何以见得？”逢玉道："大王虽降，官民尚未深信，今忽以逢玉私仇兴师远出，彼必惊疑。今乘此机会，假公以请，非但可免彼疑惑，并可望他应付粮草，岂非天助？”遂向梅小姐问道："前日进城与巡抚讲和者是哪一位？”李公主答道："是奴叔父邓彪也。”逢玉即令人请邓彪到来，叙礼坐下。逢玉道："逢玉欲往征火带，恐官府留难。今闻贼破三县，烦叔往见巡抚，以立功自效说之，彼必听从，就便求应付粮草船只。”邓彪领命辞了出来，带了从人，骑马往省城来不题。

且说戴巡抚闻报大惊，欲提兵往救，天马、嘉桂尚扎花县，恐彼乘虚袭击省城；欲不往救，又恐惠州有失，非同小可。正在慌张，忽报嘉桂山邓彪要见，吩咐请入内堂，叙礼坐下。戴巡抚问道："足下几时回山？”邓彪道："准拟明日辞了大人拔寨都起，因姑爷闻火带山贼攻破龙川、河源等县，势甚猖獗，姑爷愿于两寨各借数万之兵，杀贼自效以报大人。使彪禀请钧命，并求应付船只粮草。”

戴巡抚大喜道："逢玉能为朝廷出力，立功之日，本院当列本上奏；所需之物本院一一给付。”邓彪见巡抚依允了，辞了出来回复逢玉。逢玉大喜，就与梅英商量，天马山拨正、副将二人：万人敌、陈龙，精勇三万；嘉桂山正将二员：马赞、单勇，裨将十员，兵亦三万。即日带了李公主、梅小姐，别了诸将，发炮起马。梅英等送了一程，回至县城，使宋金刚进城辞了戴巡抚，与月娥拜别邓彪，拔营回山。邓彪率领将士送至十里外，父女洒泪而别。

邓彪回来，着人打听戴巡抚已差游击陈寅运粮，参将李应祥率兵五千为策应。邓彪叹息道：“戴侯开诚布公，真仁人也！”遂拔寨回嘉桂岭而去。后人有赞戴巡抚诗一首，录俟好古者一览：

南藩承重寄，珠海建高牙。
才俊兼文武，声称洽迩遐。
精金牛节度，良玉舜昭华。
千里罗旁地，君来满紫霞。

且说逢玉离了花县，来至大通港，分军两路，水陆并进，差千里驹陈龙，哨探贼众还在柘园否，作速回报。陈龙领命自去不表。

今再表何足像。在梅花村被梅小姐打了一拳，抛了众人奔回家中，卧在床上半月挣不起来。那般无赖，后来探得饶有被那汉子斫死，放火烧了，张志龙已不知何往，料想必是嘉桂山下来的，方有这般手段；张志龙必定逃往那里去了，遂放下志龙，却来教唆饶有的老婆，来何足像家中寻索老公。足像闻之大惊，忙爬起来，寻那班无赖商议道：“当日我被汉子打了一拳，忍痛不住，抛了众人先自逃回，卧在床上半月有余，总不见饶先生到来。我只道他在家中有甚事故了，谁知他的娘子倒来我家寻他！说自那日出去了，至今并没回来，莫非有甚长短么？”

那般无赖佯为惊诧道：“这事你还不知么？”足像道：“有什么事？”无赖道：“饶有被张志龙同那三个汉子杀死，放火烧了！”何足像闻言，惊得魂不附体，忙扯住众无赖道：“果有此事？怎么样回复他婆子哩！求列位兄长念平昔相处之情，指教则个。”

有的道："不如瞒了他婆子，只说往朋友处去了罢。”有的道："这个计策不好，瞒得她一个两个月，瞒不得她三年两载，万一被她查出，只道我等知情不首，连我等也开不得交。不如径推在张志龙身上，只道张志龙诱他到梅花村，买嘱嘉桂山喽啰来杀了，管她去寻张志龙不寻张志龙，我们便脱了干系。”一个名唤毛面的道："这计也不善。当日何兄请我们去捉张志龙，拖锤越棍，四邻周知，万一被人证出，官府究问尔等统众行凶为着何事？我问你等怎样回答呢？”众人笑道："也说得是，然则当何如？”毛面道："说便要实实说与她知道，只是这番何兄却吝惜不得银子了！”

何足像道："求诸兄善为我商量，百十两银子我也不吝了。”毛面闻言，把头摇了两摇道："俗语道得好：‘各人打扫门前雪，休管他人瓦上霜。’这事我办不来，兄自家打算罢！”说毕，把手一拱道："请了。”转身要走，何足像一把扯住道："我又不曾说什么，毛兄为何就见怪起来？”

毛面道："人命关天，这样事情三五千银子料理得来，也算手段！尔怎么说百十两银子的话？你看得恁般轻易，我不去，你只道我等恐吓尔。”说毕又要走，足像止住众人，扑簌簌泪下道："诸兄缓缓商量，如果弄得没事，就要三千两，小弟也听兄便了。”

毛面见何足像慌了，方才住脚道："尔肯使银子，包尔无事，而今众兄弟须齐到饶有娘子跟前说明，看她如何发作，大家好临机应变，照应何兄。”众人齐声道："毛兄说得是。”遂一拥走进内堂来，见饶有婆子与足像母亲正在堂上说话，见足像带了许多朋友进来，二人忙缩进房里去。众人叫住婆子道："饶大嫂，我等有句话儿与尔说说。”

婆子出来，与众人道了个万福，问道："列位叔叔有何话说？”毛面道："大嫂，实不相瞒，前月何大哥要到梅花村捉个人，邀我等众兄弟及饶大哥同往。不料被那人买嘱喽啰，把饶大哥杀了，尸骸亦被放火烧了。恐大嫂不知，今特来说明。”那婆娘听了，大笑道：“列位阿叔不要取笑，清平世界荡荡乾坤，哪有喽啰平白地敢杀人放火？”毛面道：“人命事情怎敢取笑！大嫂不信，日后不要怪我们不说！”婆娘大惊道：“有谁证见？”众人齐声道：“我们都见来！”

婆娘听得，一头撞在足像怀里，大哭大叫道：“还我丈夫来！我丈夫好端端在家坐地，尔怎的诱他出来把与人杀了！”两只手扭住足像，一头哭一头说，两脚在地下乱跳。足像母妻闻得，惊得打颤的走上前来救解。

那婆娘伸出一只手来抓住足像母亲，把头乱撞，三四个跌做一堆，扭做一块。众无赖恐怕又做出来，忙上前解脱，何足像母妻三个，一道烟走至邻舍家中躲避了。那婆娘在地下乱滚，滚得发松衣绽，就孟姜女哭倒长城也无此惨痛，真个哭得天昏地黑，日月无光。丰湖士人闻之，做支歌子唱道：

> 饶大嫂，尔莫哭。尔夫生来似水沤，何有皮来何有骨。　　蜃楼海市虽虚浮，镜花水月还堪瞩。尔夫行似风条霜，不解全身但害物。而今狂魄似糠扬，谁人不庆莫余毒。莫余毒，尔莫哭。

话说无赖中有一个绰号两头蛇，名唤金亦，见足像母子去了，来扶起婆娘道：“大嫂，尔在此哭死也没用，莫若同我回至家中，写起数十张投词，与尔投了地方，来到县里去告。”婆娘叩头道：“全靠叔叔做主。”遂同了金亦走回家中。

众无赖忙来寻着足像道：“何兄！快些把银子出来，先买嘱了金亦，叫他不要声张，方可做事；若投词一发，就难收拾了！”足像忙叫母亲回来，倾箱倒笼，倒出千余两银子，尽付毛面去使作。毛面教众人且住在足像家中，不要成群跟着，不好说话。

安顿了众人，独自一个走回家中，藏过了一半银子，只携着一半，走至饶有门前。立了一会，听得里面寂无人声，毛面暗忖道：“难道金亦带婆娘去投人了？”转至屋后，听得里面有人说话。毛面且不惊动他，轻轻挨近一个小小疏窗边，立着听时，里面窸窸窣窣的响。忽听得婆娘气喘喘的道：“金郎！奴今顺从了尔，尔须为我丈夫申冤！”金亦道：“亲亲，尔不要慌，我肯扶尔，不怕不扯下何足像半片身家来，与我尔两个做下半世的快活哩！”

毛面听得把身子都酥麻了，蹲将下去直不起腰来，直待他两个事毕，方才爬到前门来敲门。婆娘听得，慌忙穿了裤子，出来问道：“是哪个？”毛面道：“是来送下半世快活与尔的！”婆娘听得满面通红起来，不敢开门。

毛面乱敲着门道：“大嫂！尔不要慌，我肯来扶尔，尔怎只管闭着玉门不肯容我放进东西来？”婆娘听得句句刺着，越发不敢开门，忙进房来与金亦商议道：“奴道尔不好，尔偏偏要！而今被人听见，怎么样好？”金亦笑道：“无妨，那叫门的声音是毛面。尔去开门，我躲在尔床上。他见尔独自一个，他敢怎的！”婆娘只得出来，拨开鸟吊儿，放毛面进来。

走至厅上，深深向婆娘作下一个揖道：“小弟已代大嫂扯下何足像半片身家来，嫂嫂与他私和了罢。经官告府有金亦难，况无金子与官府，官府怎肯从顺了你，为尔丈夫申冤？不如做个人情，两得其便。”就于腰间解下雪花也似五百两银子，铺满一地。毛面指着银子道：“这岂不足为大嫂做下半世的快活么？但求大嫂写个认错字儿与我，我就把这银子交付尔老人家收起。”

婆娘从不见许多银子，不觉眼花缭乱，心头打颤起来，说道：“奴不会写字，如何是好？”毛面道：“大嫂不要气急，金亦与我是最好兄弟，尔只叫他出来写便了。”金亦闻言，涎着面，笑嘻嘻走出来道：“我两人的事已被贤弟识破，望乞包容。”毛面道：“我也不管尔，只是好情要和，人命也要和，凡事只以和为贵。”金亦道：“说得有理，我就代饶家大嫂写起字来。”写毕，交于婆娘捺了个手印，付与毛面收了，就来同婆娘搬起银子。

毛面辞了他两个回来，与足像道：“事便有十分可和，只是银子少得多哩！”足像忙问道：“还要几多呢？”毛面取出一张长单，某人要十两，某人要百两，取算盘一算，总要一千多两。足像无可奈何，又去办了一千多两，与毛面干没了，方才放手。

那般无赖，后来探得足像用了许多银子，都是金、毛两个干没了，愤气不过，这个来诈了三十五十，那个又要八十一百，弄得个何足像母子终日啼哭。真个是：

人心不足蛇吞象，与了皮来想骨吞。

内中有一个唤做有心人，见他们吓诈得不像样，便来与足像商量道：“这些奴才，平日何兄大碗酒大块肉款待他们，今日不思患难相顾，却来落井下石！兄若信我，我有个计策教他们一个也没得想。”

足像道：“我平日哪一件不信兄，兄有妙计乞即赐教。”有心人道：“兄前日使费许多金银，才得拜火带山赖大王为义父。今日何不瞒了众人，将家资典了，悄的投火带山去，做个现成公子，何必终日坐在此处受那班奴才的气！”足像大喜道：“是呀！非兄提起我几忘却，就烦兄长作保，与我送至财主人家，只求银子现些，就减些值也罢。”有心人就代足像作保，连夜典出银子。正要使有心人出河口雇船，闻火带山大王，同了乌禽嶂黄沙，贼破了龙川，劫了河源，已杀奔柘园来了。

足像大喜，带了母妻妹子，牵出四五匹马，一齐上马。不消一日，已到柘园，果见旌旗密布，杀气腾空，一座营盘扎住在那里。

足像下马，使有心人进营通报道：“大王义子何足像，举家来投，望大王收录。”贼头赖乌龟道：“义儿怎么至今才来！”即着人请进营来。足像拜毕，献上银子，乌龟道：“我儿总是一家，何须又费尔心。”足像引母妻妹子来见，乌龟大喜，尽留入后寨受用，足像无可如何。

次日，足像将众无赖炙诈等情，诉说一番，欲求父亲报仇。乌龟大怒，拨骁将胡鲸鱼，提兵三千，带有心人做眼，奔至丰湖，尽皆拿到营来跪下。乌龟喝道：“狗才！你怎敢炙诈我儿！”顾左右：“与我推出辕门，一概砍了罢！”左右把众无赖一个个推出辕门，杀得干干净净。丰湖士人闻之，莫不酌酒相庆。

赖乌龟推足像母妻妹子分上，正要设席来与足像庆贺，忽报马进来报道：“启大王，戴巡抚与天马、嘉桂二山联合，闻我等攻掠到此，即差二寨人马，不知多少，盖地的杀来。”赖乌龟大惊，急集将士商议道：“吾闻嘉桂山有一员女将，极其骁勇，曾以三百女兵，破缩朒二十万众。今又合五花贼而来，若与之战，必难取胜，不如回山，紧守寨栅，着人到南岭江大王处借兵相助，方为胜着。”众人齐声道：“大王所见极是。”遂拔寨，带了足像一家并所剽掠子女、财帛，连夜赶回山来，把关门紧闭，一面着人到南岭求救不题。

且说千里驹陈龙探听的实，回报逢玉道：“贼已杀到柘园，执去捕盗通判一员，闻姑爷发兵来征，连夜逃回山中去了。”逢玉笑道：“吾固知贼之无能为也！”遂驱兵徐进。不一日，已到古名都，由榄溪入管，行上一二百里，两山蹙沓，江流如线，丹崖翠壁，赪艳如火，真个好看得紧。昔人有咏火带长林一首云：

逼侧双崖道，长林一带红。
嶂从丹竹见，路向鹧鸪通。
鸟语泉声里，人行树影中。
沿溪看不尽，恍与赤城同。

又有一首绝句云：

石路纡回古木深，染霜枫叶满高岑。
知谁昔日烧丹灶，一带长林赪至今。

逢玉见路径逼仄，不利进退，不敢深入，择个空阔处扎下营寨，分兵迁丹竹凹、鹧鸪塘等处屯扎，断其抄袭之路；然后带了梅小姐、李公主来至关下，仰关而攻。关上用檑木打下，人不能近。攻了两日，逢玉撤兵，退至二十里外屯扎。

李公主道："郎君与贼尚未交锋，为何遽退？"逢玉道："吾料此贼决不敢与吾对垒，率兵攻关，彼檑木厉害，徒损士卒。今须遣人缉探后路，差敢死军士拊其背而击之，此邓艾袭阴平之计也。"公主道："善！"遂差裨将数人往探。过了数日，裨将解进三人来禀道："末将由丹竹回东竹十五里，折而北走七八里，有道直通赖贼大寨，筑关把守甚固，进去不得。循路回至围子口，逢着这三个飞马而来，被末将打翻，一并拿来与姑爷发落。"

逢玉唤进来跪下，把眼一看，一个稍后跪的有些面善，却再想不起来。背后转出黄聪来，不觉大喊道："这个是何足像！"逢玉笑道："我道他面善得紧。"遂喝道："尔既到火带，可知张太公一家而今怎样了？"足像磕头道："小的到火带住不得几天，尚未探得。"

逢玉大怒，喝道："左右与我推出辕门，斩讫报来！"左右喝吆一声，把何足像狗一般拖出辕门。正要开刀，忽梅小姐带了数十骑飞奔而来，问道："杀的什么人？"刽子手跪下禀道："拿来的奸细何足像。"梅小姐闻得是何足像，笑嘻嘻的道："且叫他前来，我有事要问他。"

左右拥至马前，梅小姐道："尔是丰湖的何足像么？"足像战战兢兢的应道："是。"梅小姐道："尔既是丰湖何足像，到此何事？尔若从直招来，我饶了你去！"何足像闻得肯饶他，遂把饶有被杀，无赖炙诈，及典屋投贼等事一一供招。

梅小姐道：“尔既做了贼大王的令郎，怎么会被我家将士拿来？”足像道：“因赖大王前日差人到南岭江大王处借兵相助，江大王出劫海丰未回，不曾发兵。赖大王又差小的去恳求。”梅小姐道：“他发兵不？”足像道：“江大王怪赖大王平昔无人情，不肯发兵。”梅小姐道：“尔若能依吾计而行，不但释放尔，且保奏尔做个大大官儿如何？”足像忙磕头道：“莫说做官，就肯饶小的一命，也无不依计而行。”

梅小姐大喜，吩咐左右与他去了缚，带至辕门，吩咐且住；自己下马进来，与逢玉、李公主见了礼，笑嘻嘻道：“郎君怎么要杀起何足像来？”逢玉道：“他害我张氏一家，怎么不杀！”

梅小姐笑道：“且看奴薄面，饶了他罢。”遂走近前来，附逢玉耳畔说道如此如此。逢玉点头，梅小姐把手招何足像近前，叩谢逢玉。逢玉道：“我不看小姐之面决不饶你！你可跟小姐去。”足像起来，跟梅小姐来至万人敌营中，用好言抚慰。吩咐万人敌把旗号改做江万榕旗号，带了足像径回围子口来。将至关前，使单勇、马赞假做跟随何足像的，同何足像先到关前来通报道：“江大王亲统兵来助了！快报大王来接。”关上人看是何足像，哪得不信，飞报进去。

赖乌龟忙率百余骑来至关前一望，见无数旌旗卷地而来，大纛上早现出一个“江”字，心中大喜。见何足像来拜见，乌龟道：“怎不早来报知！”说毕，飞马去接。单、马二将早闪进在关内，梅小姐见一个豹头虬须的率领多人飞马而来，知是赖乌龟来接了。看看至近，挽住雕弓，指定咽喉，说时迟，那时快，一箭射去，把个杀人不眨眼的魔君化作南柯一梦，军士一拥上前，割下赖乌龟首级，杀进关来。贼兵急欲闭关，被单、马二将掣出鞭来，一阵打退。梅小姐吩咐军士叫喊：“降者免诛！”贼众闻之，尽皆丢盔解甲，伏地请降。一个有名的火带山贼，兵不血刃，轻轻的便取了，此皆梅小姐之功也。后人有诗一首以赞之曰：

火带长林焰欲然，古名残破少安全。
鹧鸪啼断山山雨，丹竹烧成处处烟。
制寇人归炉峡外，保民恩在石龙偏。
而今一箭妖烽息，留与秋卿作话传。

再说梅小姐已破赖乌龟，据其大寨，差陈龙开关迎入逢玉，复使单勇、马赞率兵攻破乌禽嶂，斩了黄沙贼，古名尽定。万人敌带赖、黄二贼族属千余人进来，请逢玉发落。逢玉一一审问，凡系掳掠来者，尽释放宁家。足像害张氏一家，其母妻妹子本应斩首，姑念足像是个脓包，信人唆使，又破贼有功，免其骈戮，着令领回。何足像叩谢，领了母妻妹子回至李郊，又被磜头游骑所获，其后全家俱为张小姐贵儿所斩，此是后话，今且不表。

且说逢玉发放难民毕，命志龙于寨前竖起一面白旗，旗下设一香案，上置三个神牌，上写：

故父张瀚、故母沙氏、妹子贵儿之神位

志龙与逢玉俱披麻挂孝，驱二贼族属五百余人跪于香案下，将赖乌龟首级供养案前。招魂祭奠毕，喝令刀斧手，将二家族属尽皆剖心沥血，祭奠张氏一门，逢玉与志龙放声大哭，哀恸三军。李公主与梅小姐亦拈香礼拜，诸将见逢玉十分哀恸，亦来拈香叩拜。

众人正哭得高兴，忽降将利宾王引着一个老者来，擦着眼把牌看了一看问道："将军等与张瀚何亲，如此哭他？"诸将正要答应，张志龙跪在案下，举头一看，急上前抱住，大喊道："父亲还在么！"逢玉忙跳起来一看，果是岳父张秋谷，三人抱住大哭。李公主、梅小姐闻得大喜，忙来劝住，扶至寨中。

志龙问道："母亲、妹子何在？"秋谷指着利宾王哭道："我夫妻被贼捆至山中，蒙这个门生搭救，留在寓所，幸不受苦。尔妹子自那夜失散，未知生死如何。”逢玉闻言，依旧大哭。

李公主忙叫人到利宾王寓中招龙氏到来，大家接入，又是一场大哭。李公主与梅小姐请秋谷夫妇上坐拜见。逢玉一一指示道：“这个是嘉桂山李公主，这个是天马山梅小姐，俱归小婿为室。”龙氏执二人手大恸道：“小女福薄，不得与二位共事黄郎！”梅、李二人齐声道：“愿老夫人宽怀，奴等当代贵姐孝养二亲。”说毕，命设宴款待。

次日，逢玉与梅、李二人商量道：“赖、黄二贼虽云授首，而磜头、南岭等贼尚据诸山，日杀不辜。愿贤妻助我铲平诸砦，一为地方除害，一以泄我胸中之恨。”李公主道：“愿郎放下愁烦，妾等当为郎扫除之。”遂将赖、黄二贼之首用匣盛了，一面差陈龙赍二贼之首，往戴巡抚处告捷；一面操练三军，发兵征进，且按下不表。

单表陈龙赍了首级来至省城，戴巡抚因朵颜人寇蓟州，已带兵勤王去了。缩朒病愈，复起视事，得捷报心中大怒，急召洪一夹来商议道：“可恶此贼，兵不血刃，已破了火带。若复许他进兵，平定三都，戴耀回来必然奏闻圣上，封官赠爵，我便奈何他不得了。尔有何计，沮他不得成此大功，当重重赏尔。”

洪一夹笑道：“这个何难，只须召回李应祥，叫陈寅勿运粮去，并责他专杀，此不沮之沮也。”缩朒大喜，就着人召回二将，付文与陈龙，回至火带山禀道：“戴巡抚进京去了，缩朒处发下文书与末将回来。”逢玉道：“缩朒有何话说？”陈龙道：“末将不曾见缩朒，但路上逢得陈、李二将，说奉军门将令，撤兵粮回去。”

逢玉闻言大惊，忙拆开文书来看，不觉双眉蹙着，半晌说话不得。李公主问道：“郎为何不乐？”逢玉把文书递与，李公主看了大怒，把文书扯得粉碎，掷于地下，大骂道：“吾夫妻为尔平了贼，不见尔慰劳一句，却放出这般屁来！”梅小姐问道：“他书中说什么？”

李公主道：“他道黄郎专杀！夫专杀者无上，是谓我等怙恶不悛也，岂非放屁！”梅小姐笑道：“缩朒不死，莫说破个古名都，就使宽得、零江一一削平，那赏功的恩典，也未必到得黄郎哩！不如留下磜头诸贼，俟戴侯回来再请命征进，也可为黄郎作一出头地步。”李公主道：“贤妹之言是也。”遂一面出示晓谕诸降贼，有愿为兵者，尽编入部伍听用；有不愿为兵者，尽给盘费回乡。分拨已定，焚毁贼巢，收拾金帛，携了张秋谷一家，起兵回山。

路至龙川，逢玉欲辞梅、李二人暂回家安慰父母。李公主道：“不可，缩朒与吾等仇怨愈结愈深，黄郎独自一个回去，万一他又生出什么计来，叫妾等远不及救，如何是好？不如暂住山寨，俟戴侯回来做了主，方可行也。”逢玉才一同来到三水县，梅小姐打发万人敌二将回山。李公主把火带山得来的金帛，分一半与万人敌，带回山寨赏赍士卒，又另备一副厚礼赠与月娥，逢玉又修书致谢梅英及军师等。万人敌一一收下，拜别逢玉、小姐，带兵自回。

李公主打发万人敌去了，引兵回至嘉桂山，杀牛宰马，同逢玉、梅小姐祭告都贝大王，大飨将士，一连饮了十余日酒。又于嘉桂岭侧筑一精舍，安顿张太公一家，盛其供设。梅、李二人，或一日或二日必亲至张太公夫妻榻前问安，苻夫人又时时着人请龙氏到寨谈聚，欢若妯娌，张太公也自安心住下。只是逢玉思念张氏贵儿每形叹息，李公主道：“贵姐当日，张太公也只知失散，不知生死。郎君何不差人到梅花村前后访问，或者犹躲在亲戚处，也未可知。”逢玉道：“贤妻之言大是。”随即差精细头目往梅花村探访。

未知探得着否，且听下回分解。

第十八回

张贵儿女扮男装　盘把总传消寄信

诗曰：

人生最苦是别离，苦是别离道路歧。
伯劳飞燕不相顾，登山临水去犹疑。
旧约难寻春梦断，鱼书虽寄恨迟迟。
惆怅香云压架重，起来伫向荼蘼立。

话说李公主，因逢玉思念张贵儿，劝他差人到梅花村探访下落，不知张贵儿已到桃花村逢玉家中住年余了。只因作者独有一管笔，一张口，说得这边，讲不得那边，故此要讲逢玉一边，不得不把贵儿一边暂且放下。今逢玉的事已说完了，自然要接上去把贵儿的事，细细补写出来。看官若不嫌絮聒，待不才缓缓说与尔听。正是：

林泉无事小神仙，悟破南华了万缘。
酣卧小楼春睡足，起来闲把古人编。

话说张太公与逢玉游罗浮，遇黄野人赠句，语意不佳，恐家中有事，忙别了逢玉奔回家中，家妻女平安，心才放下。料逢玉到从化，往返只在一二月间，预先寻个精于日课的李老泉，叫他拣定个搬移吉日，专候逢玉到来一同搬往程乡居住。不觉间：

兹辰戒流火，商飚早已惊。
云天改夏色，木叶动秋声。

暑退凉生，早是七月了，逢玉尚不见到。张太公心中忧疑。每日饭后就来坐在村口呆望，如是者又月余。一日，天色已晚，立起身来扶杖要回，见远远地一个人骑马而来，心中大喜道："这来的不是黄郎是谁！"老眼昏花，倚着拐杖，把眼擦了又擦，看看至近，那人举手道："我道是谁，原来是张先生。怎么这时候，还在此等甚人儿？"

张太公蒙眬看去，却是西村叶秀才。支吾了几句，一步懒一步的摸了回来。只见娘子龙氏，倚在门首埋怨道："黄郎若回自会进来；黄郎不回，尔就在村口望穿了眼，怎得他来！尔偌大年纪，万一失足颠翻在那里，却不教老娘晦气！"

张太公道："我非不知。但念黄郎临别时，归思甚迫，今过期不至，我未免忧疑。"龙氏道："闻得黄郎姑娘所生三子，皆不听教训，或者惹了甚事，代她料理去了，也未可知。尔只守在屋里等他，不必又到村口，盼得七更八夜，害老娘担干系。"张太公道："尔也说得是。"自此张太公只坐在家里等。

光阴似箭，日月如梭，转眼间冬尽春回，又早是新岁了。过了新岁，经旬累月，无日不雨，闷得个张太公坐卧不安。不才有首《夜雨怀人不至》诗云：

坐听檐溜响琅琅，气冷宵深别怅长。
群屐不来经两载，鱼书无计问三湘。
惊风铁马鸣虚幌，战雨芭蕉打粉墙。

此夜应嫌关塞黑，并悭幽梦到山庄。

三月初旬，积雨稍收，张太公又要到村口等望，龙氏阻住，闷坐了。黄昏时候，霏霏漠漠的又下起雨来，张太公愁闷，不吃夜饭便和衣睡倒。

夜至二更，一片声喊，无数贼人杀进庄来。贵儿因漏湿了衣箱，正挑灯开看，闻得喊声，知是贼人，信手拿了一包衣服，走出房来。拨开后门，幸天色墨黑，容易躲闪，跑出屋后，也顾不得弓鞋细小，望着黑暗处，舍命的跑到山足。爬上山去，回头一望，庄上烈焰焰，火光冲天而起。恐怕贼人来赶，沿冈乱跑，不提防“乾䵺”一声，跌下一个土窟里去了。忍着痛，做一堆儿伏住，气也不敢喘一喘。挨至天明，方攀藤附葛爬了上来，弓鞋脚带已不知落在何处，露出莲藕般三寸金莲，望着梅林，一步一步爬下山来。到得庄前，只叫得苦，一所庄院已烧做白地了，只剩左边一间房子，塌了半边尚未烧尽。贵儿放下衣包，伏地大恸。幸贵儿还是有经济的女郎，不然，遇此大难，一个伶仃小娃，不死也要流落了。

贵儿哭了一会，想道：“而今哭是无益了。只是父母不知存亡：二兄远出，急切不得通信；黄郎负约不至；近处又无个亲眷可投，叫奴怎样好哩！”左思右想，无计可施，含着泪，立起身来，向火砾场团团走了一回。见残窗剩瓦，满地纵横，灶冷烟消，一无所有，凄凄惶惶又哭了一会。拾些烧不尽的破裳，扯来包了足，提了衣包，思量出至前村，寻个人家歇下再处。

出至篱边一个小小坑坎边，听得有呻吟之声，急向前视之，见一人伏在坎内，忙扯起看时，却是家中使唤的粗婢小青。当夜被贼斫翻在坎内，不曾伤重，故此不死，只是满身泥水，冻得半僵，说话不得。贵儿忙扶回烧不尽的破房里来，取个折凳板与她坐下，欲在自己身上脱件衣衫，与她换换湿衣。低头一看，方知身上泥水比她更多些。回见堂基上余烬未息，走出来，拾些败窗残桷，堆在房里，取余烬吹着。扶小青至火边，向了一时火，火暖阳回，舌头柔软，方才哭得出来道：“姑娘，太公、太婆俱被贼捆去了，如何是好！”贵儿闻言大哭。

当夜，二人忍着饥坐至夜半，火气渐息，身上寒冷，心中畏怯，不敢出去拾柴，渐渐难忍。忽地想道：“现抢出一个衣包在此，今不取来穿，留待怎的！”吩咐小青把火吹亮，解开一看，只是叫苦。

尔道如何？原来逢玉出门后，贵儿私下取个细嫩葛布，量逢玉身体，做成夏布包巾、丝鞋净袜各二件；又把逢玉作聘的程茧手巾放在一处包好，欲待逢玉回来与他穿戴。当夜心慌，单单只拿着这个包儿。苦了一会，复自想道：“我的容貌，动人心目，独自一个住在此处，若更遇着什么山高水低的事，就要把这性命丢下了！不如把钗环首饰换些盘钱，将现成衣服改了男装，径寻到黄郎家中，住在公姑处，俟黄郎回来再商量来报仇罢。”

主意定了，挨至天明，把钗环取下，穿起做与逢玉的巾衫，把包袱扯来做了脚带，包大了脚，穿起丝鞋净袜，走至井边一照，暗暗笑道：“惭愧！如此穿戴起来，张贵儿竟是一个美丈夫！”小青不觉失笑道：“姑娘穿了这衣服，极似黄郎当日。”贵儿戒之道：“今后勿叫姑娘，只叫我为相公。”遂使小青引路，往市上来，见一路居民被贼残虐，哭声不绝。

来至市上，把首饰换出二十多两银子，又代小青在旧衣铺中买件长随衣帽，到僻静处与她亦改作仆人模样，买副铺盖与她挑了。寻个老成人，问了程乡路程，出至河口搭船，径往程乡来。一路无话。

到来松江上岸，细细访将进去，渐渐山高林茂，路狭溪回。转弯抹角的穿过几个幽林，陡起一山阻住去路，贵儿心中惊讶道：“莫非走错了路么？”急忙爬过冈子，转出山嘴，豁然露出一个村来，真个：

山穷水尽疑无路，柳暗花明又一村。

贵儿看时，一道清流，夹岸都是桃树。其时正是三月下旬，积雨初晴，溪光山色相映如画。不才有《桃溪文》一篇，其后半幅云：

盖有泉焉，其流清以长，潺湲可爱，足供幽人之玩也。又有桃焉，其华秾而郁，艳冶堪怜，足悦士女之目也。溪而有桃，则波光愈增其媚，临流潋滟，如逢仙府于武陵；桃而俯溪，则芳华更饶其韵，幽香芬郁，如遇仙子于天台。花染流纹摇锦浪，泄天地之文章；水流花片弄清华，绘古今之图画。乡之士，日饮其水，故锦心绣口，代不乏人；乡之女，日食其实，故宜室宜家，世多其誉。

贵儿心中正喜，忽见一老者，头戴箬笠，身穿葛袍，一缕美髯其白如银，由松林里踱将出来。贵儿忙上前深深一揖道："请问长者，这里就是桃花村么？"老者忙回揖道："正是，相公何来？"贵儿道："晚生由惠州来，要到村里寄个信儿与思斋黄太公的。"老者忙问道："什么信儿？"贵儿道："他令郎逢玉兄，去年三月住在敝庄一月，起身时，知晚生要到贵县，特托捎书与太公。"

老者大喜道："只老夫便是。不肖子一去不回，又无音信，忧得他母亲卧床不起。兄来得正好，请兄到舍下一叙。"把手一拱道："休怪，老夫引路。"一同来至草堂，老者大呼道："快拿茶来！有位相公捎逢玉儿子书信到了。"

逢玉母亲沙氏，闻得儿子有书到来，一骨碌爬起床来走出前堂，正要跟问儿子下落，只见贵儿见了沙氏，忍恸不住，走上前来双膝跪下，大哭道："婆婆收留媳妇则个！"思斋夫妇大惊道："相公何为如此？"

贵儿道："媳妇张氏，系惠州梅花村人氏。请公婆坐下，容媳妇诉来。"遂把逢玉借宿、法救、结婚，一直诉到被寇焚劫、改装来寻公姑等情，细细诉完，于身畔取出逢玉作聘的一条织锦程茧献上，扯住沙氏衣裙放声大哭。

思斋夫妇接来看了，又惊又喜，忙扶起贵儿道："既是吾媳妇，请起来更衣相见。"沙氏携贵儿手进至房中，取首饰衣服与贵儿改了装出来。请公姑上坐，拜见毕，命小青叩见。思斋夫妇见贵儿面如满月，眉分八字，举止端庄，语言温润，不胜大喜道："真吾媳妇也！且喜媳妇已到家中，保全无事，路途劳顿，且去安息。但事已至此，媳妇须少自排解，勿过悲伤；俟逢玉儿子回来，再着人到火带山探听尔父母，如未被害，即行救取可也。"沙氏吩咐丫鬟打扫一间房子，与新妇歇息。自此，贵儿问安视膳，极尽妇道，二人大悦。

一夜，思斋起来净手，从贵儿房门经过，闻得贵儿在房中哀泣。次日，密唤小青来问道："我媳妇夜间哭什么？"小青垂泪道："奴婢姑娘，痛家太公太婆惨遭奇祸，生死不保，夜夜涕泣，非独昨夜也。特恐太公知之，或生忧愁，故此不敢明哭耳。"

思斋闻言，愀然不乐，来与沙氏商量道："媳妇每见尔我欢天喜地，我只道她听吾言语，放下苦情，谁知背着尔我夜夜偷泣？人有多大精神，经得如此悲切！尔须叫她出来，待吾劝解她一番。"沙氏遂来房里，挽了贵儿出来。

思斋道："媳妇，尔须节哀顺变。再等吾儿数日，若又不回，为父着人到从化取他回来，更着人到火带打听亲翁吉凶，务必体访个实信回来与尔知道。若夜夜悲啼，甚非为父所望，尔宜戒之！"贵儿道："媳妇没有悲啼，公公勿忧。"思斋见媳妇贤达，心中愈觉不忍，日日倚着柴门，眼盼盼的翘望逢玉。真个：

倚门倚闾，陟岵陟屺。

一日，清晨起来，见个慈乌在门前树上"呀呀"的噪。思斋占个课儿，大喜道："吾儿今日必回！"傍午时候，戴上箬笠，步至村口，等了一会。忽见一个大汉，把草笠掀在背脊上，挎着一口腰刀，袒着胸脯，雄赳赳的走进村口来，背后两个大汉背着两个大包袱，走得汗流浃背。见了思斋，把手一举道："借问前辈，这里到桃花村还有多少路程？"思斋道："前面就是。"大汉大喜道："好了，寻着了！"

思斋见他三人来得异常，暗暗惊讶，因拱手道："三位到桃花村有何公干？"大汉道："卑末奉姑爷、公主将令，送家书与太公太婆的。"思斋道："哪个姑爷、公主？桃花村恐没有此人。"那汉道："是逢玉黄姑爷的思斋黄太公，姑爷现开有路程乡贯，哪得没有！"

思斋闻言大惊道："然则三位从梅花村来的么？"那汉道："不是，卑末是从嘉桂岭来。"思斋愈觉惊讶。那汉见思斋只管盘问，因问道："前辈可识黄太公么？"思斋道："只老夫便是。"那汉闻言大喜，忙跪下叩头，思斋急扶起，引至草堂。那汉除下草笠腰刀，请思斋上坐叩见，思斋不肯；三个一齐跪下，磕了头起来，垂手立在一边，躬身禀道："末将盘为连，奉姑爷、公主将令，赍书到来，奉候太公太婆，就令末将住在府上。俟姑爷回来，一同奉迎车驾到嘉桂岭供养。"说毕，把包袱打开，取逢玉并李公主书奉上。

思斋忙开来看了，满面愁容，吩咐小厮看茶，拿书走进后堂来，与沙氏商量道："这个畜生，又走在嘉桂岭招了李公主！媳妇闻之，气恼起来，如何是好？"沙氏道："李公主是什么样人？"

思斋道："是嘉桂山瑶王李刚之女，刚死无嗣，众将立之为王。万历十九年归降朝廷，封金花公主，有众二十万，勇将百余员。彼亦有与尔，要俟逢玉往德庆访了姑娘回来，请尔我邀同张亲翁一门搬至嘉桂供养，先使一个将官赍甘旨银二百、大红缎寿衣二袭到来。来意虽美，只是媳妇遭此大难，千辛万苦寻到我家，夫妇尚未会面，忽闻此信，宁不气杀！"沙氏闻言，亦愀然不乐。却早被贵儿听见，笑容可掬的走上前来道："闻黄郎有书到来，求公公把与媳妇一看。"思斋见贵儿来索书看，不可不与，因叹口气道："不肖畜生，前已误了媳妇，今又胡行乱做！媳妇，尔看我夫妇之面，不要气他罢！”遂把书递与。

贵儿看了大喜道：“公公，媳妇之仇有报矣！”思斋忙问道：“如何见得？”贵儿道：“火带山贼与南岭、磜头诸贼，相为掎角，凶悍异常，执官吏，攻乡保，龂龁坟墓，系累子女，屠戮人民，暴骸薮泽。凡百姓被擒至寨，用索贯其鼻、穿其踵，倒悬在梁上，迫其写书与家人亲戚，备银来赎，送了千金又要万金。故此人一被擒，莫想得生。家父母年将七十，哪里经得恁般磨折？一到火带，其死必矣！欲报父母之仇，非有强兵勇将不可。黄郎虽文武全才，其如无尺寸柄，奈何？此媳妇之所深忧也。今幸李公主有如此之兵，有如此之将，又与黄郎情投意密，若托黄郎求之，彼必不惜兴一旅之师，为媳妇诛此残贼也！但得黄郎早些求她为妙。早则父母尸骸或犹可得，迟则白骨满山，恐无可认处耳！”说毕泣下。

思斋大喜道：“媳妇有如此雅量，又有如此见识，为父不及也！且媳妇有此孝思，神天必相佑助，亲翁亲母，必不至与诸难人同尽，愿媳妇勿虑。逢玉四月往大绀，为父计之，约七八月间必然到得家中。既到家中，即命复往嘉桂请兵。谅在十月内外，必然破得火带，救得亲翁，媳妇宽心。”贵儿泣诺。思斋忙吩咐治酒，款待差官，出来收进礼物，安顿盘把总三个。

谁知逢玉已被梅小姐招在天马，后面又生出许多事故，竟不能回。看看数将几终，岁且更始，融风布序，急景凋年，而逢玉音信竟杳然。贵儿愁得渐渐玉容消瘦，心乱如麻，又恐公姑忧虑着她，怕老年人生出病来，不是耍处，外面佯为欢笑以安公姑之心，至夜辄伏枕上流涕，泪痛所积，衾枕皆丹。悲痛到无可如何，辄寄诸吟咏，以写其悲情，所作皆悲酸惨绝，如猿啼鹤唳，不堪入耳。不能悉录，今录其一，以见其余：

角枕宵长梦不成，羞翻旧史说缇萦。
身经病后哀歌短，家为咏悲叹为荣。
孤月透帘寒有影，悲风到地壮无声。
恨深入骨殊难报，血泪潸潸暗自倾。

冬尽春回，木旺生火，久郁之人，忽变成个心痛的病。初时还觉忍得住，到后渐渐难忍，日夜呻吟。思斋夫妇大惊，急忙延医调治，所用不外竹黄、川贝、连翘、牛蒡，药不对病，渐渐沉重。一日，晨起净手，忽大叫一声："痛杀我也！"昏晕在地。

未知生死如何，且听下回分解。

第十九回

悲分散千里寻儿　话团圆断肠问卜

诗曰：

忽忽乎，余未知生之为乐也，愿脱去而无因。安得长翮大翼，如云生我身，乘风振奋，出六合，绝浮尘。死生哀乐两相弃，是非得失付闲人！

话说贵儿因逢玉不回，心中着急，欲求公姑依着李公主来信，径到嘉桂山相求，又怕公姑年老，跋涉不易。公姑不往、黄郎不回，挨延日久，又怕父母骸骨不可保。想到此处，就如蚂蚁缘着热锅般，左不是右不是，忧愁伤心，思虑气结，竟生出一个心痛病来。晨起净手，大叫一声，昏倒在地，牙关紧闭，手足逆冷。

思斋夫妇急来抱住，乱呼乱叫了一回，方才渐渐苏醒。思斋忙叫沙氏与小青扶回床上，自己如飞到西村，延了个有名的儒医，姓张，单唤一个俊字，到来看视。尔道那儒医生得如何？但见：

身材短小，体貌清奇。不履不衫，无拘无束。满肚子，都是千子靴妖；一揸把，无非青龙白虎。兴到时，拖泥带水，也学做文做诗；赌赢了，抹嘴捋须，便去食酒食肉。自是逍遥任意人间士，宁非富贵浑忘地上仙。

走进房来，小青从云母帐中捧出玉笋般手来，与儒医审了三关六部，问思斋道：“求令媳玉容一观。”

思斋令小青揭开纱幔，儒医看了，出至堂上道：“令媳贵恙郁症也。书云：‘脉生结促，病成于郁。’郁有五症，而令媳则哀悲忧愁之证也。悲哀者动中，忧愁者气闭塞而不行，发则心系急而上焦不通，必有暴痛暴绝之患。但郁有因病而生郁者，有因郁而生病者。令媳之脉，促结而有力；令媳之容，神消而气索，殆因郁而生病也。治病必求其本，而令媳之病非徒持药饵所能瘳也。必须去其病本方能有济，本去病除，但不可使之再发，再发则成痼疾矣！”

思斋喟然道：“先生之言，洞见肺腑，卢扁不及也。”厚谢而去。真个：

妙理心能契，高名耳不虚。

话说思斋闻先生之言，心中忧闷，进来与沙氏商量道：“若要媳妇去其病本，除非逢玉儿子回来，带她到嘉桂山请兵，报了亲翁之仇，取回亲翁骸骨，或能去得她的悲忧。只是那畜生不知为着何事，日复一日总不见到，叫我怎生解救媳妇呢？可怜媳妇青年遭祸，侥幸得脱，千里来寻着尔我，今又令她郁郁而死，我心何忍！”说罢泣下，沙氏亦泣道：“不如且哄她，只说尔我两个待逢玉不回，媳妇病好了，要举家同媳妇径到嘉桂山住着，就求李公主发兵报仇，哄得她身子好了，再作商议如何？”思斋点头道：“此亦救急的妙方，尔就去与媳妇说。”

沙氏来到房中问道：“媳妇，尔心中这会儿宽些么？”贵儿道：“心中嘈杂得紧。”沙氏道：“尔公公叫尔好生养好身子，他等逢玉不至，要在四月初旬，天气清和，举家同尔到嘉桂山，代尔请兵报仇哩！”

贵儿原无甚病，只因逢玉不回，空有此好机会，不能及早请兵报仇，迟恐不及，遂尔忧郁成疾。今闻公公肯挈她到嘉桂请兵，愁肠顿宽，痛苦如失，蹶然起来向沙氏叩谢，沙氏大喜道："尔今身子虚弱，且过数日，养得平复，就叫尔公公择日起行。"说毕出房，悄悄与思斋说知，思斋暗暗喜欢。

光阴似箭，日月如梭，转眼已是四月初旬。贵儿不见公姑提起往嘉桂的事，心中想道："莫非公公哄我么？"走至房中，取一幅花笺，写诗一首，叫小青悄悄放在思斋案上。思斋回来，见案上有诗一首，字划端楷秀美如时花美女，知是媳妇写的，忙取来读道：

顾复恩多思不禁，暗垂珠泪昼沉沉。
睡惊燕语频移枕，病起蛛丝半在琴。
雨径乱花埋宿艳，月轩修竹转凉荫。
不堪读罢缇萦疏，愁绝妆台拥鼻吟。

思斋看毕，叹息道："媳妇可谓才德并茂矣！彼盖因吾许了她同往嘉桂，吾今许久不提，故为此诗。彼心甚急而词甚含蓄，盖不敢催促我也。有如此贤孝媳妇，老夫不同她一行，便不成人父了！"遂走转后堂，叫沙氏来商议道："医生谓媳妇的病好了，不可再发，再发便成痼疾。逢玉这畜生，莫想得他回来！我前已许了媳妇同往嘉桂；今若不去，彼必不快，那病就要再发了。且嘉桂山李公主奉来书辞，肫肫恳恳请尔我到山奉养，我若到去，彼必欢喜。莫若真个同媳妇至嘉桂山走上一遭，就求她发兵，与张亲家一门报仇，也可酬张亲翁与我结亲一场的情谊。只是路途遥远，翁媳两个有许多不便，莫若尔也同去走走好么？"

沙氏道："李公主与吾儿子一结亲，就晓得差人送甘旨求与尔我，也是个贤媳妇，我就同尔到嘉桂去看视她一番也好。"思斋大喜，着人到书房叫回次子黄逢珠来，吩咐道："我与尔母亲要同嫂嫂到嘉桂山一走，今将家务交付与尔，早晚须小心看管，暇则攻书，毋荒毋嬉，我事毕即回。”逢珠应诺，遂整顿行装，择日起程。

贵儿来与沙氏商议道：“公公年老，路途中间须人服侍。媳妇来时是男装，今欲依旧男装，庶上船投店不必避忌，便以服侍，不识婆婆以为可否？”沙氏道：“待我与尔公公商议如何？”沙氏来与思斋说了，思斋大喜道：“极好！媳妇容貌非常，触人眼目，我正虑此，改了男装便不必顾虑了。”

贵儿闻命，打扮做童生模样，携了小青，雇三乘轿子抬了，就吩咐盘为连，叫两个军健挑了行李，跟着轿子一同来到松江，雇船长行。但见：

偏舟新雨后，芳意满沙汀。
夕树鸟声喜，春畦麦子青。
看云闲出岫，为客拟飘萍。
七色奔流地，征帆起一经。

舟至长沙，听得人纷纷扬扬传说将来：瑶人反了，督府兵败，省城已被围困。思斋闻之大惊，急唤盘为连进来问道：“闻得尔公主已反，我每恐不可前进！”为连道：“广东所属我辈甚多，独公主归附朝廷，其余若连山之八百傈、罗旁之五花贼，皆拥众十数万，不服王化。瑶人虽反，必不是公主，太公勿忧。”思斋闻言，方始放心前进。

已至兴宁，又听得人说：瑶人来征火带山贼，龙川一路，兵船充斥，甚不好走。盘为连闻得，来与思斋道：“闻得有兵来征火带，太公可作速赶至龙川一问，就知何处瑶人。”思斋道：“是。”催促艄公趱程，赶至青溪起岸，见许多鸠形鹄面衣衫褴褛的人，三五成群而来，思斋也不以为意。

到了岐岭，见许多人围住一起，指手划脚的在那里问他，思斋也挨近去听他说什么。只见一个道：“小人自去年十月被掳进去，贼徒勒我写书至家，取千金来赎。小人知贼无义，就与了千金也未必放我，由他拷掠烧钳，我总不写；又把我缚了手足丢在猪圈，继又把索穿了我脚跟倒吊梁上，几不得生，幸瑶王带兵到来，诛灭贼首，方才得释，又蒙给赐盘钱回家。那瑶王真是我等重生父母！”

思斋闻言，分开众人，把手一拱道：“列位既是火带山得释难人，可知惠州府梅花村有个舍亲张秋谷一家，可曾得释么？”那人道：“我是被乌禽嶂黄沙贼擒的，与火带山远隔，却不曾闻得。前日，我等在龙川，闻得瑶王班师，齐集在关前送行，约有数千人，令亲不死必然也回家去了。”思斋大喜，忙回来与贵儿备细说知，道：“恭喜我儿！难民既有数千，亲翁谅必无恙！今不须到嘉桂山去，径到梅花村父子团圆便了。”

贵儿呜咽道：“据公公所闻，凡所被擒，拷掠烧钳备诸惨毒，儿之父母景衰日暮，莫想得生。但今贼已剿灭，难民已散，恐怕连那根骨头也无人可访问了。”说毕，抚膺大恸。

思斋道：“我儿勿悲，这里有文公庙，极其灵应，我每且到庙中问个珓儿，看吉凶若何？”说毕，遂一齐来到文公庙，大家谒拜毕，贵儿取珓，嘿嘿祷告了，把珓向空中一掷，就是一个圣珓。思斋大喜道：“此珓最吉，亲翁必然无事，我儿再求文公赐个圣珓来证一证。”

贵儿跪下祷毕，把珓向空又掷下去，看时，却变作一个阴珓了，贵儿失色。思斋拾珓在手道：“文公是个正直神人，必无戏耍人处，我儿起来，待为父代尔一掷！”思斋告道：“闻公诚感鳄鱼，义折庭奏，生时如此正直，死后自然神明。今弟子某亲遭贼掳去，如或不死，乞赐圣珓。”说毕一掷，就一个圣珓。

思斋道：“圣珓须证，真个不死，再赐一珓。”复掷下去，又一圣珓。思斋大喜道：“既不曾死，我媳妇团圆有日矣！”再掷下去，则又变成阴珓。思斋忙拾起珓来道：“古人云：‘再三渎，渎则不告。’神已告我不死，我原不该掷了。我儿拜谢神罢。”贵儿心上忧疑，拜了起来。见案上有笔，提起来向壁题诗一首道：

灵宫赫赫似衡岳，瞻拜何殊旧日情。
雾泄芙蓉千叶暝，云收紫盖众峰晴。
祝融不吝为公现，杯珓偏悭此日呈。
正直忽然成梦梦，教人怎不笑先生。

题完复写绝句一首道：

女孥未死亲先失，秦岭重来岁已移。
闻道贼平心转恨，不曾鞭得盗魁尸。

写毕，不胜伤悲。

庙祝走来，与思斋施礼道："这位相公，似有什么难决的事一般。"思斋道："正是。"庙祝道："我这里近来一个仙姑，姓刘，自称是刘三妹后人，能禳星告斗，起人灾疾，又善鸡卜、炷卜、吕仙卜诸术数，能知过去未来之事，太公何不求她起个数来一决？或有甚不吉之处，就求她破个鸡卵，审系何妖作祟，备些酒馔禳除，自然无事。"

思斋道："仙姑有恁样灵验，得她来一问休咎甚好，但不知她住在那里？"庙祝道："太公若要请她，我就代太公一行何如？"思斋大喜道："如此极好。"

庙祝去不多时，引着一个仙姑进庙来，思斋举眼看那仙姑时：

桃花面，鹤翎发，青霜袍，玄琼舄。若若灵飞绶，垂凤彩之文；峨峨天真冠，顶夜光之赤。望而知为异人，即之弥见奇绝。

思斋忙牵贵儿上前，迎接入庙，叙礼坐下。仙姑一眼看定贵儿道："这位相公可惜是个男人，便不免阴阳混杂。若是个女儿，怕不是个一品夫人。”思斋道：“何以见之？”仙姑道：“面色端严，皮肤香润，发细背圆，身肥肉重，女则极美，男则稍逊。”思斋暗喜。茶罢，贵儿泣拜仙姑道：“家父母被贼剽掳，未知生死存亡，求仙姑一决休咎。”仙姑道：“这个不难。”起身取香五枝，向天祝曰：“天数五，地数五，大衍之数五。三多凶，五多功，五与五合，人在其中。唯尔有神，尚明告侬。”念毕，把香向空一撒，取最远一枝，以指量长短，折为六节，布成一卦，写出四句道：

一夜月明，千山风定。
破麦见麸，自得真信。

写毕，付与贵儿道：“此数目下虽吝，久后必吉，不必虑也。但相公明堂微有晦色，不久恐有虚惊。吾再与尔起个数来，看看如何？”如前焚香布卦毕，复写出四句道：

遇惊勿惊，遇忧勿忧。
祸兮福倚，吉向凶求。

写毕，仙姑道：“此数兑下乾上，于卦为履，有‘履虎尾，不咥人’之象。虽有惊恐，可无虑也。”说毕，起身作别。思斋取一封银子相酬，仙姑笑而不受，摇着麈尾飘然而去。思斋叹羡道：“此真仙姑也！其视世之赎魂设鬼，弄骗愚妇人者，大有径庭矣。”送了回来，就把那封银子赏了庙祝，辞别起程，往老泷进发。正是：

行人自是心如火，兔走乌飞不觉长。

未见贵儿有甚虚惊，且听下回分解。

第二十回

龙川被劫　礤头强招

词曰：

宽得都非海岱，琴江绝异秦中。认真游说帝西东，便是痴人说梦。　坦道锦筵作赋，危机莲幕乘龙。颠颠倒倒写来工，不遇知音可恸。

——调寄《西江月》

话说贵儿翁媳别了庙祝，离了蓝关，逶迤来到老泷。催船前进，已至龙川，艄公忽喊道："船漏了！"忙掌拢岸边，塞住漏孔，整了半日方才完好。天色已黑，就歇在龙川关下。其夜，贵儿取仙姑数语，反复思想道："'破麦见麸，分梨见子'，自是故事，只是所问非所答！"又把后数想道："上三句是解劝我的意思，'吉向凶求'这句怎解？"

正想间，忽前船鼎沸起来，急爬起来穿上衣服，推开篷窗看时，见前船喊杀连天，知是船来劫船，忙向外舱大叫道："将军！贼来了！"盘为连在睡梦里跳起身来，走出船头一看，大叫道："不好了！艄公快把船拢近岸来，上岸避贼！"艄公装聋作哑，由尔叫唤，他只不应。盘为连走进火舱，把艄公提起来。艄公道："客人怎么恁般粗鲁！”盘为连道：“贼来了，快与我拢近岸来！”艄公道：“江河上劫船是常有的事，不见尔这客人就恁大惊小怪，装村起来！”盘为连大怒，拔刀在手道：“敢是你们都是贼哩！”

艄公笑道：“客人不要发怒，我拢船便了。”缓缓的唤醒众水手，正待拢船，贼人已一拥上前，跳过船来。盘为连大惊，急率两个健步拔刀死斗，杀退贼人，据住船头。

贼人知有准备，呼哨一声，尽用挠钩长枪乱搭乱截将来，两个健步早被挠钩搭住，拖下水去。盘为连奋勇独战，左撩右拨，相拒多时，不提防一箭射来，正中面门，把头一偏，被贼一枪刺中咽喉，“扑咚”一声落水而死。贵儿翁媳无人拦阻，被贼抢进舱来，一个个缚住，尽提过小船，卷了行李，一帆风往磜头而来。正是：

> 前度伤心泪未收，又遭豺虎劫孤舟。
> 茫茫白骨寒山里，一片腥风起暮愁。

贵儿初时被惊得打颤，后来想道：“我张贵儿为着父母而来，死是应该的，怎好带累公姑！必须寻个计策出来救护才好。”左思右想总不得一个善策，忽地想着仙姑数语道：“仙姑明叫奴‘遇惊勿惊，遇忧勿忧’，公姑救不得左右是死，不如拼着一个死，且如此如此，或者说得贼动，救出公姑，暂住其中，看有机会再设计逃走未尝不可。计虽危险，所谓‘吉向凶求’也。”想定主意，悄悄安慰思斋夫妇道：“公公与婆婆切勿惊慌，儿有妙计，保得公姑万无一失。”天色微明，已到贼寨。枪刀密布，剑戟如山，一声炮响，寨门大开，贼兵把擒来人众驱进寨来。

贵儿举眼看去，见贼首蓝能坐在一张虎皮交椅上，左右列着许多彪形大汉，雄赳赳带剑而立。众人看见，俯伏地下，惊颤不休。贵儿大着胆走进寨来，挺立不跪。左右大喝一声：“跪下！”贵儿神色自若，全然不睬。蓝能道：“尔这孩子见我如何不跪？”

贵儿从容答道："学生见个巡司典史，他若要学生跪时，学生也就跪他。独见了大王，此膝便轻易跪不得！"蓝能道："尔藐我不如巡司典史耶？"贵儿道："正唯不敢藐大王如巡司典史，故不敢以待巡司典史者待大王。"

蓝能道："尔话怎讲？"贵儿道："学生闻，自古英雄将大有为于天下，必能谦恭下士，敬礼儒生，而后天下贤人攀龙鳞，附凤翼，乐为其用，以共成王霸之业。今大王雄踞千里，带甲数十万，非所谓英雄乎？学生钦仰雄风，故不敢为慕势之士趋拜辱王，直欲使王为趋士之王，显名天下也！"

蓝能见许多被擒之人跪在地下，狗一般惊做一堆，不敢仰视，贵儿小小年纪独能侃侃而谈，声清词亮，气运神闲，心中大为惊异，因问道："尔有何能，敢自居贤士？"

贵儿道："皋、夔、稷、契，学生不敢当，至于学问文章，实堪自许。大王若能效齐桓公释管仲之囚，学淮阴侯下左车之拜，使学生大展其才，则运筹帷幄可决胜千里，下笔千言可倚马而待，虽使韩、柳更生，孙、吴复起，学生未肯多让也！"

蓝能笑道："我这里风高放火、月黑杀人，只用得长枪大剑，那咬文嚼字的人只读得几句死书、做几篇圣人贤者的烂时文装虚幌子，我这里却用他不着！今尔鸡肋般身材，弱不胜衣，只可吃饭，有甚用处！"

贵儿闻言，仰天太息道："以貌取人失之子羽，大王安得以小弱轻学生哉！昔蔺相如手无缚鸡之力，赵王用之，入虎豹之秦，能折秦王之威，以完璧归赵；张子房状貌如妇人女子，博浪一击，能破秦皇之胆，惊死沙丘！大王安得以小弱轻学生哉？且关、张、黄、赵非不勇冠三军，未得咬文嚼字之孔明，得徐州则失徐州，得汝南则失汝南！长枪大剑果足恃乎？今大王有霸王拔山之力，又有英、彭之勇将，貔貅之劲卒，举事十数年，不能越磜头一步，以图子孙万世之业者，岂非不得读书之人相助为理也哉？夫时乎不再，志士必无坐失之机。今主上无道，苞苴公行，所用将帅皆阘茸之夫，大王不及今招贤纳士，发愤为雄，以图尉佗、刘伥之业。万一更立贤君，选智能之士以为督，兴师问罪，发兵一支出鹅阜，则海丰、陆丰诸县大王不得劫矣；一支出秦岭，则兴宁、长乐、程乡诸县大王不得劫矣；以大兵驻榄江，分据古名、琴江、宽得诸隘口，则龙川、河源、归善诸县大王不得劫矣！内无粮草，外无援兵，官府更下一令曰：'歼厥渠魁，胁从罔治！'当斯时也，大王能保军心之不变乎？"

蓝能听到此处，不觉毛骨悚然，立起身来，急呼左右与相公解下缚来。左右忙把贵儿绳索解去，延上帐来赐坐。贵儿道："学生虽蒙释放，家父母犹待罪帐下，学生安敢就坐！"

蓝能问道："相公高姓大名？"贵儿道："学生姓黄，名贵儿，程乡人氏。"蓝能呼左右请黄太公起来相见。思斋夫妇叩谢，同小青一齐起来。贵儿复请道："学生一家既蒙恩释，所有同伙掳来百姓，求大王悉放之下山，以昭大王天容地涵之量。"蓝能笑道："山寨中缺少钱粮，我还要在这几个百姓身上借些来用用，却不能从命。"

贵儿道："学生闻：'得士者富，失士者贫。'大王既用学生，学生方将为大王划足食足兵、无敌于天下之策，这几个百姓济得什么！"蓝能大喜，吩咐左右尽释之，贵儿方才叩谢。蓝能设宴款待，检出贵儿行李，安顿左寨，极其优礼。正是：

范雎舌在危能脱，张禄才雄楚可欺。

当夜，蓝能退至后寨，把贵儿言语细细思想，大是有理。欲用他，又虑他是掳来的，恐怕他不肯真心为我用。欲不用他，我做了十数年贼，所掳所杀何止十数万人，从没见个像得他的如此年纪，就有此胆识；若再老成些，怕不有姜子牙般机谋、诸葛亮般智略？想了半夜，忽然想着道："是了，我的女儿才貌年纪，色色相当，不如招了他，与他结成子婿之亲，自然可倚为腹心之用！只是女儿性格偏执，必须叫她自家看中了，方才说得。"

次日起来，着人到山后花园里，唤女儿金莲到来道："昨日掳得个士人，名唤黄贵儿，年可十六七岁，仪容绝世，议论生风，的是一个异人！为父今日再召他来宴饮，尔可从帘内窥之，如中得你的意，待为父招他为婿。"金莲领诺。蓝能命手下杀牛宰猪，大会将士；使人请贵儿到来，与诸将一一相见毕。蓝能以客礼相待，安他坐了左边首席。

大家坐定，大吹大擂饮了一回，蓝能把兵机将略细细叩问，贵儿高谈阔论，证古援今，说得蓝能满身松快，因笑道："可惜相公年纪幼些，恐怕事到临头，胆识不定！"

贵儿道："昔王德用年才十七，破李继仙于铁门关，显名绥夏。其他若邓仲华、王镇恶，或秉节钺或当方面，年皆不及十七而勋业烂焉！至于牧犊子，年登七十，非不老也，莫置一妻；孙器之，年登百岁，非不老也，只堪织履！人而无才，虽皤然一翁何济于用哉！"众将合口称赞道："妙论，妙论！"

众人正在称赞，帘内走出一婢女来，附蓝能耳畔说了几句，蓝能点首，笑向贵儿道："相公经济，我们已领一二；相公文章亦乞赐教。"贵儿道："求大王赐个题目来。"正说间，适南岭江万榕差人进一桶虾来，蓝能道："就以此为题罢。"贵儿叫取文房来，左右取到，拈笔在手，便端端楷楷的向纸上写出一首七言律道：

瘴江南去水如天，无限花飞覆稻田。
幻出沙虹争耀渚，静凭蛇腹吸流涎。
筋垂红玉蓬窗晓，帘卷西风海月圆。
回首扶桑洲上望，何人重放使君船。

写完，奉至蓝能面前，蓝能看了道：“我等粗人，不晓得其中滋味。”付左右：“传进与小姐看来。”左右接来，送进帘内。金莲看了，拍案叫道：“此仙才也！”随起身取出两轴画，付左右道：“尔可将此，并求黄相公一题。”左右捧了出来，贵儿命展开看时，一幅是梁市南、陈全人画的《养蚕图》；一副是赵雪舫效王摩诘《袁安卧雪图》，中画一芭蕉，被雪压得半垂的。

贵儿看毕，提起笔来向画上一挥而就，付左右送进帘内，金莲看《卧雪图》题云：

冻云寒气溢生绡，浩荡乾坤积不销。
粉艳渐凝高士榻，雪花徐上美人蕉。
听窗但觉珠崩槛，窥灶唯余玉满瓢。
若使洛阳贤令见，应思骑马扫琼瑶。

再看《养蚕图》题云：

仞高八尺棘围墙，养得红蚕一架桑。
凤眼渐开春已老，丝囊竞织日初长。
功成道骨归壶市，化后仙衣入帝乡。
独有深闺人不寐，依稀犹觅马头娘。

金莲读之，不住口的赞叹，反复吟哦不能释手。左右出来回复，蓝能大喜，命取白椰杯一对、端溪砚一方、羊脂玉扇坠一枚赏赐贵儿，贵儿拜谢。大家复畅饮一回方散。正合着杜工部有诗两句道：

平生性僻耽佳句，语不惊人死不休。

次日，蓝能差帐前骁将叶千到来说亲，与思斋相见了。叶千开言道：“蓝大王有个爱女，金莲小姐，今年一十六岁。生得美丽无双，而女工、诗赋，又无般不精奇出色。今慕令郎才貌，愿与太公结为秦晋，望太公早赐金诺，末将好回复大王。”思斋闻言大惊，忙拱手道：“将军且回，容与小儿商量。”

叶千辞去，思斋急唤贵儿出来商量道：“蓝能要把女儿招尔，此事如何行得！万一被他识破，就要弄出事来，怎样想个法儿辞他方好。”贵儿闻言，亦老大吃惊，想了一会道：“待孩儿亲见蓝能辞他。倘辞不准，有甚波查，望公公勿忧。”思斋泣道：“但愿辞得准，我儿小心在意。

贵儿别了思斋，径到寨来，见蓝能礼毕，贵儿道：“闻大王欲以爱女配学生，使学生感激不尽。但学生有誓在先，不得功成名遂矢不娶妻，又兼近沾暗疾，恐有误小姐，敢此敬辞。”

蓝能道：“相公颜色红润如玉，暗疾之事自是推委之辞。至于功名一事，既为我婿，则在一人之下万人之上，还有什么不遂！”

贵儿道：“大王虽能贵显人，然尚在绿林，愿俟大王功成后再议如何？”蓝能闻得贵儿说出绿林两字，不觉勃然大怒道：“尔谓我为贼耶！”拔刀便来杀贵儿。正是：

贼人之心，反面无情。

不知贵儿能免否，且听下回分解。

第二十一回

谢金莲哭诉衷肠　张贵儿感剖心腹

词曰：

烛影摇红，向夜阑。乍酒醒，愁难遣。悲来生怕说缇萦，闹惹心情赧。　　回首云沉雨散，凭阑干，东风泪眼。海棠开后，燕子飞时，黄昏庭院。

——调寄《忆故人》

话说蓝能闻贵儿说出“绿林”两字，不觉怒从心上起，恶向胆边生，拔刀要杀贵儿。金莲在帘内听见大惊，忙使侍女出来抱住道：“大王息怒，小姐有话与大王说。”蓝能骂道：“我杀尔，直杀个猪狗般！”恨恨而入。金莲接住道：“爹爹息怒！此子虽出言不谨，可怜他年少有此才学，杀之可惜。”蓝能道：“正唯其有些才学，而敢恃才傲物。不杀之，彼将眼中无人！”

金莲道：“昔曹操能容祢衡，而爹爹独不容一黄贵儿耶？”蓝能道：“他既不肯顺从，我留之何益！”金莲道：“爹爹用人与孩儿大不相同，爹爹用人要那脂韦洁楹、阿意顺从的人。孩儿取人，则要那廉洁正直、落落难合的人。盖阿意顺从的人，全无气骨，随风转舵，可以共安乐，不可以共忧患。落落难合的人，纯是仁义，常变不移，可以共安乐，亦可以共患难。今黄贵儿，所谓落落难合者也，孩儿正喜欢这样人，得之可为后日之靠。”

蓝能道：“尔言虽似有理，但我已反面，叫我怎好又去求他？”金莲道：“不须爹爹自去求他，只把他送至花园，假说禁锢，孩儿自有个方法。不但要他顺从婚事，且他要死心塌地辅佐爹爹成王霸之业。”

原来蓝能平日极爱这个女儿，亦最信这个女儿，听金莲说了，就叫进一个将来，吩咐将贵儿押至花园，把门反锁了自去。可怜贵儿：

才凭舌剑断拘绳，又入空园锁暮云。

再说贵儿走进园中，见依山傍崖筑成一所花园，崖下小小一个亭阁，阁外环植花木。左边一个石笋，光滑如玉，石下引泉为池，澄泓如镜。由石笋绕转一径，夹以竹桃。由径行不数武，有个角门，紧紧闭着。从门缝中看去，似另有一所园亭般，花木掩映，看不甚分晓。

贵儿看了，转至阁中坐下，抱膝呆想道：“奴说的话，不曾有甚冲撞他处，可奈蓝贼便要杀起奴来？可见贼心贼肝，捉摸不定。那使人来救奴者，必是他女儿。”因叹道：“小姐，尔只道奴是个男子，岂知奴却与尔一般，枉费尔一点爱才热肠。”正思想间，斗然忆着公姑不知如何，不觉两泪交流道：“奴一意说动蓝贼得个职事，便可设计救公姑下山，岂意又生出这节事来！今蓝贼已变了面，叫奴如何用计呢？”想到此处，抚胸大哭道：“天乎！张贵儿死何足惜，却不该活活害公姑到此受苦！”愈哭愈想，愈想愈哭，准准哭了一日。

天已昏黄，立起身来走进阁后一看，见个小小房子，绮窗微明，右边设一张现成床铺，揭开纱幔，锦被绣褥极其齐整。中间案上，放着一个古炉，香烟犹缭不绝。贵儿心中大疑，不敢就寝，依旧走出阁来，扯张醉翁椅对着石笋而坐。

夜将二鼓，忽闻隔墙似人声，渐渐近来。少顷，笛声飘起，吹得凄凄切切，万籁无声；忽又闻有人倚笛悲歌，而和者哀声激切，体若飞仙。细听其歌曰：

临江仙

梨花院落风初定，月明深夜中庭。仇深入骨梦难成，逡巡坐起，挥泪湿衣襟。　　无数云山排似戟，江乡何处追寻？子规叫断月黄昏，不堪回首，亲血化青磷。

引得贵儿凄然长叹，泪如泉涌。歌完，悲音缥缈，人声寂然。贵儿惊疑道："人耶？鬼耶？"不觉心中疑畏，毛骨悚然。忍耐至天明，肚中饥馁，见池边许多桃子，来至桃下，才伸手去摘。忽闻角门"呀"声的响，贵儿缩转手来，倚桃而立。偷眼看去，见一美人手捻一枝同心兰，翩然而来。见了贵儿，急把扇子掩了面，侧转身来敛步而立，低低问道："君其刘郎耶？抑阮郎耶？地非天台，胡为至此？"

贵儿忙施礼道："小生触怒蓝大王，蒙着人送至此地拘囚，不知美人降临，有失回避，望乞恕罪。"美人道："然则，是黄郎也！"因以手中花示贵儿道："闻郎席上赋诗如同宿构，此花生得殊堪爱惜，今幸相遇，乞赐一咏。"

贵儿道："小生因蓝大王之命，勉强塞责，原不成诗。今在美人之前，安敢乱道。"美人道："佳章已承蓝小姐赐教，何必大谦！"贵儿见她求得恳切，只得咏一绝道：

八瓣分张锁小园，皱眉无语暗销魂。
玉人不解心中恨，笑指孪胎索句论。

美人微笑道："闻蓝大王极爱郎才，暂虽被禁，终当重用，何必便生怨恨？奴闻诗贵哀而不伤，今郎触物抒怀，虽极工帖，未免悱怨之情大过。待奴呈一和平之音，以解郎忧可否？”贵儿忙揖道：“美人药石之言，小生当书绅，更蒙不吝珠玉，恳即赐教。”美人新莺般，娇滴滴念道：

兰兄蕙妹总堪怜，携手双双缔宿缘。
借问同心谁得似？玉阑干外并头莲。

贵儿听完，喟然道：“比兴复工，意深词蓄，洵非美人不能道也！小生不如远甚。”美人道：“不鄙足矣，何敢当郎过誉！”因复指贵儿身旁一花道：“此花名蝴蝶花，生来亦甚可怜，乞郎再赐一章。”

贵儿看那花，其叶似萱而扁，花色黄中有一大红点，中抽一心，心外有黄须，三茎绕之，绝似蝴蝶。贵儿道：“美人白雪之词在前，使小生唇吻俱燥，奈何？”美人道：“名花不再，错过可惜，郎勿只管推辞。”贵儿只得复吟一绝道：

山云镇日锁山楼，蝴蝶花开不胜愁。
怪杀天公如有意，一心抽出碧梢头。

美人听了，掩着口斜在一旁，嫣然而笑。贵儿惶愧道：“小生原说不会诗，美人苦苦迫着要做，今何得相笑？”美人道：“奴非笑郎之诗，直笑郎食言恁速耳！”贵儿大惊道：“小生曾食甚言？”美人道：“前奴戒郎勿过为悲怨，而郎道愿当书绅。今此诗比前悲伤更甚，岂非食言？”

贵儿谢道：“小生忧从中来，不可断绝，故触景伤情，言皆隐痛，今当力戒之矣！”美人复道：“此题，郎单单做个花字，全然抹却蝴蝶。虽殚精竭虑也未必便出得头来，何不与蝴蝶合成一体，又有照应，又不碍手，做出来还要使人惊破胆哩，岂止出头而已！”

贵儿大为钦服道：“美人之言，所谓确乎其不拔也，愿乞赐教。”

美人吟道：

花变蝴蝶蝶变花，花蝶难分莫要差。
愿得蝶花成一体，双双飞出野人家！

咏毕，贵儿正要称赞，忽隔墙叫"小姐"甚急，美人仓皇回去。贵儿闻叫，大为惊异道："此女是谁？如何叫小姐？"正在思疑，忽见一小婢手提花篮，披花拂柳而至。见了贵儿，以手招呼道："相公这里来，小姐叫奴送盒与相公。"说毕，直进阁中，把食盒摆在案上。贵儿近前视之，见一碗荷花饭、一簋禾虫菜、一个小小水晶壶满贮罗浮春，异香扑鼻。贵儿道："吾闻男女非受币，不交不亲。小生安可受小姐之赐？"小婢笑道："唱和犹可，而独不可受其赐乎？"

贵儿亦笑道："虽然，小姐高姓大名？乞姐说明，我方受此。"小婢道："相公吃了，奴就说。"贵儿肚中饥甚，真个坐下，把饭来吃了。小婢收起盘盏要去，贵儿扯住道："姐姐道吃了就说，为何遽去？"小婢笑道："待奴取了茶来。"贵儿依她。少顷，提着一个宜兴罐儿，来至阁前，将罐置于地下，叫道："相公，茶在此！"说毕，如飞去了。

至夜小婢又送盒来，贵儿苦苦求她说。小婢道："相公久久自明，不要性急。"推个事故先自去了。贵儿只得把来食了，想道："此女大有情于奴，闻她说蓝小姐送诗与她，必与蓝小姐有交。莫若待她再来，求她转求蓝小姐，放奴下山，岂不甚好？"想了一会，身子觉倦极，就卧在醉翁椅上。听更鼓已打了二更，半轮明月向高山上闪将出来，照得花荫披离，拥满一阁。真个：

高竹清无暑，孤松翠欲流。

贵儿蒙眬欲睡，忽听得角门响，爬起看时，见美人手提一盏红灯，独自一个穿花而来。贵儿立起身来，正言问道：“小姐移夜至此，有何事故？”美人忙放下红灯，深深道了万福道：“夜长不寐，愁思如积，欲与郎一叙幽怀耳！”

贵儿道：“倘蓝大王知之，不当稳便，有事还当明日说罢。”美人道：“此地幽僻，闲人不敢乱到，请郎放心。”贵儿道：“小姐高姓大名？与蓝小姐有何瓜葛？”美人道：“奴即蓝能女金莲也。”贵儿大惊，拜伏于地道：“小生不知，多有唐突，罪该万死！”金莲忙扶起道：“郎勿惊慌，奴还有事要问郎君，望郎勿隐。”说毕，携着贵儿手进至阁内坐下。

金莲道：“郎君既不愿从贼，何不设个法儿逃出山去？”贵儿闻言，只道蓝能叫她来探访她的，也大惊道：“小姐何出此言？小生蒙大王拔之囚虏之中，置之宾僚之上，所谓知己也。士为知己者用，大王若用得小生着时，水里水里去，火里火里去，如何说不愿的话？”

金莲笑道：“郎既肯以死报蓝能，能以女招郎，郎何不许？”贵儿道：“小生身沾暗疾，恐误小姐，故不敢许。”金莲道：“这也罢了。蓝能欲夺郎，奴救之，即许软监此地，亦可谓始终惜郎矣，郎何便怨恨入骨？若比国士报知己，固当如是耶？”贵儿道：“小生何曾敢怨恨大王？”

金莲道：“‘玉人不解心中恨’，所恨是谁？‘一心抽出碧梢头’，欲出到哪里去？”贵儿闻此，惊得手足无措。停了一会道：“咏物适兴，何曾便有此意！昔宋太后有言：‘摭过于诗，其罪微矣。’小姐何刻责至此！”金莲道：“‘限到九泉无曲处，世间唯有蛰龙知’、‘到手青钱转眼空’，可得谓之非讥刺耶？太后特恶揭摘者之非正人，而讥刺恰中时病，故为东坡解释尔！然岂能瞒得识者？”

贵儿闻言大哭道：“然则，小姐必欲以此罪小生乎？”金莲道：“非也，奴有事求郎，因郎见疑，故相难耳！”贵儿道：“小生一身莫庇，还有何能足应小姐之求？”

金莲道："奴有海样深仇，非郎莫报，故不避羞耻，冒夜而来。望郎吐露真情，方好商量做事。"贵儿大惊道："小姐为蓝大王爱女，有何深仇而资小生去报？"金莲道："奴自姓谢，蓝能正是仇人！"说毕，哭拜于地道："奴蒲柳之姿，自知不足以配君子。可怜一门被害，所剩唯奴，不戴之仇在所必报，而奴女流之辈，孤掌难鸣，望郎暂从亲议，助奴杀贼。事成之后，郎若见怜肯收为妾，奴当服犬马之役，以报大德。郎即不见怜，奴亦当披缁空门，祝郎千岁！"说毕恸哭。

贵儿扶起道："请问小姐何处人氏？即有深仇，小生孑然一身，何以便能助小姐杀贼呢？"

金莲道："奴义合人氏，祖谢向，父谢山，一门二十六口，万历十三年被蓝贼惨加屠杀。唯母邓氏，年少有色，贼掳至山，纳之为室。时奴年六岁，贼爱奴母，并得留奴。母谓有奴，尚可为报雪之地，遂含垢忍辱以抚奴身。前年，见奴年长，颇知书史，遂嘱奴讨贼，不食而死。哀哀父母，抱恨若此！望郎大专诸之义，助奴一臂，诛此残贼。非但生者感恩，死者亦当顶祝矣！"

贵儿闻言，低首想了一会，问道："然则，诛贼之计，小姐必有成谋，乞赐指教。"

金莲道："此贼盘踞此山，七百余里，峰联嶂叠，穴深巢邃，路如蛇盘，丛杂难辨，故官军至此往往失利。为今之计，只宜与他内外交结逢迎，以悦其心，巧说以固其宠，阴谋以图其柄。兵柄既得，则收其强悍置于平夷，录其怯懦实之险要，离其心腹，剪其羽翼，然后俟官军到来，阴与之通，先诛蓝贼，次铲诸砦，贼虽狡狯，不难平也。但蓝能多疑，非假至亲不易要结，郎其图之！"说毕，又欲哭拜下去，贵儿忙扶住道："贤妹既以实情相告，奴亦安敢复相隐瞒？奴实亦梅花村张氏女也！"金莲闻言，拭泪谛视，见贵儿眼儿鲜鲜，眉儿曲曲，果似女人。

贵儿复解下丝鞋净袜，露出莲藕般足儿，与金莲看。金莲看了惊讶道："姐姐何为如此装扮？"贵儿把前后事亦细细述了一遍。金莲大惊道："如姐姐所说，与奴正自相等。虽然，今将何以教奴呢？"说毕，歔欷而泣。

贵儿道："贤妹不弃，愿结为姐妹，同谋杀贼。事平之后，同到嘉桂，与李公主共事黄郎如何？"金莲方才拭泪道："如此则妙。"遂携手出至阁前，对星月拜下，齐声矢道："张贵儿、谢金莲，愿结为姐妹，共事黄郎，同心杀贼，求星月为证。如有异心，神其殛之。"

矢毕，复至阁中对拜罢。金莲回至下处，取酒肴来，相对细细而酌，商议报仇之计。话得投机，直至鼓打五更，方才就寝。金莲就陪贵儿歇在阁中，二人心中宽爽，倒头一睡，日上三竿尚不起来。被小婢走进阁内，把手向金莲乱推醒来，道："小姐，快快起来！大王处不知何事，着人到来，叩门甚急！"二人睡梦里忽闻此语，惊跳起来，相顾错愕，不知所措。正是：

伤弓惊曲木，落箸岂关雷？
怕是机先泄，如何胆不摧！

未知吉凶如何，且听下回分解。

第二十二回

斩铁牛贵儿劝进　施号令蓝能制官

诗曰：

名器何客僭，娇娥计亦奇。
紫帘传凤诰，宝峒漾鸾旗。
狐鼠皆班秩，狌鼯半总师。
欲擒聊复纵，妙想解人颐。

话说贵儿与金莲睡在阁中，忽闻蓝能着人到来，叩门甚急，不知何事。二人大惊，慌忙起来。金莲道："姐姐且住在此，待奴与蓝能说了，叫人来接。姐姐到公姑处，若与说明，须戒令勿泄。万一泄漏，取祸非轻！"嘱毕，仓皇回至下处，叫小婢开门，放进小喽啰来问道："大王叫我何事？"小喽啰禀道："昨日江大王差人送一尾金鲤鱼到来，今早使人造成鱼脍，差小的来请小姐去尝。"金莲闻言，方才放心，斥之道："不过去尝鱼脍，怎便如此大呼小叫，还不退去！"小喽啰诺诺而退。

金莲唤小婢梳了妆，乘马来至寨中。见了礼，蓝能问道："我儿曾设计说服黄贵儿么？"金莲笑道："孩儿使小婢去说他，他说怕孩儿才貌平常，故此推辞。被孩儿出个题目考倒了，今已惊服。”蓝能闻言，鼓掌大笑道：“妙！妙！他谓为父等都是个粗人，不通文墨，便藐视寨中无人。今我儿考倒他，也好为父长长威风。”金莲道：“此子文章经济，寨中也少他不得。今既服了，还当以礼接回才是。”蓝能道：“我儿说的是。”即吩咐人抬轿到花园接了回来。

贵儿人见，叩头服罪。蓝能笑扶起道：“君臣皆失，何罪之有？”就留在寨中款待，又着人送一篮鱼脍与黄太公夫妇。贵儿谢了，出来密与公姑说知，思斋暗暗欢喜。正是：

女子阴柔，其谋最毒。
堪笑蓝能，收为心腹。

次日，蓝能使人与思斋说定亲事，涓个吉日，大备筵席，使叶千来迎贵儿。贵儿换了乌纱帽、大红袍，来至寨中，侍女簇拥出个粉妆玉琢的金莲来。拜天地、拜蓝能，鼓乐喧天，送进兰房。寨中将士，尽皆喝彩道：“这对夫妇，真是遍天下选不出来的！”蓝能闻之大喜，亲款待将士宴饮。虽无炮凤烹龙，真个也：

万牛脔炙，万瓮行酒。
欢呼畅饮，酩酊而散。

次日，南岭、新田、描眉诸师闻之，尽来贺喜，蓝能一一款待。直饮了十余日酒，方才停止。贵儿两个，佯为孝顺，昏定晨省，百般献媚，喜得蓝能满心欢畅。贵儿又率金莲至左寨，拜见公姑。

思斋见金莲生得秋水为神，白玉为骨，芳之似兰，清之比菊，不觉大喜。金莲就请公姑到花园居住，以便事奉。思斋道：“须与大王说知方可。”金莲道：“媳妇已说过。”思斋遂同沙氏搬至花园，看那花园时：

满院奇花，一池清水。满院奇花，桃金娘倚着留求子；一池清水，红莲花映着白莲花。合欢树间，比翼鸟歌比翼曲；同心兰上，白头翁唱白头吟。崖边垂紫翠，阁外坠晴岚。

思斋看了甚喜，遂安心住下来不表。单表蓝能自得贵儿，终日与他谈论。一日，正在寨中与金莲商议，要差人到省买些绸缎来，与贵儿置办冬衣。

忽小喽啰报进来道："中镇黄让，差人送赎父骸骨金子五百两到来。路过凤凰冈，被陈铁牛大王劫去了。"蓝能怒得暴跳如雷，即点喽啰一万，率骁将叶千、黄允、秦荣等杀奔凤凰冈来。这边陈铁牛有将八员，皆骁勇善战。内中两个，一名廖得，一名来得，尤其矫捷。那来得自号飞天蜈蚣，能于马上运三百斤大刀。因此，自恃其强，素与蓝能不协。今日劫了蓝能赎金，料他必来相争，聚集将士商议道："我今劫了蓝能金子，蓝能必不肯干休。若有兵来，尔等有何妙计?杀得他片甲不回，方称吾意！"

廖得道："凤凰山下，唯老坪平坦。蓝能到来，必在那里扎营。大王可着人于坪心挑起七个伏地雷，用泥盖好，候他人马睡熟，发起火来，大王带兵从外冲击，彼必退走。末将等就他走路上四处设伏，突起击之，蓝能可歼也。"铁牛大喜，就命廖得去安排停当，偃旗息鼓以候。

过了数日，蓝能兵马已到凤凰山，并无一人一骑。蓝能吩咐将士上山攻关，无奈山如峭壁，关门坚固。攻了一日，如莛撞钟，毫无意思。天色已黑，只得退到老坪，扎了营寨，各各解鞍释甲而卧。睡至半夜，一个地雷从地中喷将起来，满营皆火，军士大噪。蓝能急忙爬起，吩咐勿哗。声犹未绝，轰雷也似一声响亮，六个地雷一齐发动，火焰蓬勃冲天而起。帐房尽着，烧得军士尽皆焦头烂额，抱头乱窜。蓝能被火冲来，一跤跌在地下，爬起来，用手向面上一摸，须眉烧得精光。

正慌乱间，山上一声炮响，陈铁牛率兵冲杀下来，声声只叫：“勿教走了蓝能！”蓝能跣着足，跳跃而逃。走至天明，一声炮响，伏兵齐起，把蓝能困在垓心。蓝能向军士手中夺了一件器械，步斗多时，渐渐危急。

忽一将从后杀来，见是黄允，蓝能大叫：“将军救我！”黄允看见，急向手下讨匹马来，与蓝能骑了，方奋勇杀出，往磜头而逃。真个：

忙忙似丧家之狗，急急如漏网之鱼。

逃到磜头，贵儿率诸将接至寨中。将士陆续到来，点视兵将，三停损了两停，气得蓝能目睁口呆。诸将劝解一回，方才退入后寨。金莲接着，看他烧得恁般模样，做出个小儿女身份，向前抱住大哭。蓝能抚之道：“我儿勿哭，为父虽被他烧了须眉，却别无伤损。”金莲拭泪，忙使人安排筵席，与他解闷。

过了数日，蓝能又欲兴兵报仇。金莲道：“黄郎广有机谋，爹爹何不请他来商量？”蓝能道：“这个相杀的事，一枪一刀，他哪里会得！”金莲道：“爹爹不闻乎？小范老子胸中有百万甲兵，读书人怎么小觑得？还是与他商量的好。”蓝能遂叫人请了贵儿到来问计，贵儿道：“兵法云：‘多算胜，少算不胜。’岳父前日之败，所谓少算也。我闻凤凰冈，峭削嵯岈，一夫守险，万人皆废。彼战而胜，则我退走不迭；我战而胜，则彼退守自若。若久屯其处，彼或乘我之情，开关以击我前，遣兵以扼我后，虽有智者，不能谋矣。岳父若能用小婿之计，则取陈铁牛之首可如探囊取物。”

蓝能惊喜道：“贤婿计将安出？”贵儿道：“今番须用调虎离山之计，如此如此，岳父道好么？”蓝能鼓掌大笑道：“妙计！妙计！”就令人唤叶千等几个心腹将校到来，密以计，吩咐如此如此。

叶千出来，扬言道："大王被陈大王火药烧得厉害，昨夜火毒发作，呕血盈斗，昏不知人，谅不能生了！"此言一出，一人传十，十人传百。初时还是寨前寨后交头接耳的传说，过了数日，便山上山下都纷纷扬扬的讲个不了。不消几日，直传到陈铁牛耳朵里去了。真个：

人声之速，驷不及舌。

停回，叶千复传出令来，叫山上山下正副头领，俱到蓝大王榻前，有事吩咐。众人闻得，齐来至蓝能卧房。见蓝能卧在一张椅上，四五个妇人围绕着，以帕蒙头，椅侧痰血满地，腥秽触人。诸将上前问安，蓝能假作呻吟口不能言之状，糊糊涂涂说了几句。一个妇人传言道："大王叫叶头领近前吩咐。"叶千忙走近来，侧耳佯听了一回，出来与众人道："大王吩咐，目下心如火烧，必不能久于人世，与众位聚首了。今立黄姑爷为大总，明日众位便可到寨参贺，听他号令，与大王报仇。今且退出。"众人闻言，尽皆愕然。

出到寨前，尽来与黄允等道："大王若死，当依故事，拜旗立总。黄姑爷何人，大王乃欲坏山寨旧规，擅自授立！"黄允道："尔等姑且依他。蓝大王又不知真个死得成否，尔等不听他吩咐，万一不死，黄姑爷在他耳畔多说两句，就要受气哩！"众人道："有理。"

次日，齐集寨前迎接。贵儿到来，高坐寨中，众人参拜毕，贵儿吩咐取册簿来，点视各总散班甲头、斫头诸色人等，以便调拨。左右进上册来，一一唱名点过。点到一个旗总宋信，无人应答。左右大呼，有与宋信相好的，上前回道："宋信患病在家。"贵儿道："胡说！千日万日不病，单单今日就病，必定是慢我，不遵蓝大王吩咐！"取一面令旗，顾左右道："速与我拿来！"左右一声答应，如飞来到宋信下处，拿到案前跪下。

贵儿大怒道："尔怎敢慢我！"宋信叩首道："小人实实有病。"贵儿道："看尔颜色也不是有病的人，我才为大总，尔便敢如是，不斩何以令众！"吩咐左右："与我推出斩讫报来！"

叶千等一齐跪下讨饶道："今日大王喜日，杀人不利，乞大王赦宥。"贵儿道："看众位之面，姑且饶他一刀！"喝令左右："与我重重鞭背三十。"左右把宋信剥去衣服，鞭了三十，打得宋信满背青肿，口吐鲜血。贵儿怒犹不息，吩咐："缚在旗竿下，明日再打！"看左右缚了，方才退进营去。诸将出来，皆愤愤不平。

至夜，叶千教人悄悄解脱宋信，带至营中。叶千垂涕道："不意黄姑爷才做大总，便不把我兄弟做人相待，把贤弟打得恁般狠毒。"宋信拜谢道："小弟不是众兄弟相救，已作无头之鬼矣！"说毕大哭。忽报黄头领到来，叶千急出接入。看见宋信，大喜道："我正来与叶兄商量救取贤弟，今救了来，好极了。只是可恶黄贵儿，倚着蓝大王之势，擅敢如此放肆，山上山下尽皆不服，莫若今夜约齐众人，把蓝大王并黄贵儿杀了，公择一人立为大总，不知二位以为何如？"

叶千道："不可！蓝大王心腹尚多，万一不成，惹祸不小。莫若今夜密地送宋兄下山，飞报陈大王，叫他趁蓝大王病势危急，起硕寨之兵到来。我与兄约合众人暗为内应，开关迎接，方为善策。"

黄允点首道："此计极好！宋兄去了，明日又可免他根究。只是事不宜迟，可即起身。"宋信拜谢，叶千备一匹快马，与宋信骑了。二人亲送下山，叮咛而别。正是：

黄贵愚曹瞒，宋信致铁牛。
同为苦肉计，明昧两难侔。

话说宋信，连夜来至凤凰冈。见了铁牛，跪在地下，放声大哭。铁牛问道："尔是何人？"宋信道："小的礤头旗总宋信。"遂把上事细细述了一遍，解背与铁牛看了，叩头流血的道："望大王速兴雄师为小的报仇，且叶、黄二头领，已密约众人接应，迟恐泄漏。”说毕又哭。

原来陈铁牛，先已闻得蓝能被烧将亡，差人去打听了，吩咐道：“尔且出去，停回再处。”宋信只得出来。少顷，细作回来，铁牛急唤人问之。

细作道：“闻得蓝能死在旦夕，遗命立伊婿黄贵儿为大总，众已不服；贵儿又擅作威福，山上山下皆愤恨不平。”铁牛道：“尔可知宋信被打是真么？”细作道：“闻是闻得有个人被打，却不曾探得姓名。”

铁牛大喜，聚集众将商议，只留老弱数千守寨，尽起精勇，带了宋信杀奔磜头来。到了山前，见山上静荡荡的，寂无一人。铁牛心疑，叫宋信道：“尔道叶头领开关接应，如何不见动静？”宋信道：“待小的到关前叫他出来。”

说毕，一骑马飞奔到关下，大叫道：“请叶头领答话。”声犹未绝，一声炮响，旌旗竖起，叶千出至关前问道：“尔叫我何事？”宋信道：“那夜所说，陈大王已统众到了，望头领快快开关。”叶千道：“他在哪里？叫他上来。”宋信大喜，忙回马与铁牛道：“叶头领请大王上去。”铁牛暗喜，带了众将，飞马上关来。见了叶千，举手道：“承头领见召，大众已到了。”叶千大怒道：“尔以诡计烧我大王，今复敢兴兵到此，可恶已极！”说毕，扳弓搭箭，指定铁牛一箭射来。铁牛见不是头，急拨马回时，一箭正中肩膊，几乎颠下马来。走到阵前，见了宋信，心中大怒，手起刀落，把宋信斫为两段。

急吩咐退兵时，一声炮响，左有秦荣，右有黄允，提兵杀来。铁牛急命廖得、来得分头迎敌。关上炮响，叶千率众杀下，势如潮涌。铁牛急率六将一齐上前，怎奈蓝能将士人人精勇，个个怀恨，不顾死活的一拥杀来，拦挡不住。铁牛虽勇，终是膊上伤了箭，手不应心，败下阵去。叶千紧紧追赶，吩咐军士大叫道：“休教走了铁牛！”廖得两个听得中军已败，抛了黄、秦二将，寻着铁牛，并力杀出重围。回顾八将，只剩四员，军士损去大半，急忙奔走。

正走间，一声鼓响，山崦里拥出一彪军来。一将跃马舞刀，大叫杀来道："赖肇明在此等候多时！"铁牛大惊，急挥四将上前，战不十合，后面黄允等已赶上，围杀将来。来得大呼道："大王跟着我来！"奋勇斫开一条血路，救出铁牛。走了二十余里，喊声渐远，回顾军将，只剩来、廖两个。铁牛大哭，来得劝道："幸已杀出重围，且回山寨，再整军马，徐图报仇。"说毕，连夜奔回凤凰山来。

到了关前，正要纵马上山，一声鼓响，一将喊得山鸣谷应的，率领四五百校刀手，从关内飞杀下来道："尔的巢穴已被我袭了！"铁牛急看去，认得是蓝能，惊得手足无措，退走不迭，被蓝能手起刀落，斫断右臂，翻身落马，军士上前拿来缚了。

来得、廖得并马来战，怎当蓝能势如怒虎，战不十合，一刀把廖得斫为两段。来得拨转马头便走，转过山嘴，与黄允撞个满怀，被黄允一把提过马来，掷于地下，军士把来缚了。蓝能大喜，一齐来到山上，打开仓库，取出铁牛历年劫夺来的金银，尽赏将士。黄让五百两银子，尚原封不动。众将就在凤凰山歇了一夜。次日，把铁牛、来得两个，加上手杻脚镣，收兵押解回山。正是：

马敲金镫响，人奏凯歌回。

到了关前，见贵儿来接，蓝能与众将忙跳下马，执手道："贤婿神算，诸葛孔明不及也。"众将尽皆拜服。贵儿道："此皆岳父与诸将勇敢所致，小婿何足挂齿。"众将见贵儿谦让，愈加敬重。来至寨中，大排筵席庆贺。酒至数巡，左右解进铁牛、来得来，挺立不跪。

蓝能大怒道："贼囚！到此还敢不跪么？"铁牛亦骂道："偏我是

贼，恐怕尔的贼比我做得更甚哩！”蓝能大怒，顾左右道：“与我牵出去斫了罢！”铁牛亦怒道：“要斫便斫，何用怒为！”左右押出辕门，要来得跪下方好用刀。来得仰天一呼，把手一拼，手杻已断；把脚一蹬，脚镣已落，夺了一口刀便来杀人。左右大惊，急忙报进寨来。黄允闻得，大踏步赶出来，看见来得带着断链，恶狠狠寻人厮杀。

黄允抢上前去，兜胸一拳，打翻在地；夺过刀来，向颈一挥，头已滚开，喉中犹牛一般的叫哩！转身见铁牛在那里海骂，黄允大怒，赶上前来斫为数段。当时樟树围有个士人，闻得铁牛已死，作首《哀歌行》云：

鼓铸当年事大非，群奸作难最堪悲。
铁牛虽死蓝能在，月冷琴江七十围。

话说蓝能既杀铁牛，心中大喜，举杯向贵儿道：“铁牛已死，吾无忧矣！”贵儿道：“未也。昔孔子云：‘名不正，则言不顺；言不顺，则事不成。’故古豪杰将举大事，必定一尊；然后发号施令，如心之使臂，臂之使指，皆可如意。今三都诸师，彼称大王，此亦称大王，所谓名不正也。名既不正，故各不相下；各不相下，故缓急不相援，利害不相救。一遇忠诚在事之人来相问罪，未有不腹败枝披、骈首就戮者，安能无忧哉？大王欲无忧，必先正名分。名分既正，则权总一己。用命者，吾得而赏之；不用命者，吾得而罚之，则人皆畏威怀德，奉命唯谨：然后驱之以战，将无敌于天下，岂但无状已哉！”蓝能听到此处，不觉心窝里痒将起来，忙问道：“吾是个粗人，不晓得怎样正名，求贤婿一一教我。”

贵儿道：“今当升磜头为永安都，正寨为永安官，大王进为永安王。诸将尽除去旧日大总、都总、满总、斫头等丑名，悉酌古今官制，量才封拜。有功者有升，有罪者有降，则人皆知尊卑、识上下、辨荣辱。规模成，而王霸之业定矣。”

蓝能大喜道："就求贤婿为我做来。”贵儿道："容小婿与诸将参酌停当，条陈上览。”说毕，辞了出来。会集诸将议定，制起衮冕绣裳、乌纱象简、仪从执事，择日祭告天地，奉蓝能升殿，众将舞蹈扬拜已毕，进：

蓝能为永安王、镇国大将军、总督三都大元帅
李奇为左丞相，兼理户部尚书
张易为右丞相，兼理兵部尚书
秦荣为左骠骑将军
叶千为右骠骑将军
赖肇明为龙骧将军
黄允为虎翼将军
蓝圭为翰林院学士
徐子宾为行人司
黄贵儿为驸马都尉
谢金莲为安乐公主
江万榕为南岭侯、兵马副元帅
刘汉江为新田侯、兵马副元帅
苏允山为描眉伯、都统制
李唐宗为上镇伯、都统制
陈兴为丹嶂官都统制
何足像为月角岭指挥使

其余，内官正将尽为都统制，副将尽为指挥佥事；外官正将尽为统制，副将尽为指挥使。

宣制已毕，众将尽皆欢喜谢恩，设宴庆贺。次日，蓝能命蓝圭修成诰敕，差行人司徐子宾，往各寨封拜诸帅，尽亦欢喜受职，具表谢恩。

一日，子宾来至丹嶂宫，陈兴闻得，勃然大怒道：“同是做贼，怎么尔便要臣起我来！”吩咐手下，大开旗鼓，然后着人唤徐子宾入来，叱之道：“尔家蓝贼不大似我的贼？怎敢思量做起我的主人公来！”喝令左右：“与我推出辕门，斩讫报来！”正是：

沐猴施号令，社鼠忽生嗔。

未知徐子宾生死如何，且听下回分解。

第二十三回

破涌口益信奇谋　封军师尽付兵柄

诗曰：

奸民刬戟起岩穴，僭名窃号争屠杀。
东至程乡西归善，焚庐执吏无休歇。
鹿游冈上血人牙，烽烟夜夜报官衙。
将军畏事不敢出，两江群盗遂如麻。
圆墩冈，鹅阜岭，千人一夜屠俱尽。
余黎处处哭声悲，有司犹然置不省。
至令偶与父老谈，话到永安泪难忍。

话说诸寨皆愿受封，陈兴为何独要杀起徐子宾来？原来陈兴当日与陈铁牛、赖乌龟、江万榕、蓝能等结义起兵，各据险要，许相救援；后来陈兴恃丹嶂宫高大可守，又有大将四员，皆有惊人的武艺：一名赛丁山薛超，一名盖六郎杨成，一名打得虎董平，一名入得石郭霸。还有一个头陀，名唤慧明，广有妖法，遂与诸师龃龉。

那头陀因化缘到圆墩围，有一个寡妇施他一斗粟，头陀感其出手重，思有以报之。见寡妇养着一只小猪，因谓之道："畜猪何如畜鼠？”寡妇笑道："师傅不要取笑哩！从来哪有人畜鼠？”头陀道："施主娘，尔不晓得哩，畜鼠的利息，比畜猪大得多哩！尔不信，空个房子出来，贫僧教尔个畜法，包尔三个月，便有一注大财入手。”

那妇人原是个极信和尚的，听头陀说得恁般有味，真个空间房子，求他畜法。头陀道："尔把门锁着，凿个眼如碗大，捉一鼠，不论大小，断去尾，放进房中，用板塞住。每日放进一碗饭以饲之。饲饭时，念句'南无阿弥勒佛'。满了百日，方可开看。”寡妇依他言语，真个捉只鼠，依法放进。养了百日，欲开门看时，里面似有物按住般，再推不开。寡妇惊异，叫个有力男人用巨木撞之，里面忽有声如牛，叫将起来。左邻右舍闻之，俱惊怪来看，叫人上屋发瓦视之。呵呀！一个老鼠大满一屋。众人商量，用炮击死，从屋上跳下去宰剥起来，准准称了万来斤肉，千来斤油。

这个新闻直传到丹嶂宫来，陈兴闻之道："这个头陀必定是个法僧。”使人四处寻访着了，迎接上山，拜他为师，施符念咒，动皆灵验。陈兴大喜，立为军师。正思量来火并诸寨，忽闻蓝能自称永安王，来封他官职，心头大怒，喝令左右，把蓝能差官斩讫报来。头陀谏道："两国相争不斩来使，请大王息怒，饶了来人，贫僧自有计对付他。”徐子宾方才得脱，抱头鼠窜而去。

陈兴道："师父有何妙计？”头陀道："蓝能不过称个永安王，便思量来封大王。大王何不称永安皇帝，径去召他陛见，看他如何对答！”陈兴鼓掌大笑道："妙哉，妙哉！”就使人制起平天冠、衮龙袍、鸾旗阘戟，许多皇帝仪仗，择日登位，受众将朝贺毕，封：

头陀为圆通灵智无上大法师、太子太保、内阁大学士，兼理六部尚书、总督兵马大元帅

薛超为薛公、左金吾将军

董平为董公、右金吾将军

杨成为杨国公、左车骑将军

郭霸为郭公、右车骑将军

其余正将尽封总兵，副将尽封参将，千夫长、百夫长尽封大官。写起一道旨意，差个小卒，封为锦衣卫指挥使，到磜头来召永安王陛见。

蓝能看了伪旨，大怒道："叛奴，乃敢如此！"教人把来卒割去耳鼻放了回去，急请贵儿到来，商议征进之策。

贵儿道："大王刚才正号，而陈兴敢尔狂悖，不急诛之无以警众。但闻丹嶂宫山形高大，西、北两面如屏障横空，大王当以重兵临其前，激描眉统制苏允山暗袭其后，使之首尾不救，破之易易耳。"蓝能大喜，即命徐子宾赍檄往描眉去了，就调叶千为先锋，秦荣、黄允为左右护卫，赖肇明为救应，起兵五万杀奔丹嶂宫来。未至十里，一声炮响，陈兴头戴平天冠，身穿衮龙袍，左有薛起，右有郭霸，摆开人马截住去路。蓝能忙约住阵脚，提刀出马，看见陈兴恁般装扮，心中大怒，厉声道："谁与寡人擒此叛奴过来！"陈兴哈哈大笑道："又来了，世间只有叛臣，哪有叛皇帝！"

说声未绝，秦荣跃马挺枪杀过阵来。这边一将舞动方天画戟，跃马大呼道："贼将缓来，金吾将军薛超在此！"两马相交，一来一往，战上五十合，不分胜负。恼了陈兴，丢了平天冠，脱下衮龙袍，赤着身举起开山大斧，大喊杀来，蓝能急架相还。斗了数十合，忽闻人高声叫道："请陛下少歇，让臣僧来降此贼。"陈兴闻言，拨马回阵。蓝能急看时，对阵走出一头陀来，胸挂一串人颈骨素珠，身穿一件烈焰焰火布袈裟，领着四五百僧徒，尽打着铙钹，如送丧一般，震天的响。

众将不解其意，呆着眼看，只见头陀手中摇着一个小钟儿，口中不知念些是么。念了一会，把袖一挥，数百僧徒把饶钹尽掷向空中，就如锦蝶翻风般摇漾了一会，一齐落向蓝能阵中乱斫下来，又如蜻蜓点水般，起的起落的落。一霎间，把蓝能军士斫得丧考妣般号啕大哭。陈兴大喜，率众一拥杀过阵来。蓝能大败，走了二十余里，方才扎住。

其夜，军士正要就寝，一阵风过，吹得遍山鬼哭神号，军士正惊得打颤，忽一齐嚷道："有鬼，有鬼！"蓝能与众将急出看时，果见满营皆鬼，长的、短的、有头的、无头的、奇形怪状的，满营乱走。蓝能大惊，拔刀来逐，早被一个竹篙鬼拿住脚跟，扯得一跤，爬起来惊做一团，动也不敢动。闹到天明，鼓角齐鸣，陈兴起了倾寨之兵，一拥杀至，蓝能急率军将上前迎敌。见头陀摇着钟儿，又在那里喃喃的念了，黄允急扯满弓，指定头陀心窝一箭射去。头陀大叫一声，把手一撒，仰面倒地，眼见得不活了。蓝能大喜，把刀一招，兵将一齐杀上。陈兴见头陀被杀，大怒道："怎敢伤朕太师！"亦率众卷杀过来。兵对兵，将对将，自辰至午，恶战不休。直杀得：

> 四野愁云叆叇，满空冷雾飘扬。扑通通，鼓炮驱雷；明晃晃，枪刀簇浪。将对将，如天神地鬼争功；马邀马，似海兽山彪夺食。骑着的：紫叱拨、五花骢、银獬豸、火龙驹、缘离骢、流金騧、照夜白、玉驹駼、满梢马、的卢马，匹匹是如龙骄骑、飞鬼神驹。白色的，浪滚万朵梨花；赤色的，霞卷千圈杏蕊。青色的，晓雾连山；黄色的，浮云闪日。舞着的：松纹刀、桑门剑、火尖枪、方天戟、五明铲、宣花斧、掺金锤、必彦挝、流金搅、倒马毒，件件是凌霜利刃、赛雪新锋。飘飘絮舞，万点枪尖；滚滚杨花，一团刀影。虹飞电闪，剑戟横空；月转星奔，戈矛耀日。何殊海覆天翻，成个尔赢我负。

正杀得酣畅，忽丹嶂宫败兵飞报将来道："皇帝不好了，山寨被描眉山苏大王袭破了！"陈兴闻得，惊慌无措，拨马便走。蓝能赶上，大喝一声，手起刀落，斩于马下。

薛超等听得巢穴已失，陈兴又诛，无心恋战，退后便走，蓝能挥众紧赶。一声炮响，一支兵拦住去路道："苏允山在此！"后面蓝能又赶上，薛超等率众死战。苏允山大呼道："降者免死！"薛超等料战不脱，只得弃戈投拜马前。蓝能大喜，收军来至丹嶂宫，众将参拜毕，就升苏允山为骠骑大将军、描眉侯。收拾金银，焚毁寨栅，带了薛超等班师回山。真个：

丹嶂风清豺虎尽，掉鞍齐向磜头来。

话说蓝能已至磜头，重赏将士，又欲封薛超等官。贵儿阻之道："不可！昔陈兴与大王结为兄弟，情同骨肉，尚为仇敌。今薛超等势穷投降，非其本心，大王若不早除之，万一变生肘腋，为祸不小。"蓝能道："卿言虽有理，但彼已降而复杀之，恐人心不服。"贵儿道："大王勿忧，臣自有杀之之法。"

次日，贵儿使人请薛超等四将，到花园饮酒，四将欣然而来。饮至半醉，贵儿佯推更衣，退入阁去。武士突出擒之，薛超大呼道："大王已许我等不死，驸马擒我何为？"贵儿责之道："吾闻忠臣不事二君，烈女不嫁二夫。陈兴待尔等如手足，一旦势穷，便思偷生，我国中岂容得尔这样忘恩负义之人耶！"四将闻言，相顾默然。贵儿喝令刀斧手推出午门斩了，献上首级，令军士退出。金莲闻之，忙来问道："闻四将已降，姐姐何为杀之？"贵儿笑道："此贤妹所谓剪其羽翼也。"金莲大悟。

次日，蓝能因连兴大兵，储积已空，思量近处唯归善最富，欲往破惠州，分掠近县，使人请贵儿商议。贵儿闻言，暗忖道："惠州是奴父母之邦，贼众一临，残破必甚，如何是好？"欲设计阻止，急切间想不起来，只得问道："大王意欲带多少兵去？"

蓝能道："寡人欲带兵五万，分两路进发，卿意若何？"贵儿笑道："大王虽去，必然无功！"蓝能道："何以知之？"贵儿道："近年各县，被诸将帅剽掠残杀，官府惴惴，恐大王之乘势袭取省城，非一日矣！惠州为省东咽喉，必有重兵把守，闻大王提兵大出，必然悉力来拒，此臣之所以知大王之无功也。"蓝能道："然则当如何？"贵儿道："大王若要有功，选轻骑三千，择钱粮广积处，疾驰袭之，必厚有所获。"蓝能笑道："五万人尚惧官军，三千人便有所获，寡人不知所谓。"

贵儿道："近日官府，知有己而不知有君，知有妻子而不知有百姓。兵多则彼虑大王志不在子女玉帛，必出兵死拒；兵少则彼知大王志不在攻城略地，则必闭城自固矣！此臣之所谓三千骑可以有功也。"蓝能笑道："卿之料事每多奇中，寡人愿听卿而行。"即吩咐选锐卒三千，乘夜直趋东平而来。未至十里而东方发白，东平人知觉，悉众守御，攻之不克。蓝能遂反攻涌口，破之，扎营鹿游冈，使人探听官兵，果据城固守，不敢发一兵。蓝能摇首道："驸马料事揣情，真有神见！"遂分兵四出，恣意劫掠，亲带健将落乡奸淫。

住了十余日，劫得金银食货，堆积如山，子女无数，就驱百姓运载而回。宰牛杀马，致谢天神，大排筵席欢呼庆贺。耐庵子为之废卷一叹曰：

贼饱囊，民破屋。血人牙，粮人肉。贼大笑，民大哭。

再说蓝能因用贵儿之计，所向无敌。数个强悍难制的，又被他灭了，遂骄盈起来，不理兵事。又将涌口所掳来许多少妇闺女，美中求美，尖上选尖，选了二三十个收入后寨，日夜取乐。

一日，正在后寨搂着一个十五六岁的美人，伏在椅上做暗渡陈仓的勾当，忽一个守寨将士，走进来启道："丞相李奇要见。"蓝能被他突然撞进，遮掩不迭，心中大怒。走近前来，把那将士踢得半死。回转头来，见那美人雪堆般的白屁股，犹高高的拱着在那里，心中愈羞愈怒，拔出剑来，把那将斫做数段。李奇闻之，不知何事，一道烟走回去了。

次日，蓝能升帐，众将参拜毕。蓝能道："寡人近来渐不耐烦。

驸马都尉黄贵儿有经天纬地之才，神出鬼没之机，寡人欲封他为军师，总督兵马，卿等以为何如？”

原来众将既服黄贵儿之智，又爱其一团和气，不倚势不骄伐，今闻蓝能欲封其为帅，尽皆欢喜称贺。蓝能大喜，即封贵儿为军师、总督三都兵马大元帅、琴江侯，赐剑印各一，无大无小，悉听便宜行事。贵儿暗喜，佯为推逊了一回，俯伏谢恩，领了剑印出来。改花园为都督府，择日升堂理事，内外众将尽来参贺。

贵儿与金莲商议道：“今兵权已得，尽可做事，但诸寨险要，出入道路，尚未熟悉。奴欲假为巡按，暗挟画匠，密绘图本，以使后日进兵设伏，先轻后重之谋。贤妹久住贼中，试思谁可引为心腹，保驾而往者？”

金莲道：“将军黄允，与公公同姓；又其人原系龙川武生，因事杀人，官司缉捕紧急，避难来投此，其心每常郁郁。姐姐若与之交结，必可倚任。”贵儿闻言，即乘轿来拜。

黄允闻得都督来拜，喜出望外，忙穿了公服出寨迎接。到了寨中，黄允欲请贵儿上坐参谒，贵儿不肯，只以宾主礼相见。茶罢，贵儿道：“本帅自到山来，除岳父蓝大王之外并无至亲，今将军与本帅属在同宗，愿要宗盟何如？”黄允大喜道：“但恐末将族微职小，有辱都督。”贵儿道：“何须过谦。”说毕，两人排叙世系，黄允系郑夫人所出，思斋系吴夫人所出，排来正是兄弟。贵儿即拜黄允为叔父，黄允喜不自胜，设宴款待而别。次日，黄允来至督府，请思斋夫妇出来，以哥嫂礼拜见。思斋亦喜，留住黄允痛饮至夜才散。自此，黄允日与思斋往来，情同骨肉。

过了数日，贵儿来见蓝能道：“三都之地，幅员七百余里，趁今诸帅帖服，凡诸险要须绘成图本，庶易控制。臣不敢惮劳，愿亲按行部属，就便图画，敢请王命。”蓝能道：“凡事当行者，卿自行之，不必来问寡人。”贵儿辞出，选健卒五百，命黄允为护卫，行牌知会，各帅尽来迎接。

一日，到了月角岭，守将俯伏道旁迎接。贵儿取手本来看，见守将名何足像，心中想道：“这个名字好生熟得紧！”想了一会，忽忆着道：“父亲同黄郎游罗浮回来，说丰湖有个何足像，考了个末名，其父何肖把酒桌儿踢掉了，难道就是他？只是闻他是个富户，如何来此做贼？奴且问他，自知明白。”到了寨中，足像庭参毕。

贵儿说道：“尔是丰湖何足像么？”足像答道：“卑职正是。”贵儿道：“前年四月，在栖禅僧院考末名的就是尔么？”足像惶愧道：“都督何由得知？”贵儿笑道：“好事不出门，丑事传千里，哪得不知。”足像闻言，满面羞惭。

贵儿又问道：“闻尔是个富户，为何来此？”足像道：“卑职正为着这个末名，贻害至此！”贵儿惊讶道：“考个末名有甚要紧，便能贻害？”

足像泣诉道：“卑职父亲何肖，因此末名，羞愤而死。业师饶有，谓此衅起于黄逢玉，此仇当报。寻逢玉不着，寻着逢玉的岳丈张瀚，饶有教卑职用了金银，投拜火带山赖大王为义父，引他来劫杀了张瀚一家。后来张瀚儿子张志龙，同了黄逢玉到军门告理，原来那黄逢玉结交瑶人作反，被军门拿住，严刑拷讯，招实反状，收监南海。信息到来，饶有复教卑职统着七八十人，到梅花村擒拿张志龙。不料，嘉桂山走下一个小后生，恰好遇着，被他打散众人，杀死饶有，把志龙救去了。”

贵儿闻逢玉定罪南牢，大惊问道：“尔知逢玉后来如何？”

足像道：“卑职因饶有人命事件，被人诈骗不了，只得投火带山去了。赖大王因瑶人来征，差卑职往南岭求救，回至围子日，被瑶将拿住，解往中军。不知黄逢玉几时出来，已做了将军，同着一个美貌女子高坐帐中，认出卑职，要把卑职腰斩报仇。忽又一美貌女子飞马而来，闻得是什么梅小姐，救了卑职，叫卑职引她到关，破了赖大王，放卑职回乡。不料路至历田，又被此山主将擒拿至此，收用了卑职妹子。主将死后，蒙大王就令卑职守此。”

贵儿复问道：“尔既到火带，可知张太公一家如何？”足像道：“卑职才到火带，就遇瑶人来征，却不暇探得。”贵儿闻言，方知黄郎不回，原为着她一家，不禁凄然欲泣。遂斥退足像，急忙回来与金莲说知。沙夫人闻儿子被军门严刑酷拷，不觉两泪交流，贵儿亦泣。金莲道：“姐姐不必悲伤，黄郎既在嘉桂，可密使人到彼通知，叫他求李公主发兵来救，就可诛此逆贼，为民除害。”

正说间，忽报蓝大王有紧急军情，请都督速到宫中商议御敌。贵儿闻报大惊。

不知是么军情，恁般紧急，且听下回分解。

第二十四回

五军会剿　十县同殃

诗曰：

天子何曾不圣明，诏书洞见宦游情。
怎奈宦游人怯懦，两江群盗遂凭凌。
君不见，
永安三都七十寨，烧残破碎无完民。
程揭之盗又濒洞，多者数万少千人。
东至兴宁并长乐，北至河源龙川城。
西则博罗南丰善，延及东莞尽沸腾。
吁嗟民生至此日，非伤子弟即父兄。
父兄子弟不可保，安可桑麻绕屋青。

话说贵儿闻得逢玉为着她家，奔走受苦，不胜伤感，陪着婆婆悲不自胜。金莲正在那里劝解，且商量遣人到嘉桂山通知逢玉。说犹未了，忽报蓝大王有紧急军情请都督商议。

贵儿大惊道："有何紧急军情？"忙拭了泪，同着金莲来至宫中问时，方知惠州府归善县，因蓝能破了涌口，纵兵劫杀，烟火达于谯橹。官府不敢出一兵一骑相御，无赖奸民遂渾沸而起，杀人民、焚庐舍、索随和、建名号，两江之间真个弄得贼多而民少了。而程揭之盗又澒洞其间，大群数千人，小群数百人，凡数十百群，东至兴宁、长乐、程乡、揭阳，北至河源、龙川，西至博罗，南至海丰、归善，以及东莞等县，无不罹其凶害，而永安尤甚。

永安有七十九围，每围有数村人居住，多者千余家，少者亦数百家，尽被残破，所剩者只有八围。圆墩围杀至于人，三角围杀四百人，樟独村杀得只剩三人，鹅阜岭乃至数千人尽屠。哭泣之声，日夜不绝，而官府置之不问，诸贼复声势相倚，出入无时。未破之家，昼夜惶惶如坐针毯。当时之民，直如毛诗所云：

> 知我如此，不如无生。

其时有个孝廉，姓叶名春及，即系当时在丰湖主诗社考逢玉第一的，因被劾落职，隐居在罗浮石洞逃庵中，见这光景，心中老大不忍。会了数十个乡绅，齐至府堂见府尹道：“盗贼孔棘，民不聊生，老公祖为民父母，安忍坐视？”

那个府尹原是个戴头巾、畜须眉的老婆子，闻着叶春及的言，忙把手掩了两耳道：“杀贼自有督府及都指挥使，本府是个文官，怎管得是事！”叶春及知他是个没用的脓包，也不与他多说。拱别出来，与诸乡绅商议，齐至军门，来见缩朒道：“盗贼如蚁屯蜂聚，日甚一日。民之遭害，非其父兄即其子弟，大人若不早为扑灭，恐怕滋蔓难图，酿成大变。”缩朒道：“吾已使人招降了。”

叶春及道：“不逞之徒，敢生贰心，不发大兵先加剿杀，遽然招抚，非但未必听抚；就令听抚，恐亦阳顺阴逆，椎剽愈甚。还求大人发兵逐捕，诛其渠魁，散其胁从，则恩威并行，盗贼可灭，民患可息，愿大人察之。”

原来这个缩朒，又是个没用的脓包；又兼被嘉桂、天马人马数次杀得丢盔弃甲，闻着个“贼”字，便不免如劈空打了个霹雳般心悸起来。故听了叶春及一篇言语，非不知招抚无益，但闻得贼已众多，发兵捕杀，恐怕又惹出一场事来非同小可，故由尔怎样去说他发兵，他只是不允。叶春及无可奈何，回至水车驿，见沙屿上死着两三个少年妇女，赤身裸体，腹大如瓮。一个后生抚着痛哭了一回，走至江边，踊身要跳入江去。春及急命家人向前拦住，问道：“尔这少年为何要投起水来？”少年大哭道：“昨夜被游贼杀至，把家财劫去，妻嫂数人被掳至此，轮流奸死。惨毒如是，不死何为！”

春及道：“既如此，何不告明官府发兵捕拿？”少年哭道：“往常见被劫之家告官缉捕，差役书吏索勒差礼、房礼，动要数百；又还要是么票礼、行脚礼、散福礼，贼尚未见面，而所剩田园已卖个干净。被盗不过劫财杀命，盗去自宁。告官要死不得，要生不得，使了银子，还要累年累月拖累在衙门，怄尽苦气！如此算来，不如死休！”说毕又哭。春及闻言，喟然泪下。回顾家人，取出数两银子，又向众乡绅敛出数两，付与少年道：“尔且买口棺木收殓妻嫂，吾当为尔等上求朝内大人，为尔等发兵杀贼。”少年拜谢。

春及回至家中，修成书札两封，一封与大学士申时行，一封与侍郎刘东星，差个家人，星夜进京，分投书札。申、刘二人皆与春及有交，看了来书，不觉大惊，写成奏章并叶春及书子，一并上奏。神宗皇帝天颜震怒，下诏切责诸司。其略曰：

> 朝廷设兵本以卫民，民既不卫，设兵何为？今封疆以讲武为不急，以玩寇为苟安，盗贼容隐，不早扑灭，已酿成大患。犹偃息自如，怠慢如此，殊属可恶！着两广总督，速督五军刻期会剿，务期荡平上奏。如再观望，逮治不贷！

诏旨一下，惊得缩朒不知所措，急忙聚集诸司会议进兵，分军两路进剿。一路由海丰出鹅阜，进攻南岭；一路由河源进攻佛子凹。以李应祥为先锋，浩浩荡荡杀奔三都来。何足像探得此信，使人飞报到磜头。蓝能闻之大惊，急着人请贵儿商议御敌之策。

贵儿道："可使月角岭守将何足像迎敌，以探官军强弱，大王亲领一军接应。"蓝能道："卿言有理。"即发文书，差徐子宾到月角岭，催促何足像进兵。亲点起大兵，带着叶千等一班骁将，陆续下山去了。金莲问道："姐姐何不发策？"贵儿道："官军畏贼如虎，何足像是个吃饭不知饱的富儿，奴欲使官军赢足像一阵，少振其气。密遣人授计督府，诱败蓝能，分兵急攻描眉、羊角、燕尾等寨，据其要害，然后奴与贤妹设计内应，磜头可破也。"

金莲闻言，愀然道："如此则妹与姐姐皆休矣！"贵儿惊问道："如何？"金莲道："磜头到轿历，路几二百余里，贼寨星罗棋布，细作不易径达，一也。就令能达，督府信姐姐方略，蓝能全军而往，兵强将勇，官军安能遽败蓝能？二也。就令官军能败蓝能，破羊角，据燕尾，奴与姐姐都是女人，将士除黄允外，并无心腹，如何便能内应？三也。官军不胜，蓝能不败，而姐姐自到山来，斩铁牛、诛陈兴、破涌口，姐姐皆有奇谋。而今官军到来，姐姐独不发一策，听他自胜自负，蓝能必疑姐姐有外心，或生检点，四也。有此四难而姐行之，安得不危？"

贵儿闻言失色道："贤妹之言诚是！然则今当如何？"金莲道："官军不大败必不信我。蓝能不大胜亦不信我。莫若索性再献个策，大破官军一阵，使蓝能死心塌地信奴二人，然后亲提一军与官军对垒，佯下战书，将计暗藏书内，先诛蓝贼，次平诸寨，则易为力也。"

贵儿拜服道："非贤妹则奴失算矣！明日请贤妹一同赶至军中行事何如？"金莲应诺。后人有诗赞之云：

> 慧性由天授，奇谋色色新。
> 他年成伟绩，不数冼夫人。

且说何足像，从火带山放回后，被月角岭守将拿来，藉赖妹子做了个舅爷，每日骑着高头骏马，已喜不自胜。及妹夫死了，赍计到磜头，蒙蓝能封了个指挥使。这段富贵真个睡梦里也不曾想着的，忽然从天而降，喜得不知痒处，忙谢恩回来。

小子得志，即着人到惠州府，簇新制起乌纱帽、犀角带、粉底靴、大红补服，雇副吹手，大吹大擂，升帐受贺；又代母亲、老婆亦制办凤冠、补子，穿戴起来，举家庆幸。每天出入，摆列许多清道旗、肃静牌，一对对前呼后拥，兴头不过。吩咐手下呼母亲刁氏为太夫人，老婆为夫人，妹子为小姐。将妹子配于有心人，完婚之夕，举杯向有心人道："若非妹夫指教，不有今日。"有心人道："皆舅爷洪福所致。"

一日，刁氏四十整寿，令手下去小村小市抢劫许多牛酒到来，为母祝寿。至期，寨中点起一对绝大的蜡烛，大吹大擂，迎母亲出来，端坐其上。足像夫妻穿起公服，拜祝毕，众将兵士尽来叩贺。摆开筵席，大吹大擂，传杯弄盏，猜枚掷色，欢呼庆幸。酒至半酣，足像擎杯母前道："前日在丰湖被诈骗时，母亲老夫人谓卑职孩儿是没用的，把先父太封君偌大家私，弄得七零八落，今日竟何如？"刁氏道："老母肉眼，不识我儿做得恁般大事业，使老母身享荣华，实在可庆！"

足像呵呵大笑，声犹未绝，忽报大王差行人徐子宾到来，不知何事。足像急出至前寨，叙礼坐下，徐子宾取出文书，读与他听道：

闻得官家发兵来征，仰月角岭指挥使何足像，速提兵逆战，毋使入境，如违定依军法。

足像听得，如三岁孩子当头打了个霹雳般，惊得目睁口呆，动弹不得。徐子宾催促道："将军快收拾起行！军情大事，逗挠不得的！"足像忙走回内寨，见有心人猜赢了一个裨将，裨将不肯饮酒，有心人扯住耳朵要灌。足像忙摇手道："快快收拾，祸事到了！"众人大惊道："是么祸事？"足像道："官军到来，大王叫我提兵逆战，我兵微将寡，又不晓得武艺，如何敌得住？岂非祸事！"说毕大哭，举家闻得，慌做一团，抱头痛哭。

徐子宾催促起程，足像无可奈何，只得点起人马，匆匆就道。行至桥田，一声炮响，先锋李应祥兵马已到。两阵摆开，李应祥提刀跃马出至阵前，大骂道："贼奴，天兵到此还不下马投降！教尔死无葬身之地。"

足像惊得面如土色，使手下将士出战，将士道："尔是主将，自当先出战。"足像道："总是一般。"将士道："既是一般，尔何不出去？"说犹未绝，李应祥已杀过来了。足像大惊，拨转马头先自走了，军士看见，一哄而逃。

李应祥把刀一招，众军一齐赶上，举刀乱斫，杀得贼兵爬山越岭而走。足像奔回月角岭，急忙塞住关口。一声炮响，李应祥已驱兵赶至，喝令军士上山攻关。徐子宾尽驱岭上掳来妇女，并足像母妻妹子，尽到关前搬砖运石，临高打下，官军不能上。李应祥大怒，跳下马来，一手执牌，一手执刀，冒着砖石一踊先登。徐子宾急捻枪来刺，被应祥一刀斫下头来，提在手中绕岭大呼："降者免死！"足像忙率母妻伏地请降，应祥吩咐军士，剥去足像冠袍，用索缚了。

正要放火烧毁寨栅，一声喊起，军士报道："贼众把山围了！"应祥大惊道："吾孤军深入，与大军悬隔，缓急不能相援，须杀回方好。"带了足像从岭北冲杀下来，叶千挺刀截住，应祥急架相迎。斗上数十合，喊声又起，应祥不敢恋战，冲开条路，率众而奔，足像已被夺回。

蓝能见叶千得胜，驱动人马从后掩杀，不得防缩肭闻应祥得胜，率八指挥从刺斜杀来，反截出蓝能之后。应祥又率众杀转，把蓝能围在垓心，正在惊慌，忽官军纷纷坠涧。蓝能急看去，见一面大旗上书"三都都督"，旋风般杀来。当先一将，喊声如雷，把官兵杀得纷纷乱窜。蓝能认是黄允，心中大喜，急率将士一拥杀出。退到义容，贵儿接着，蓝能道："卿何以知寡人被困？"贵儿道："臣料大王轻敌，故同黄允前来接应。"

蓝能大喜，慰劳毕，贵儿退回本寨。叫人拿足像一家到来，责之道："尔为主将，不战而逃，官军破岭，首先降附。如此羞祖辱宗之徒，狗彘不如，要尔何用！"喝令推出斩之。真个：

愚而多财，则益其过。
疏公之言，似为尔道。

蓝能闻贵儿责斩足像，大喜道："真将军也！"使人赐羊两羟。次日，贵儿献计道："官军连胜两阵，必轻而骄。大王若如此如此，可获全胜。臣当与将军黄允退扎圆墩围，以遇南面救应。"

蓝能大喜，即唤众将到来，各各授计去讫，亲提一万不齐不整的军前来挑战。缩朒闻贼兵挑战，督同八指挥，列阵桥田。缩朒见贼兵步伍错杂，抚都指挥曾勇背道："贼皆乌合之众，破之不难。将军勉之，封侯在此矣！"

曾勇闻言，舞动偃月刀杀过阵来。蓝能急使裨将接战，不十合，被曾勇一刀斩于马下。蓝能拨马便走，缩朒挥兵赶杀。看看来至涉溪，见路道陂陁，山势峻恶，恐怕有伏，急来与缩朒道："大人可止住后军，末将追回曾指挥来。此地两山蹙沓，徯隧谽谺，万一有伏，进退不利。"缩朒省悟，急忙止住前后，就便扎营。地势逼窄，不能一处屯扎，只散散扎住。

夜至二鼓，听得万炮齐发，鼓角齐鸣，喊杀之声震得山鸣谷应，正不知多少贼人杀来。缩朒闻得，不顾军士，跣着足跳上无鞍马，抉开后壁往旧路而走。奔至月角岭，众将只道前军已败，鼓噪起来，弃甲释兵，自相践踏而逃。正走间，一声炮响，火把齐明，一将在火光中舞枪跃马，拦住去路，大叫道："秦荣在此！"李应祥飞马来战，怎当秦荣一枝枪神出鬼没，杀得李应祥招架不及，一枪刺来，应祥大叫一声："我命休矣！"把头一偏，枪尖儿早把耳朵挑去半个，在马上颠了两颠，弃盔而逃。

走至天明，一声炮响，一军卷地而来，旗上大书一个"赖"字，众军惊得哭声震地。曾勇大呼道："吾等不可不死战，救出军士！"说毕，一马当先，众将齐上，把赖肇明围绕在一处。枪刀并举，锤斧齐加，肇明全无惧怯。前遮后挡，左撩右拨，力斗多时，一声炮响，左有李奇，右有张易，大喊杀来。众将心慌，抛了肇明拼命而奔。行不数里，一声炮响，又一军拦住去路，旗号是永安王，由义容左抄出在此。诸将人困马乏，落荒而走。出至河口，烟火滔天，一军摆在河岸，一将横刀立马大叫道："叶千在此！尔的船只已被我烧了。"说毕，抡动大刀砍杀过来。曾勇夺前格斗，不数合，被叶千一刀斩于马下。

众将保着缩朒，夺路而奔。叶千叫军士大叫道："休教走了缩朒！"缩朒闻之，割去须眉，跟着众将奔至梁化，方才扎住。整点人马，折其大半。聚众将商议道："今将如何？"众将道："且听南岭消息，再作理会。"缩朒遂按兵不动。堪笑缩朒：

前战六步，今战三都。
前已弃袍，今乃割须。

且说蓝能夺得粮草马匹、袍盔铠仗无数，心中大喜，收兵运载回山。路逢苏允山提兵而来，相见毕，允山道："缩朒虽败，尚未杀个尽绝。大王当乘胜追杀，使他知我们厉害，方不敢来撩拨。闻他驻兵梁化，臣愿从小路抄出其背，大王由横沥直攻其前，可尽杀也。"蓝能大喜，拨转马头杀奔梁化来。

官军不防贼众复至，收马不迭，众将只得步战。蓝能看见，用铁骑张两翼蹂之，官军复大败，径报平山而奔。一声炮响，苏允山截住去路，兵士尽皆倒戈而降。众将死救出缩肭，连夜走回省城，闭门而守。海丰一军闻缩肭已败，急退军时，被刘汉江邀击于紫官山，亦大败而走。

贵儿闻之大惊，与金莲商议道：“不料官军恁般没用，一败便走，今将如何？”金莲道：“姐姐可速召回诸将，毋使流毒百姓。”贵儿急升帐，唤过十数个裨将，各与令箭一枝，着令号召诸将回山。岂知贼将既得大胜，哪里还听尔的令箭！数十万众分头掳劫，蔓延千里，到镇即扎在镇上，遇村就在村里，必尽人六畜，厌其奸淫，而后又往一村，焚庐掘墓，无所不至。百姓号哭之声，遍满乡市。正是：

窟窡穴中虎豹，□愿岩下蜂蜇。
只可一举扑灭，定然撩拨不得。

监军顾养谦飞章上奏，神宗大怒，发缇骑械缩肭至京处斩，下旨六部，会议可代缩肭者。六部以吴桂芳上奏，神宗准奏后，以桂芳为两广总督，责其讨贼。桂芳闻命，星驰至省，饬励将士，分屯要害，逐捕游贼，招集流亡，抚恤疮痍，埋胔掩骼，搜乘补卒，徐图进取，民情稍定。真个：

福星飞下九重天，万姓痍伤暂得安。

未知吴大人果能灭贼否，且听下回分解。

第二十五回

报父仇黄让献策　感皇恩逢玉兴师

诗曰：

海国风霜旧，军中号令新。
枕弓头即月，卧甲臂生鳞。
慷慨酬明主，艰危报二人。
洗兵看有日，归贺太平春。

话说吴桂芳奉命至广，训卒练兵徐图灭贼。且说琴江都，中镇社有个孝子，姓黄名让，号逊斋。生二子，长日启愚，次曰启鲁。那黄让生来极孝，年才十六，父母相继告终，黄让哭得水浆不入，形同鹄立，亲负土为坟，庐墓三载，备极孺慕。与兄黄谦极相友爱，三都贼起，黄谦被蓝能将叶千掳到寨中，勒金来赎。黄让闻之，尽出私橐得金三百余两，亲负至贼寨，赎兄而回。

蓝能见他金子来得容易，必定是个财主；又闻得其亲死庐墓，必定是个孝子。若掘了他父母骸骨作了质当，不怕他不拿出雪堆般银子来赎哩。遂使叶千带了贼徒，把黄让父母骸骨双双掘去，使人谓黄让道："必备千金来，方准取赎。"

黄让闻得这个凶信，忙走至坟所，见空棺两副，泥土狼藉，黄让大叫一声，气绝于地。二子启愚、启鲁闻祖骸被劫，亦忙来看，见父死在地下，急忙扶起，乱呼乱叫了一回，方才悠悠苏醒，呜咽不能成声，二子抱住大哭。扶了回来，终日号泣，滴水不入，倾筐倒箧，办出银子五百两，使人送至蓝能处赎亲骸骨。路过凤凰山，却被陈铁牛劫去；欲再办银子，其实家事平常，连赎黄谦已办两次，莫说千金，就三百金也办不出了。只得瞒了妻子径到贼寨见蓝能道："先父母骸骨，只有黄让一人痛切，黄让不来赎，更无一人来赎。黄让一身，则子女妻妾皆痛切，这个不来赎，那个也要来赎。黄让愿以身换父母骸骨回去。"蓝能见他说得有理，遂将骸骨付让从人怀归，将黄让枷锁寨中。从人归至家中，与启鲁说知其事，启鲁呼天大恸，遍走亲朋处借贷银子，却合着俗语两句道："说着钱，就冒缘。"到得亲朋处，才一开口，这个说穷，那里说苦，推的干干净净。

这说穷说苦的，又还算是有人情的；更有一样，闻着个"借"字，连人儿也不肯一见，茶儿也没得一杯吃，乌龟般缩在壳里，支使着老婆在门缝里传出言来道："当家的不在家，大叔别处去借罢。"启鲁空空走了十多日，丝毫不曾借得到手。回至家中，大哭一夜，瞒着母亲、哥子，径到贼壁大呼道："吾家中并无余银，只有田园数顷，欲卖田园，非家长写契人不肯买，愿以身换我父回去，卖出金子来赎我。"

蓝能道："尔也说得是。"遂把启鲁拘执了，放黄让回去。黄让回至半途，却被黄允执去。蓝能望了许久，不见黄让送银子来，乃以索贯启鲁鼻，又贯其踵倒悬梁上，启鲁死而复苏者数次。叶千喝道："尔若不速着人到家中取办银子来赎，明日把尔手足尽皆断去。"启鲁笑道："银子实在办不来了，只是蒙尔等肯放吾父回去，身虽惨痛心却甚安，死不尔怨也！"叶千见他有如此孝思，也说放宽了些，不十分来酷勒了。

启愚闻得父弟皆被拘囚，受尽惨毒，放声大哭，欲走贼壁与父弟同死，却又想徒死无益。想到此处，唯有呼天号泣，昼夜不绝声，泪尽继之以血。诸贼闻之，感其一门孝友，方才放了黄让并启鲁回来。后人有过中镇者，题其故宅云：

永安有孝子，至德少同情。
易骨身斯质，呼天血并倾。
鼻穿心不痛，家破恨能平。
代更临中镇，犹留死后名。

再说黄让父子回至家中，深恨蓝能辱及先人，每日图谋报仇之计。及闻缩朒来征，散家财，募死士，结乡勇，专候大军到来，从中内应。不料缩朒只两阵，被贼兵杀得大败而走，大失所望，伏在父母坟前放声大哭。后闻吴督府奉旨复任，大喜。拜别父坟，来至军门，献策道："永安之贼，罪恶滔天，亟当剿灭，为民除害，自不待说。其有不易剿灭者，则官与兵半为贼党，而大人不可不知者也。盖其为盗也，大屯小伙皆有大猾主之，贼以大猾为资，大猾又以贪官为援。其人耳目甚广，爪牙甚多，上自藩臬，下及县之令史、乡之巡检，悉受其贿，表里为奸。当事欲发官兵而剿，官兵或即其党；欲募士兵而征，士兵或即其人。即有一二守法奉公不受其贿之官，又皆怯懦畏缩，驱与贼战，望风奔溃。虽有忠诚任事之将帅，而卒无忠诚任事之士卒为之用。故比年来，剿捕虽行，未能芟除其一二也。大人有志安民，当求乃心王室、与贼无交、敢战无前之将卒而用之，则贼虽奸猾，不足除也。"

桂芳忙举手道："贤契之言深得其弊，但今之可任者，实难其人，奈何？"黄让道："嘉桂李公主忠贞素著，天马梅英兵强将勇。程乡童生黄琼，素为二寨所钦服。前破火带，兵不血刃，一举而灭，为当事所忌，挠其计而没其功，遗祸至今。大人若以恩结之，招之使来，贼可计日平也！”桂芳闻言，鼓掌大笑道："非贤契所言吾几忘却！”即命诸司查明逢玉前后功绩，将降天马、征火带尽推在逢玉身上，并声明李公主忠贞、梅英顺他等情，乞旨敕二寨剿杀贼寇，写成表章，飞递上奏。

神宗大喜，即下诏封逢玉为侍郎，佩灭寇印征进。诏到，吴总督以黄让为巡方，赍诏往嘉桂山而来。但见：

丹诏乍传嘉桂去，金戈齐向磜头来。

且说逢玉，自火带回来，与梅、李二妾每日必往候张秋谷夫妇一次。见了秋谷回来，辄挥泪不胜，李公主劝道："郎勿过为悲伤，待妾遣人往梅花村探听贵姐信息，或者还躲在亲戚处，也未可知。”

逢玉允诺，李公主即差个精细裨将去，探了回来禀道："末将到梅花村，遍处挨访，并无下落。”逢玉闻言，放声大哭，遂为贵儿设灵制服，招魂祭奠，延请僧众诵经超度。直诵了七七四十九日，把那唐三藏西天取来十多担经书都诵遍了，方才停住；逢玉方才把忆念贵儿愁肠渐渐放下。梅、李二小姐又或弹琴或赋诗，或走马舞剑，多寻乐事与逢玉排遣，逢玉心怀渐渐宽爽。

一日，正在房中看李公主与梅小姐抹牌，忽一个女兵进来报道："梅大王差陈将军送玉箫姐，并姑爷行李到来。”原来玉箫因检视梅小姐衣箱并逢玉行李，不觉触动她的忆念，呜呜的在房中啼泣。适邓小姐月娥同着钱姑娘，姐妹两个到轩中看梅，听见了问道："尔哭是么？”

玉箫跪下道："婢子忆念小姐情不自禁，不知夫人到来，乞望恕罪。”月娥道："原来如此，尔且起来，我叫大王着人送尔到嘉桂山去服侍小姐好么？”玉箫叩谢。

其夜，月娥对梅英道："姑娘处久不着人问候，奴欲使人送玉箫去服侍，并发还姑爷行李，就便问候家父母一番，不知大王意下如何？”梅英道：“夫人正该如此。”次日，即着人备礼五副，逢玉、苻夫人、邓彪夫妇、秋谷夫妇、李公主，人各一副，另备一副与姐梅映雪。钱姑娘、月娥亦各有私礼，备一安车载了玉箫，差千里驹陈龙送去。到得嘉桂，女兵报进房来，逢玉大喜，忙携李公主、梅小姐手出来。玉箫向各人叩头毕，梅小姐执着玉箫手道：“我正在这里思想尔，今来了极好。”陈龙上前拜见，互相问候毕，陈龙将礼逐一献上。李公主设宴款待。

次日。陈龙要回，众人皆不肯，留住了半月，诸将又各各来邀去游山一日。逢玉陪陈龙游了玉蕊山回来，见李公主与梅小姐在逢玉行李中检出个织锦程茧，在那里细玩，逢玉道：“尔两个看是么？”梅小姐笑道：“姐妹两个偷视郎行李，见这个手巾织得甚好，郎在哪里得来？”逢玉不觉涕泣道：“此吾母手织，嘱小生送与姑娘的，一共两条。前在梅花村，借一条与张氏作聘；此条仍留箱中，欲俟访着姑娘申达母命。事出多故，竟尔不果，犹忆吾母临别时，垂泪嘱小生云：‘早些回来，毋使老娘盼望。’小生谓多则三月，少则两月，于今三年尚尔淹滞，使二人陟岵兴嵯，倚门愁望。言念及此，情何以堪！”不觉泪流满面，呜咽不已。

李公主道：“前使盘为连奉候公姑，奴叫他只住在公姑处，俟郎往大绀回来，一同迎接公姑到山供养。盘为连至今不回，必定还住在公姑处。公姑有了郎与奴信，必料郎在奴处，何至咨嗟愁望？请郎放心。”

逢玉泣道：“小生忆念父母，寸心如割。明日准要辞贤妻暂一归省，望贤妻勿沮。”说毕，歔欷不胜。公主道：“奴非不欲郎急一归省，前则缩朒作祟；近又报称官军大败，妖徒四出。两江之间，钯筅如林；龙川一带，行人断绝。郎以一身孑然孤往，万一有失悔将何及？愿郎少安毋躁，待烽烟稍息，当即送郎荣归。”逢玉道：“小生双剑尚在，谅此乌合之徒，也未必近得我，望贤妻放心。”

梅小姐道：“既郎君决意欲归，待妾送郎家去何如？”李公主道：“贤妹肯与郎同行，奴复何虑。待明日再选精悍女将数员与贤妹，尽改男装前进，方为万全。”

正说间，忽报马飞报将来道：“吴大人复任广督，差官奉旨封拜姑爷，提兵灭寇，已到朝天关，请姑爷快快接旨。”三人闻得大喜，忙摆香案，迎接至顺正堂，俯伏听诏。诏曰：

> 敕黄琼：
>
> 卿以一书生降积寇于罗旁，破强徒于火带，不烦诛夷，坐清妖沴，厥功懋哉，朕甚嘉焉。永安蓝能尚率丑类肆虐生灵，今授卿兵部侍郎，佩灭寇将军印，董率忠勇，竭力扑灭，以舒朕忧。将士有功，卿可列状上奏，一体推升。
>
> 钦哉！尚期一乃心力，无废朕命。此敕。

宣毕，逢玉舞蹈谢恩，与差官叙礼，设宴款待。次日，黄让辞逢玉下山，先自回去。逢玉送了回来，急忙与李公主、梅小姐商议，各备回礼，写成书札，即差陈龙回至天马，叫梅英发精兵五万，大将数员来助战。梅英接书大喜；月娥闻得，亦欲到嘉桂一看父母；钱夫人亦忆姑娘梅映雪，欲同到嘉桂一叙。

梅英道：“既两位夫人皆欲到嘉桂，孤也同往一贺姐夫。”二人大喜。次日，选起精悍瑶兵五万，命万人敌为先锋，带了钱、邓二夫人，军师诸葛同、宋金刚、石春白、陈龙一班将佐，往省城进发，只留铜猫公、闻大刀、钱子干等守寨。到了花县，把人马扎住。只带二夫人、诸葛同、宋金刚来至嘉桂。报马报上山来，逢玉率李公主、梅小姐等离山十里，迎接上山。

李公主延钱夫人、邓月娥进内寨拜见苻夫人。使人接了邓彪夫人、张秋谷夫人到来，一同拜见毕，钱夫人向梅小姐致谢道：“奴一家蒙姑娘救护，得有今日。家嫂叫奴多多拜谢姑娘。”

梅小姐笑道："嫂嫂何不便磕下头去！"钱夫人走起身来，真个要跪下磕头，李公主一把拖住道："尔信这个小油嘴！"梅小姐鼓掌大笑。苻夫人道："夫人不要怪她，尔姑娘她兴到时，连老身她也要戏耍起来哩！"月娥道："伯母，奴姑娘下次还敢戏耍伯母，罚她唱个花鼓歌儿听！"众人皆笑。少顷，内外排上宴来，笙簧迭奏，尽欢而散。

次日，逢玉点起精兵十五万，祭告了都贝大王，离寨而行。梅英与月娥亦愿助战，逢玉大喜，留邓彪、苻雄守寨，尽带诸将往省城而来。一路旌旗蔽空，钲螺震地。但见：

紫袍日照金鹅斗，红旆风吹画虎狞。

到了花县，万人敌等出寨迎接，逢玉叫万人敌拔寨都起。吴督府亲率诸司出城迎接，逢玉与李公主忙下马俯伏道旁参谒。桂芳忙扶起逢玉道："老夫不知贤契年少英妙乃至如此！国家得人，实在可庆。"复笑向李公主道："公主别来无恙？"公主致谢保奏之恩。

逢玉又率梅英来见，桂芳执手大笑道："天下豪杰都被尔这班少年占尽了！使老夫喜不自胜。"诸将尽来参拜，桂芳一一抚慰，极其恳至。一军皆喜，摩拳擦掌，愿为吴大人杀贼。桂芳出牛酒，大犒士卒。给付船只、粮草，色色齐备。逢玉拜别桂芳，拨马赞、万人敌为先锋，与梅英等统领兵将，临江祭纛，发炮起行。真个：

喑呜则山岳崩颓，叱咤则风云变色。

未知后来如何，且听下回分解。

第二十六回

说黄允只身通信　诛蓝能八面埋伏

词曰：

由来世乱见超群，矢志扫妖氛。堪羡一门皆隽，笑他群丑昏昏。　　专征大将，待时而动，果建奇勋。只须一番深计，等闲了却狂魂。

——调寄《朝中措》

话说逢玉辞了吴督府，放炮开船，舳舻相接，旗帜蔽空，一帆风来到惠州。逢玉请梅英与诸葛同到来商议。诸葛同道："永安贼徒虽有众数十万，分屯险要，然皆散仔，无足轻重。唯蓝能勇悍而猾，为诸贼所畏服。若破蓝能，则群贼自丧胆矣。"

逢玉道："计将安出？"诸葛同道："新田、南岭为贼手足，描眉、上镇为贼耳目。将军当拨兵一支出鹅阜，牵制南岭、新田，拨兵一支出中镇，扼塞描眉、上镇，而自统大军直捣磜头，此上策也。"

逢玉喜道："军师论兵如指诸掌！"复向梅英道："敢烦大王带本部兵将，即此上岸，超鹅阜以逼之，且坚壁勿战；俟破磜头，再图进取，必得如军师所料。"梅英道："小弟愿往。"遂辞了逢玉而行。逢玉更使盘摩罗为正先锋，以马赞、单勇为副先锋，由苦竹泒进据佛子凹，大军随后进发不题。

再表蓝能，破了缩朒，纵军大掠，东至程乡，北至龙川，南至东莞，西至博罗，无所不到。及闻吴桂芳复至，发兵收捕，方才号召各队回山。又夺了许多娇姬美女，聚满一寨，酣歌恒舞，终日在温柔乡矣。及闻黄逢玉率两寨人马来征，他只道自己英雄，便不把来将放在心上，也不与贵儿商议，径调赖肇明为先锋、张易为元帅、黄允为救应，率众三万往前抵敌。兵至轿历，佛子凹已被盘摩罗占了。

张易唤赖肇明进帐商议道："探得瑶人其锋正锐，只宜深沟高垒坚守勿战，待他索战不得兵沮意懈，出奇以击之，当无不胜。"

赖肇明道："大王自斩陈铁牛以来，所向无敌。今日丞相独当一面而乃畏怯如是，宁不令山灵笑人耶？末将料瑶人狐鼠之雄，今已离其巢穴，必无能为。末将愿身先士卒，保为丞相破之。"张易再三阻遏，肇明不听，起兵而行。张易无可奈何，只得领了人马随后跟来。行不十里，一声炮响，见盘摩罗摆成阵势，提着宣花斧立马门旗下，左有马赞，右有单勇，威风凛凛，与那缩朒的兵马大不相同。赖肇明出至阵前，指定骂道："尔是个不入版图的山精，怎敢也来太岁头上动土！"盘摩罗闻言，怒得豹跳出敌，舞动大斧直杀过来。

赖肇明部将沈英道："不须将军动手，待末将擒来。"说毕，挺枪来战。盘摩罗举斧向顶门劈下，沈英急把枪向上一抬，就如半天里落下一个太行山来也无这般重，响亮一声，枪杆折作两段，虎口迸裂，几乎跌下马来。冲锋过去，才欲提转马头往本阵而走，早被摩罗赶至，手起斧落斩于马下。

肇明大怒，把马一夹，举刀向摩罗脑后斫来。摩罗大喝一声："贼囚缓来！"刀来斧架，斧起刀迎，一往一来，战了一百合不分胜负。张易见肇明赢不得瑶将，命骁骑童骆驼、郑白狐飞马夹击，单勇、马赞看见，跃马出来，金鞭齐举，玉锏横飞，各接住一个，捉对儿厮斗，已到涧深里，单勇一双银锏从空盖将下来，郑白狐招架不及，正中顶梁，把头颅打为粉碎，连马也打挫了。童骆驼看见，心中慌忙，被马赞一鞭打来，要躲也躲不及，翻身落马而死。

马赞便并马来攻赖肇明。肇明虽勇，哪里当得三员虎将，跳出圈外，欲拨马而逃。摩罗大喝一声："走哪里去！"赶上前来，一斧砍为两段。张易大惊，急要走时，马赞一骑已到阵门，手起鞭落，把张易打于马下。摩罗把手一挥，瑶兵一拥杀过阵来，就如一群虎般，杀得贼兵尸横遍地，血流成渠。

正追杀间，不提防黄允一彪军从山凹里截出，摩罗收兵不迭，被黄允掩杀一阵，倒折了些人马，急忙退至竻竹坪扎住。黄允亦不敢追赶，招集败残人马，据住月角岭，着人飞报于蓝能。

蓝能大惊道："不意瑶人如此厉害！"原来赖肇明骁勇善战，贼众以吕布比之，号为吕温侯，今日被诛，贼众为之夺气。急使人请贵儿商议拒敌之策。贵儿早已探知备细，与金莲划定诛贼方略。听得蓝能来请，即来见蓝能道："臣闻嘉桂山李公主，以三百女兵破缩朒二十万众于荔坡；罗旁五花贼破肇庆、屠三水、困省城，出入无人之境，此皆劲敌。而大王不谋所以万全之策，徒使好斗之夫轻举妄动，丧军实，坠锐气，而今士卒胆落，三都震恐，非臣浅谋所能及矣！"

蓝能道："吾不早用子，今急而求子，是寡人之过也。愿卿勿吝奇谋，还当为寡人筹之。"贵儿道："大王如必欲用臣，当檄令各寨划界固守，禁止士卒勿轻出入。待臣亲到黄允寨中刺探瑶人虚实，看有可乘之机再行出战，或者可以无虞。"蓝能道："卿虑事慎重，不比寡人轻躁，必能破敌，寡人一一听卿而行。"贵儿辞了出来，密藏了织锦程茧，携个小童来至月角岭，使人报知。

黄允接进寨中，贵儿问道："近日曾有瑶人来搦战否？"黄允道："昨日差细作探听，闻得主将黄逢玉才到，尚敛兵不动。"贵儿暗喜。其夜，贵儿秉烛帐中，屏退左右，使人唤黄允到来，问道："闻叔父是龙川生员，何为肯来做贼？"黄允道："末将因事杀人，为官司所逼，实非本心。”

贵儿道：“闻吴督府慈祥恺悌，爱民如子。天马、嘉桂，兵强将勇，纪律森严。使诸将各遵约束，同心协谋，胜负尚未可知，而乃骄蹇狼戾，鼓之不进，金之不退，侄与叔父窃恐不知死所矣！”

黄允道：“蓝大王用贤侄之计，累胜而骄，日事淫乐，不惜士卒，其无成也必矣！末将生有生法，死有死法，独虑贤侄为他爱婿，竭忠摅智，竟成画饼，为可惜耳！”

贵儿道：“叔父生法如何？乞赐教。”黄允道：“末将蒙贤侄父子引为骨肉，安敢相隐？官军如胜，吾将为化及之归唐矣！”贵儿大喜道：“吾实有此心，特恐叔父迷而不返耳！今既有同情，切须谨密。明日待小侄如此而行，叔父可亲到桥田来接，反祸为福，机在是矣！”黄允亦喜。一夜无话。

到得次日，贵儿装扮做推命的，带了小童，假云缉探，离了月角岭，往逢玉营中而来。将到军营，被一队女兵拿获，解投梅小姐寨中来。梅小姐高坐帐中，看见贵儿生得：

笑春风三尺花，骄白雪一团玉。
肥似桃露为神，秀比梨云是骨。

梅小姐喝道：“你是何人？敢来此作奸细！”贵儿不慌不忙道：“小生非奸细，特来献破贼之策于公主者。”梅小姐道：“尔识公主否？”贵儿道：“小生不识公主。有个族弟，说与公主有瓜葛，特托小生来献计。”

梅小姐道：“尔族弟姓甚名谁？今在何处。”贵儿道：“族弟姓黄，名贵儿，现在磜头为蓝大王心腹。”梅小姐闻言叱之道：“胡说！既是蓝贼心腹，为何又肯来献破贼之策？”

贵儿道：“族弟亦虑公主见疑，叫小生携一物来，他说将此物交公主，转交黄将军一看，自然明白。”说毕，于身畔取出织锦程茧一条送上。

梅小姐接来一看，暗暗惊讶道：“此茧与黄郎箱中的一样！闻黄郎说，此巾系婆婆亲手织的，只有两条，以一条与贵姐为聘，难道就是她？名儿虽同，为何却姓起黄来？”

因问道：“尔那黄贵儿年纪若干？几时到磜头来？有甚同伴？”贵儿道：“年纪约十八岁，今年四月同着父母要到公主处，路过龙川被蓝大王部将掳至寨中，蓝大王义女谢金莲爱他才貌，招之为婿，现今为三都都督。”

梅小姐想道：“既从招亲，自然是个男子。”又问道：“他的父母叫甚名字？何处人氏？”贵儿道：“程乡县桃花村人氏，父号思斋，母为沙氏。”梅小姐暗暗惊讶道：“如此则明明是公姑了！难道逢珠叔叔的乳名也叫作贵儿不成？”

正要使人请逢玉来问，适张志龙从外进帐来。梅小姐道：“哥哥来得正好。”因指着贵儿道：“女兵拿着这人到来，说话大有跷蹊。”志龙急把贵儿一认，不觉失声道：“此人酷似吾妹！”贵儿见了哥哥，心酸起来，掩面泣道：“小妹正是贵儿。

志龙闻言又惊又喜，忙上前道：“贤妹原来不死！这两年住在哪里？为何如此装扮？”贵儿道：“小妹不如此装扮，已不能与哥哥相见矣！”梅小姐闻得是贵儿，忙离坐出来，扯着贵儿道：“既是姐姐，请进内寨相见。”到了内寨，见礼毕，贵儿向志龙大恸道：“闻公主已为奴报仇杀贼，哥哥曾往火带收回父母骸骨否？”

志龙亦泣道：“贤妹勿悲，二亲被贼掳至火带，遇着门生利宾王，救在寨中，不曾受苦。三月，妹夫同李公主并这位梅映雪妹子攻破火带，救了出来，复蒙三位安置嘉桂，优礼相待。”

贵儿方知这个不是李公主，就是何足像所说救他的梅小姐了，忙拭泪向梅小姐拜下去。梅小姐一把拖住道：“姐姐不要折杀奴家！姐姐坐下，请问何故改装？”贵儿遂把遇难改装、到桃花村寻着公姑，如何被劫、如何招婚，及用计斩铁牛、诛陈兴、破涌口、封军师等事，粗粗述了一遍。喜得梅小姐喝彩不绝道：“姐姐有胆有识，小妹不及也。黄郎忆念姐姐，终日涕泣。前在嘉桂，为姐成服超度，几欲捐生。今日到来太好，且请到中军与郎相见，一慰其心。”

贵儿道：“奴如此装扮，羞见黄郎，求小姐代达罢。”梅小姐道：“姐姐已得贼心，此来必有深谋，不见黄郎如何设施？”贵儿无奈，只得同了梅小姐来至中军。梅小姐道：“姐姐且住在此，容奴先进去说明了来接。”贵儿遂立在辕门相候。

逢玉与李公主闻得贵儿不死，父母陷在磜头幸得无恙，不觉惊喜欲狂，急同李公主出至辕门来接。贵儿见了逢玉，满面通红，把扇子掩了面，不肯进去。李公主与梅小姐挽到内寨，逢玉深深一揖道：“小生负约，致贤妻受惊，今见贤妻实为惶愧！家父母蒙救护无事，不知近日可安乐否？”

贵儿掩面泣道：“公姑在山，有蓝能义女谢金莲妹子朝夕侍奉，亦甚平安，郎不必忧。闻郎为奴受辱南牢，破贼火带，深情高义，使妾捐躯莫报。”说毕，取出图本，扯李公主至案，指示道：“此图四至分明，险要悉具。”复指三角围道：“此围林深菁密，可以伏兵。公主可调强兵猛将，密密埋伏，中间虚立营寨，扯起黄郎旗号。俟腊八日，奴计遣蓝能并其骁将到来劫寨，发伏击之，强徒可尽歼也。强徒既歼，即分兵进取羊角、燕尾诸寨，可一鼓而下。公主与郎提兵一支，直指磜头，奴叫黄允开关来接。话尽于此，奴当即归，迟恐有泄。”

李公主道：“既姐姐如此说，奴不敢留。若奴不知姐在贼中，也就罢了；奴既知之，仍放姐独行，却放心不下。”因向梅小姐道：“贤妹可陪贵姐一行。”贵儿道：“这个却使不得！奴来时没有小姐，去时又怎带了个小姐回去，岂不动人猜疑？”

梅小姐沉吟一会道：“奴有个道理。”向张志龙道：“哥哥可向跟贵姐来的小厮，叫他把衣帽脱下来，与小妹一用。”志龙去了，脱了衣帽进来。梅小姐走至僻处，改做小童模样出来道：“如此去得么？”众人皆笑起来道：“如此尽去得！”贵儿亦掩口笑道：“只是不当。”梅小姐暗藏流星锤，留下小童，跟着贵儿辞了众人走出营来。恰遇黄让聚集乡勇到来，扎下人马，进寨来见逢玉，劈面遇着贵儿，大惊道：“此蓝贼伪都督，何为至此？”贵儿不答而出，逢玉摇手。黄让问道：“将军与此人相识么？”

逢玉笑而不言，只问道：“叔父带多少人马到来？”黄让道：“共一千余人。”逢玉道：“叔父可回中镇，至腊八日，如此如此，可破上镇李唐宗，乘胜往攻描眉，苏允山可馘也。”黄让领计自去。

逢玉升帐，聚集众将听令，拨单勇、马赞、盘摩罗、赵信、唐虎、马格、贾奇、利用，各带一万精勇、强弓硬弩，悄悄至三角围分八面埋伏，听连珠炮起，一齐杀出，不许走透一个贼徒。马阿摩带兵三百，于三角围虚立营寨，竖我旗号，贼兵一至，发炮便退。既斩尽贼徒，即分兵攻羊角、燕尾、鸡冠、紫帘诸小寨，至磜头献捷。分拨已定，各各准备，往三角围进发，留兵两万看守船守。自与李公主部兵五万，专候腊八日进攻磜头不题。正是：

安排陷阱擒猛虎，预设金钩钓巨鳌。

再说贵儿，同了梅小姐悄悄回至桥田，黄允接着，暗暗照会了。传令义容、涉溪、圆墩诸守险人马，悉撤回磜头守御。蓝能闻之大惊，急召贵儿进来问道：“敌兵在前，而卿撤去守险兵卒，敌人得知，长驱而来如何是好？”贵儿道：“臣探得逢玉大兵尽驻佛子凹，自率一支扎营三角围，必将窥伺永安，图据丹嶂宫，断我救应。臣欲将计就计，放他兵将长驱深入，臣与黄允、李奇率兵固守，大王可与叶千、秦荣选精骑五千，直趋三角围袭击之，逢玉可得也。既得逢玉，便率兵转出白溪，抄在敌人之后，扼塞险要，绝其归路，臣与黄允开关奋击。此反客为主之计也。瑶人虽强，必难飞去！”

蓝能大喜道：“卿每划一策，必出常人意想之表！”次日，点起兵来，带了叶、秦诸骁勇，悄悄下山，往三角围而来。

其时正是隆冬之际，愁云四塞，冷瘴迷空。昔人有《御瘴赋》一篇，录其紧要数言，为游瘴乡者览焉：

> 原夫岭南之地，冷气之结，积以慾阳，蒸以温热。蛇虫气兮苦蕴隆而不行，卉木毒兮遇交剥而毕泄。黄茅至冬而不衰，青草当春而已烈。其上也状若弹丸，其下也势则散漫。莲蓬勃勃，若雾若烟。中之者，或闷或哑，为热为寒。迟久则血凝而不救，吐下则药误之堪叹。惟夫刺两额而针上唇，炙三里而烧五指。中脘喜其端详，气海贵夫审视。继擦舌以楮叶，更解毒以刀匕。斯邝露之微言，诚济生之秘旨。

将到三角围，使人探看，果有一军扎在围里，绣旗招飐，现出一个大“帅”字来。蓝能大喜，驱动人马，杀到围来。一马当先，斫开辕门，却是一个空寨，知是中计。急率众退时，轰天一个连珠炮响，四山喊杀如雷。

正不知多少人马围杀将来，早见一将面如锅底，声若巨雷，舞着八卦宣花斧拦住去路道：“盘摩罗等候多时！”蓝能率叶、秦诸将奋勇死战，摩罗举斧相还。斗不十合，左有单勇，右有马赞，叶千、秦荣分头接住，赵信又率诸将赶至，把蓝能围在圈里。蓝能奋起神勇，左钩右拨，前挡后捺，战了多时，霜锋过处，一道红光直射出来。众人急看时，唐将军已作无头鬼矣。利用把手一松，被蓝能一刀从顶门破下，分为两半，真个肝脑涂地了。

马赞看见大怒，大喝一声道：“看鞭！”一个金龙过海，把叶千一对喜看妇人的银海眼睛双双打向脑后去了。马赞打了叶千，便挺鞭来夹击蓝能。蓝能杀得性起，大喝一声，马阿摩措手不及，又被蓝能一刀斫死。

盘摩罗怒得火星直爆，一斧斫去，早中蓝能左臂，跌下马来，弃了大刀，拔出腰刀犹斫杀十数人，方才被马赞一鞭打倒，割下首级。经了一时，眼中犹射出光来哩！马赞把首级示秦荣道："尔的贼头已被我斩了，苦战何为？"秦荣看见，大叫一声，倒撞马下而死，贼兵尽皆丢戈弃甲，伏地乞降。盘摩罗吩咐马格，收了被伤诸将尸骸，先运回山殡葬，然后命降卒为响导，分攻羊角诸山不题。

再说逢玉，到了腊八，率兵向磜头而来。一路并无拦阻，到得磜头，见山上旌旗密布，寂无动静。天色已晚，吩咐军士就山下安营。山上军士看见，飞报进都督府来。贵儿传令军士，毋得妄动。到了次日，败军陆续飞报将来道："不好了！大王被困在三角围了！"少顷，又一起报到："蓝大王与叶、秦二将军俱被杀，官军已分攻诸寨了！"

贵儿大喜，带了梅小姐，各乘马来至关前，命黄允开关出战。李奇道："大王已遇害，都督恐不可出战！"贵儿喝道："尔敢是闻变欲反了！"梅小姐取出流星锤，高声叫道："我为蓝大王诛反贼！"说毕，一锤打去，正中李奇面门。军士见了，尽皆股栗。黄允喝令开关，杀下山来。逢玉与李公主并马立于门旗之下，见黄允到来，逢玉道："来将留名。"黄允道："我乃黄都督部下黄允也！"

逢玉大喜，举剑与黄允佯战十余合，黄允诈败，逢玉飞马紧紧跟着，佯喝道："走哪里去！"李公主驱动兵马杀上山来。蓝圭急欲闭关，黄允手起刀落，斩于马下，瑶兵一拥而入。梅小姐接着，纵兵大杀，杀得贼兵号哭震天，投崖落涧而死者，山谷为满。真个：

> 生平作恶事，报应一齐来。

贵儿见逢玉已进关，先自回花园改装去了。逢玉命黄允围住老寨，将蓝能宗族数百人尽数擒下，及有职事人役，按簿一一拿到中军，上了镣钮，且待破了各寨一并解京正法。分拨已定，命梅小姐引路，领了李公主来至花园，拜见思斋夫妇。逢玉跪在地下道：“不肖子留滞他方，累父母受此惊恐，儿之罪也。”说毕泣下，沙夫人扯起逢玉来，思斋道：“尔父母非贵儿、金莲二媳妇同谋相济，几乎不免。”

逢玉闻言，使人请二女出来拜谢，二女不肯出。李公主道：“今日甚吉，郎君便可与贵姐成亲。”思斋就令人备办花烛。贵儿闻得，使小青请进梅小姐说话。梅小姐问道：“姐姐有何话说？”贵儿泣道：“奴不遇金莲妹子，无以至今日。奴前已许她同事黄郎，烦贤妹禀过公主，使金莲得备小星之数，奴愿以婢侍小姐终身。”说毕歔欷而泣。

梅小姐闻言大惊道：“姐姐何出此言！若金莲妹子得为姐妹，莫说一个，就一百个也不为多。”说犹未了，沙夫人已携李公主进来，贵儿忙拭泪相迎。公主道：“姐姐还有何事不快？”梅小姐把贵儿言语述了一遍。李公主微微笑道：“贵姐殆以常情测奴辈耳。”因问道：“谢家贤妹，奴尚未识荆，今在何处？”梅小姐道：“待奴请她出来。”走进房中挽了出来，泪容满面，愈觉妩媚。

公主大喜道：“黄郎可谓花王矣！所遇皆非凡卉。”二人见礼毕，公主笑道：“贤妹勿忧，快快准备做新娘。”金莲哭道：“虽蒙樛木许附葛藟，然奴两世之恨未尽泄，三年之丧无一成，锦衾虽烂，抱之何安？还求公主借蓝能之首，使奴得发丧成服，死有余荣，况得侍左右备扫洒乎！”说毕痛哭。

李公主惊问道：“贤妹何至如此？”沙夫人把金莲之事细细述了一遍。公主道：“原来如此，贤妹勿忧，待奴与黄郎说便了。”李公主出来与逢玉说知，逢玉道：“既如此，张氏婚事且放下。待与谢氏完了大事，再议可也。”思斋道：“我儿说的是。”

次日，黄允知贵儿原是思斋媳妇，逢玉方是思斋儿子，又惊又喜，忙来与思斋作贺。逢玉以子侄礼拜见，黄允大喜道：“贤侄英畏，侄媳又皆天下奇女子，真可喜可贺。”思斋命设宴花园，留款黄允。正饮酒间，外面报道巡方黄让父子与诸位将军俱来献捷。逢玉大喜，出至前寨升帐坐下，将士纷纷到来。

黄让父子献上描眉伪骠骑将军苏允山、上镇伪都统李唐宗首级；盘摩罗献上蓝能并鸡冠山刘赞首级；单勇献上秦荣并羊角岭锤矮子首级；马赞献上叶千并燕尾岭徐宾首级；赵信献上紫帘嶂张星首级；贾奇献上黄草山许凤元首级，宽得都群盗悉平。逢玉各各慰劳毕，就令人竖起白旗两面，左设谢尚、谢仁一门神位，右设黄让父母神位。先将诸贼首级摆列左右，逢玉换了素服，行子婿之礼。金莲披麻执杖，白纱盖头，侍女扶至灵前，梅小姐、李公主一同来到。金莲拈香哭拜，起来扶住灵案，放声大哭。真个哭得凄风酸骨，日月为之不光，山岳为之黯惨。

哭了一会，回转身来，向着逢玉、李公主、梅小姐插烛也似拜了四拜，李公主与梅小姐急忙扶住。金莲回顾侍女道：“尔与奴致谢贵姐，今生不能相酬，来生当效犬马以报！”说毕，袖中取出小匕首，向颈一挥。幸梅小姐手快，一把夺来掷之于地道：“妹妹怎么如此！谢氏一门所靠唯尔，正须留个身子与黄郎商议，为尔祖父立祠延祀许多大事，不怎尔先自死了，更望谁来？”金莲坐在地下，倚着梅小姐呜呜的哭。

逢玉见此光景，亦对着金莲哀泣不已。李公主吩咐侍婢扶了回去。贵儿闻得，忙出园接入，紧紧窝伴着百般宽解她。外面思斋夫妇率领诸将尽皆礼拜，逢玉代金莲一一回礼毕，将白旗灵座焚化了，又将诸贼首级移至右边，祭奠黄让父母。逢玉椎牛飨士，尽欢而散。

次日，思斋命黄允准备花烛，要与儿媳成婚。贵儿请婆婆进去道：“愿婆婆与公公说声，可教黄郎与金莲妹子先成亲事，慰安其心。”金莲闻之，抵死不肯僭贵儿，两个美人尔推我让，议久不决。

梅小姐笑道：“奴是有个道理。”李公主道：“尔有甚道理？”梅小姐道："两人当共日成亲，既可各安其心，又可图简便些，只是太便宜了黄郎！"思斋闻之大喜道："梅媳之言是也。今日尔姐妹当一同花烛，饮个合欢杯儿。"四女皆喜。当夜，花园摆设起来，四女装饰得天仙般簇拥出至亭中，贵儿欲让李公主居首，公主道："姐姐差矣！奴可僭姐姐，则梅家妹子亦可僭奴，此事如何行得！今只以遇郎先后为次序。"思斋道："公主之言是也，媳妇毋得过让。"贵儿方才就位。奏起鼓乐，先拜天地，拜公姑，然后夫妻五人对拜，拥入洞房合卺，才子佳人坐满一席。这个花烛新闻，真是千古未有之奇。

逢玉看贵儿丰润而香泽，比那梅花村相见更觉可人。再看金莲：

浣雪蒸霞骨欲仙，况当十六正芳年。
画眉窗下娇新月，掠发风前斗晚烟。
桃露不堪争半笑，梨云何敢压双肩？
更余一种难描处，销尽人魂实可怜。

逢玉喜不自胜。那金莲偷眼看逢玉，见他生得：

眉飘偃月，目炯曙星，鼻若胆悬，齿如贝列。神爽朗，玉润冰清；气轩昂，龙行虎步。锷腾锋露，诚引不世公卿；善武能文，洵矣一代英俊。

金莲暗暗喜欢。饮了一回，李公主挽着梅小姐道："奴二人且去抹会牌耍。"梅小姐笑向逢玉道："郎且到高阳台做个快活三！"逢玉扯住二女道："小生尚不曾奉敬贤妻，既要打牌，且各吃一杯去。"李公主道："奴醉了，饶奴去罢。"逢玉哪里肯，抵死扯住，叫侍女斟上酒来，捧至二人面前道："请各饮一杯。"

梅小姐道："二位玉美人花心动了，郎勿只管双劝酒。"李公主笑把玉扇儿轻轻向梅小姐打下道："尔只管说是么！全没些规矩。"梅小姐大笑，各饮一杯而去。

金莲欲辞贵儿回自己房中，逢玉挽住，掩上房门，拥入销金帐，脱下红衲袄，做那天下乐、万年欢，这个是人人领略得到的，不须在下说得。

到得次日，诸将皆来贺喜，思斋大排筵席，款待诸将。猜枚掷色，正饮得快活，忽流星马飞报将来道："不好了，梅大王被困在黄麖嶂了！"逢玉大惊。正是：

赏心入夜情方艳，惊报惊筵兴又摧。

未知梅英如何被困，且听下回分解。

第二十七回

荡平寇盗　表奏朝廷

诗曰：

日落辕门鼓角鸣，千人面缚出岩城。
洗兵珠海云迎阵，秋马琴江月满营。

话说逢玉与贵儿成亲，次日诸将来贺，思斋吩咐设宴款待。正饮酒间，流星马飞报将来道：“梅大王战败，被南岭江万榕困在黄麕嶂，势甚危急！”逢玉大惊，急写成文书，将蓝能并诸贼首级用匣盛了，贼党千余人上了囚车，拨兵一万，差贾奇、黄允解赴军门献捷。留李公主镇守磜头，弹压宽得都，保护家小。其余将士尽向黄麕嶂进发不题。

且说那个南岭，在永安貉志坪东，去县东南八十里，在万山之中，其高四百余丈，周围百余里，四崇中衍，只有一路微通，极其险阻可守，四面有紫帘嶂、丫髻峰、五坡等岭。昔宋景炎二年，文丞相天祥曾两至其地，栅险自固，至今南岭城中祠宇犹存。江万榕据有其地，聚众十余万，与新田刘汉江相为掎角，势甚猖厥。

闻朝廷着黄逢玉率两寨瑶人来征，聚集众将商议道：“瑶人剽悍，若被他到了南岭，扎下寨栅，破之非易；莫若到半路邀击之，尔等以为何如？”

骁骑陆在北道：“臣料瑶人到了鹅阜，必扎营歇息。主公要邀击，可使人到彼埋伏，夜起劫营，必得全胜。”江万榕道：“此计大妙。”即差骁将邓必信、熊自新、莫汉卿、周召棠，各率兵一万，到鹅阜远远埋伏。等了数日，却不见到，再差细作探听。

原来因军师诸葛同，到了白云夜食鲎鱼，下泄成痢，腹痛如割，服药无应，渐渐危急。梅英忧闷，召诸将议计道：“姐夫付孤以军情大事，不怎军师如此，逗挠不进，万一有误如何是好？”宋金刚道：“还当与军师商酌。”

梅英来至榻前问道：“军师这会腹内较宽些么？”诸葛同道：“痛虽稍止，神觉散越，谅不能遽起。黄将军付南岭以大王，当提兵速进，迟恐有误。但大军驻此已久，恐敌人预备袭我，大王当步步提防，勿为所乘。”

梅英泣道：“孤去，军师当善自调摄。”诸葛同点首。梅英出来，拨裨将一员、兵士五百，看视军师，遂率兵前进。不消一日，已到鹅阜，不识地利，不敢前进，吩咐扎寨。但见：

荒原日落行人少，古渡月明栖鸟还。

夜至二鼓，忽前营大噪起来，知有贼人劫营，梅英急跳起来，横戟立马寨门，吩咐军士毋得乱动。说声未绝，一声炮响，敌兵四面杀至。梅英据守不定，领了月娥，率兵混战，地势崎岖，不好驰骋。杀至半夜，月娥忽与梅英相失，挺着双剑左冲右突，寻了半夜，总寻不见，心中慌怯。见东南兵马厚处，奋勇杀进，看时却是宋金刚与万人敌被围在此。月娥急问道：“大王何在？”宋金刚道：“石将军已战死，末将正寻大王不着！”月娥道：“且跟奴来！”翻身杀出重围。

来至羊蹄岭，据住山口，天色已明，分遣军士上岭瞭望，见东南远远一山，许多兵马围住。月娥使万人敌在前，宋金刚在后，自己居中杀到前山，果是梅英被困在山。万人敌冲突数次，俱被射回。月娥挺剑向前，贼将五人一齐来战。月娥诈败，往本阵而走，贼将不舍，拍马赶来。月娥取出五枝手弩，用连珠左右射法，五将皆殪。提转马头，奋臂一呼，挺剑直进，一队蛮婆舞着团牌跟定月娥，一滚抢进阵来，杀得贼阵人马辟易。

宋金刚驱动人马，一拥上前，把贼兵杀得东奔西跑。梅英见阵脚已动，知救兵到了，挥兵夹击，杀散贼人，合为一处。正欲寻路出去，一声炮响，江万榕复督大队人马杀来。梅英人困马乏，不敢恋战，望空缺处而走，不觉来至黄麕嶂。一鼓夺下，把兵扎在山上，吩咐将士据守要路，差十数小卒，分头寻路到逢玉军前告急。部分才毕，江万榕赶至，指挥兵士把山围得铁桶相似。梅英日夜巡视，看看至十余日，粮草已缺，救兵尚无消息。

梅英惊慌，急集诸将商议道："粮草已乏，救兵不到，与其死守穷山坐以待毙，不若与众下山死战，犹可望死中求生。"诸将皆以为然。待至夜静，梅英、月娥在前，宋金刚在中，万人敌在后，大喊一声冲杀下来。及江万榕率诸将杀至，月娥已冲出围去，回顾梅英等俱被射回。月娥大哭，欲拼命仍杀进去，众女兵死挡住道："今若杀回，必无生理。莫若寻路，跟至姑爷处，发兵来救。"月娥只得领了女兵往大路而来。

行不半日，忽闻喊斗之声，急策马上山望时，见西北一支兵，摇旗擂鼓塞住山谷，知是救兵已到，为贼所据，急下山来，率兵杀至谷口。贼将陆在北见来兵寡少，不以为意，不来拦阻，被月娥直进到垒边，挥动女兵，一滚杀入阵去，杀得贼兵乱窜。陆在北方才大惊，急挺枪来战，早被女兵滚至马前，砍断马足，跌下马来，一刀割下首级。

杀退贼兵，放出救兵，梅小姐接着，问梅英消息。月娥大哭道：“粮草已乏，冲杀不出，望姑娘作速救援。”梅小姐大惊，不等大军，径与月娥率盘摩罗等飞奔到黄麖嶂来。江万榕探知瑶人大至，已解围退回南岭去了。梅小姐与梅英等相见，就扎营下山，候大兵到来一同进发。

次日，逢玉率诸将来到，与梅英相见了，起兵来至南岭。举眼看那南岭，但见：

高冈连野起，怪岫似枪攒。
虎啸霜林落，猿吟雪月寒。
腥风云外度，枯骨草中残。
绝险凶人地，凄悲不忍看。

逢玉相度地势，扎下营寨，着人到南岭下战书。江万榕批道：来日决战。次日，两军对圆。逢玉与梅英并马立于门旗下，见江万榕方面大耳，五绺长须，一表不俗。逢玉暗暗称奇，超马出至阵前道：“以蓝能之强勇，天兵一到即成粉碎，尔何不早早投降，以免诛夷！”

江万榕大怒道：“尔杀我蓝大王，正要来报仇，还敢来说我！”回顾左右道：“谁与我擒来？”邓必信应声而出。梅英背后转出月娥，舞动双剑便来接战。斗了三十回合，月娥拨马便走。必信赶来，月娥取出锦伞，忽地兜转马头，望空一撒，早把邓必信拖下马来，兵士一把擒来缚了。周召棠、熊自新并马来救，万人敌、单勇急忙截住。斗了五十余合，梅小姐见江万榕在那里呆看，暗想道：“若擒得江万榕，就便了事！”把马一提，如风驰电闪般一戟向江万榕分心就刺。江万榕大惊，急架相还。斗上二三十合，梅小姐暗取神豆在手，向江万榕劈面打来。一声响亮，把江万榕雪白的面烧成黑炭头了，须眉尽爇，疼痛难忍，几乎落马。

逢玉把鞭一指，众军一齐杀过去，勇不可当。熊自新措手不及，被单勇一锏打死；周召棠惊慌无措，被万人敌生擒过马，掷于地下，众军齐上，也把来缚了。各各抡枪舞剑，杀得江万榕人马弃甲，曳兵而走。

到了岭上，吩咐军士紧紧守住隘口。进得城来，满面青肿，痛彻骨脑。跳下马来，见阶前磨刀石下堆满石浆，用手掬来向面上涂去，疼痛顿减，江万榕大喜。仰卧板上，闭着口眼，叫左右时刻涂搽，渐渐痊可。

原来梅小姐的法非铁锈水不解，那磨刀石浆内有铁锈，这也是江万榕命不该绝，被他用着了。闲话休题。再表江万榕五员大将，只剩莫汉卿；自家又被梅小姐打得恁般狼狈，只令人死据隘口，再也不敢出头来了。正是：

戒人休说石郎事，得缩头时且缩头。

且说逢玉见江万榕不出，率兵攻山，攻了六七日，毫无意思，心中焦躁。黄让献计道："南岭四面皆高山，唯一路可通，贼若不出，虽百万也没奈他何。为今之计，莫若如此如此，诱他出来，方可破得。"

逢玉道："此计虽妙，只是委叔叔于贼，逢玉心中不安。"黄让道："但愿贤侄破贼，为让泄得家耻，让死何足惜！"苦苦要行，逢玉只得依允。

黄让大喜，辞了逢玉，往南岭而去。逢玉唤集诸将听令，拨黄启愚、赵信，率兵到新田左侧埋伏，俟刘汉江离寨，起夺新田，盘摩罗于新田来路迎敌。拨黄启鲁、宋金刚，于南岭近侧埋伏，俟江万榕离岭，便起夺关。其余将士，分作四路伏定，专候江万榕到来动手不题。

且说黄让来到南岭，叩关请见。江万榕唤他进去，问道："尔是何人？见我何事？"

黄让道："让是中镇人氏，蒙蓝大王庇护数载，举族感激。可恨朝廷差个黄逢玉到来，把蓝大王杀了，纵令瑶人把让宗族劫杀一空，又将让及二子启愚、启鲁编人行伍，驱为冲锋突骑。此恨难消，让愿以身为质，请元帅夜往劫寨，二子从中内应，瑶兵可破也。破了瑶兵，求元帅赏让父子为磜头之主，当效犬马以报。"

江万榕道："尔言恐有伪！"黄让道："让虽至愚，宁肯从身膺斧钺之诛乎？但瑶兵甚众，元帅以孤军往劫，恐难取胜，可使人到新田，约同刘元帅一同袭击，当无不胜。"江万榕大喜道："如果能胜，愿与子结为兄弟，分据三都。"黄让致谢。

江万榕一面整顿兵马，一面使人到新田，约同刘汉江起兵劫寨。使人回报道："刘元帅闻命，即日起兵来了。"

江万榕大喜，秣马厉兵，俟至夜分，带了莫汉卿悄悄下山。见十数小卒来到马前，低低问道："来的可是江大王么？"江万榕问道："尔等是谁人部下？"小卒低低道："小人是启鲁黄将军部下，差来等候大王的。"江万榕大喜，吩咐前行引路。将到中营，万榕一马当先杀进中军，见灯烛辉煌，寂无一人，知是中计。急退走时，左有单勇，右有马赞，大喊杀来。万榕夺路而走，不上数里，梅英夫妇拦住去路。月娥舞起双剑直斫进胸来，万榕急举刀力斗。梅英迎住莫汉卿，战不三合，汉卿心慌，被梅英一戟刺死，杀散兵卒，挥兵围住万榕。战了多时，月娥取出锦伞劈面罩来。江万榕措手不及，被月娥尽力一扯，翻身落马，兵士一拥上前拿来缚了。挥兵抢岭时，岭已被启鲁破了。

原来启鲁伏兵岭侧，伺得江万榕下岭去了，以父在贼中，虑为所害，率所募壮士大呼先登，贼尽披靡，斩贼首十七级，遂破南岭。开关放进官军，把守寨贼兵杀得不留一个，救出黄让。启鲁身被数伤，痛不能忍，大叫一声而死。黄让大哭了一场，买棺殡殓，自不必说。

天已大明，逢玉同梅英等一齐来至南岭坐下，众将一一报功毕。左右报道："赵将军回来了。"逢玉急唤进，禀道："新田已破，刘汉江已被启愚斩了，启愚亦以伤死。盘将军尚留镇新田，候姑爷将令。”逢玉甚喜，一一上了功劳簿，设宴庆贺。

次日，分拨诸将略定山帘、紫障、施坑等诸寨，琴江都贼众悉平。写成露布，使人先到吴督府处报捷。取回盘摩罗，知会李公主，奏凯班师。黄让进帐泣辞道：“让遭不辰，祸及先人丘垄，赖将军指挥，得杀贼以雪家耻，不胜幸甚。今志愿已毕，敬辞将军归葬二子。”

逢玉道：“叔父功高，小侄奏明天子加官封赏。”黄让道：“让父母之仇在所必报，何功之有？至于待罪行间，赖天子威灵、将军指麾，敢言功绩乎？非分之荣义不敢受。”逢玉深加敬服，赠金千两。黄让再三推辞不得，方才领了出来，叫人将启愚、启鲁二柩运至县西林田张八岭合葬。知县陈哲为立石，书“大明孝子黄启愚启鲁之墓”十一字。其后黄让死，葬于县北牛塘大山头，墓无碑碣，行路之人无不知其黄孝子墓者。屈大均过其墓，尝书石云：

父孝子，子孝子。牛塘与山林，两坟隔十里。牛塘不封树，行人罔不指。

且说黄让既葬二子，复以书托逢玉，求吴督府转奏天子立县永安，以安集此方之民。其书略云：

归善之古名长乐之琴江，其地扼塞，多连峰沓障，凶人之巢穴也。去其县各一百余里，贼一哨，民无所归命，不如遂县之，以安集其民。此一日之劳，万世之逸也。

逢玉将书呈吴督府，吴督府大然其计，上奏朝廷。皇上大喜，即命黄让董其事。黄让承命，以军法部勒其佣，均劳逸、时糇粮、平板干、称畚筑，四阅月而城告成。让享年八十一，连举乡饮大宾，以孝终。万历三十六年，有诏奖其门，树坊于永安县，额曰“一门三孝”。此是后话不题。

今且表逢玉，整顿兵马，班师回省。到得白云，军师诸葛同已死，停柩驿中。梅英抚棺大恸，逢玉亦不胜伤感，具礼祭奠，差人随后运回天马山安葬。军至惠州，李公主与公姑、贵儿、金莲等已先到了三日，大家接着，不胜欢喜，一齐来至省城。吴督府率众官，离城十里迎接，执逢玉手道："昨接捷报，方知将军尊阃，忠勇孝烈，聚于一室，赞襄戎功，成此伟烈，真千古罕有之奇！老夫已先差官奏知天子。"逢玉致谢。

到了省城，把兵马扎在东炮台下，率领诸将来至军门，将功劳簿献上。吴督府大排筵席庆贺，大出牛酒犒赏三军。次日，逢玉将诸囚解进，吴督府命法司一一点入监中，候旨定夺。与逢玉各写成表章，详列将士功绩。

逢玉又另具一本，把张贵儿、谢金莲的孝烈，李小鬟的忠贞，梅映雪的勇毅，细细奏闻。神宗览表，龙颜大悦，即下诏召逢玉并诸人进京陛见。逢玉忙设香案俯伏听宣：

> 诏曰：敕黄琼。具省卿奏，殄灭群寇，安静一方，朕甚嘉焉。卿妻妾忠勇孝烈，皆足风世，朕愿一见。卿可并领有功将士，解诸囚赴京。告庙酬庸，以彰大典。纪律严明，所过无犯，谅卿所能，朕不多及。此敕。

宣毕，谢恩。款待使者回去。集诸将商议，打叠进京。梅英不愿进京，与月娥护送思斋夫妇到嘉桂岭安置了，带了钱夫人、邓彪夫妇，领军先回天马去了。万人敌、盘摩罗亦不愿为官，各自回山。逢玉送了诸人，转至帐中，收拾行囊，辞了吴督府，逶迤往京进发。正是：

> 将军初执讯，天子欲论功。

欲知逢玉封拜何官，且听下回分解。

第二十八回

神宗帝大封功臣　东安侯一家归隐

词曰：

金紫当年遍五宗，王孙千里志，幸成功。欲知歌酒有谁同，小山才，江左色，赛吴宫。　银烛坠残红，邯郸惊梦觉，月溶溶。翻然跳入白云中，寻金阙，嚼金液，访壶公。

——调寄《感皇恩》

话说逢玉，辞了吴督府，带了妻妾及有功将士，押着诸囚往京进发。不则一日，到了都门，先使人传奏进去。发下旨意，着逢玉等戎装献虏。神宗御承天门，受贺毕，命逢玉等各换朝服进见。

众人舞蹈扬拜，神宗问平贼方略，逢玉跪奏，曲折详尽，神宗大悦。逢玉复奏道："臣闻治广宜狭，今琴江古名，已蒙圣恩建城莅沾；而罗旁地方千里，峰峦丛叠，瑶人错处其间，易生反侧。臣愚以为趁今梅英归化，也宜建州立县，分治其地，以控制要害，安戢峒蛮，为保障一方之利，不知有当圣心否？"神宗准奏，即升罗旁为罗定州，立东安、西宁两县，敕两广总督吴桂芳，相度地势，建立城池。逢玉谢恩。

神宗复召李小鬟到案，奖谕道："卿年幼小即知尊君顺化，屯田息兵，深慰朕心。"小鬟叩谢。赐宴殿廷，众人领了，谢恩而出。次日，神宗御英武殿，命将诸囚押赴市曹正法。但见：

取之平安，枷脰械手。妇女累累，啼哭拜叩。
来献阙下，以告社庙。周示城市，咸使观睹。
解脱挛索，夹以砧斧。婉婉弱子，赤立伛偻。
牵头曳足，先断腰膂。次及其徒，体骸撑住。
末取万榕，骇汗如泻。挥刀纷纭，争脍刌脯。

召逢玉等至殿，俯伏金阶，宣制受封：

封黄琼为东安侯、兵部尚书巡抚广东
张贵儿坚贞夫人
李小鬟东安郡君、顺正夫人，赐蟒服一袭
梅映雪勇安夫人
谢金莲孝烈夫人
梅英西宁王，钱氏、邓月娥俱一品夫人
苻雄东安县知县
邓彪西宁县知县
盘摩罗南澳总兵
马赞、单勇、宋金刚锦衣指挥同知
赵信罗定游击
贾奇南岭游击
张志龙东安千总
万人敌西路都指挥使
陈龙指挥使
黄允指挥使

已故正副将，各恤忠勇校尉，追封三代。邓彪、苻雄、盘摩罗、陈龙、万人敌、宋金刚、黄允，俱不愿为官，纳还官诰，优游林泉，终老其身。马赞、单勇、赵信留京受职，后俱以功累封至正总，此是后话。

且说逢玉等，嵩呼谢恩，出得朝来，就有许多乡亲大老前来拜望，忙忙碌碌，闹了数日。又一长班拿进帖来禀道："外面有个惠州新进士张老爷要见。"

逢玉取帖来看，上面写着"年家眷弟张飞龙"，忙使人请了贵儿出来，笑道："下官记得次令兄名张飞龙，这个乡亲亦名张飞龙，莫非就是令兄么？不知他几时进京来中了进士。"

贵儿笑道："天下同名的多，妾兄从钟离先生读书峄山，从没个信来，哪有这般好事！"逢玉道："下官不曾与令兄相会，夫人且进帘内。待下官接他进来，夫人一看便知分晓。"贵儿退至帘内。逢玉接了进来，叙礼坐下。

逢玉正欲开言，贵儿在帘内已看见，果是哥哥飞龙，笑吟吟走将出来喊道："哥哥几时进京来了？"飞龙定睛一看，讶道："尔是我妹子！为何也在此？"贵儿笑指逢玉道："此是尔妹夫。"

飞龙闻言，惊喜欲狂道："小弟只闻是广东乡亲，原来却是妹夫。"忙与逢玉重新施礼，又与贵儿拜见了。贵儿道："还有几位妹子，哥哥要见么？"飞龙道："哪几位？就请一见。"贵儿进内，携了李夫人、梅夫人、谢夫人出至中堂。贵儿一一指示，大家叙礼就坐。

左右献茶毕，贵儿问道："哥哥几时进京，便得高中？"飞龙道："为兄因窗友郑子章选了国子司业，力邀进京，考了个国学。今岁会试，中式十七名进士。蒙圣恩赐授吏部员外之职。前年三月，曾使人送家书到来，贤妹可曾接着否？"

贵儿道："原来如此，兄不知家中遭了大祸哩！"复指着三个夫人道："若不是这几个贤妹救援，妹子与父母已不能与兄相见矣！"飞龙大惊问道："是何大祸？"贵儿从遇逢玉救护，直至计斩蓝能诸事，细细述了一遍。

飞龙忙起身向三个夫人致谢道：“难为夫人了。”复向逢玉道：“妹夫几时荣旋？”逢玉道：“明日辞了圣上，就要登程。”飞龙道：“如此极好。小弟离家已久，欲一归省。昨日奏请，已蒙圣上批允，明日便可同行。”逢玉大喜，就留飞龙宴饮，至晚而散。

次日，入朝陛辞，神宗命朝臣尽到都门饯送。但见：

红旆承恩翻晓日，碧油含露出都门。

逢玉别了朝臣，往广东进发。夜宿晓行，不则一日，来到省城，众官尽来迎接进城。逢玉率领诸人拜谢吴大人推荐之德，送贾奇、马格赴任去了。张夫人急欲到嘉桂见父母，逢玉辞了吴大人，一行人出城往嘉桂山而来。才至花县，黄汉从罗定州来接道：“梅大王已代老爷造府大绀山下，差人把太公太婆及张太公太婆、苻老夫人苻老爷等，俱接往东安去了。”逢玉大喜。

李夫人要回嘉桂祭告都贝大王，黄汉道：“梅大王已在大绀山上新造了一所殿宇，把都贝大王金身及苻离、冯力木、杨、许二夫人金身，俱接往大绀去了。又簇新塑了诸葛同、铁老虎、石春白、唐虎、马阿摩、利用、铜猫公、闻大刀诸位将军金身，列在两廊，十分庄严，香火正闹越哩。”原来铜猫公、闻大刀俱陆续病死。

李夫人大喜，遂不复回嘉桂去，封黄金千两、白银千两，差黄汉送至嘉桂，赠与盘摩罗去了。大家径往东安县来，一路冠盖塞道，翟茀翩翩。官府庶士，尽悬红结彩，摆设香烛相迎。

到得南江、罗定，州官、二县官俱来迎接。及到东安东岸，思斋夫妇率领梅英、张太公夫妇、苻老夫人、邓彪、苻雄，俱在那里相接；逢玉姑娘并表兄刘鹤龄兄弟亦已到在一处。逢玉与众夫人忙出轿与各各相见，莫不大喜。张夫人兄妹，与张太公、龙夫人相见，悲喜交集。

张太公执张夫人手道："当日被劫，父女离散，绝不想有今日。赖天子威灵，众夫人扶持，以至一家荣贵。飞龙又得名登金榜，何幸如之！"又向逢玉道："凡事皆前定。黄野人之言今日尽验矣！"

逢玉道："何以见之？"张太公道："丰湖饶某，原系村西水天一之子，随娘嫁爷，因改姓饶氏，所谓'逢水为难'也。身陷火带，所谓'遇火为难'也。老夫被劫之日，系丙午，所谓'离在午乡'也。此地为东安东岸，所谓'聚归东岸'也。仙人之言岂非前定！"

张夫人向思斋道："仙姑谓'破麦见麸，自得真信'，明谓媳妇见了黄郎自知家父母真信也。'祸兮福倚，吉向凶求'，明谓遇蓝能可以得福也。当时特不解耳。"说毕，大家起身来至大绀，见新造一府，一连七进，画栋雕梁，极其宏敞。左右耳房环列，后面一所花园，广有数亩。亭台楼阁无数，中凿一池，菡萏纷披。逢玉大喜，忙向梅英致谢道："怎么又好费大王锦心！"大家齐进了府来，请思斋夫妇、秋谷夫妇、苻夫人上坐，逢玉率妻妾拜见，又与梅英一一拜见，大排筵席庆贺。

次日，宰牛宰猪，祭告都贝大王。见殿宇造得金碧辉煌，李夫人忙向梅英拜谢。大家欢聚了月余，飞龙辞秋谷进京。后飞龙官至太常寺正卿，辞了回来，就家在东安县中。逢玉又差人到桃花村，接取逢珠。逢珠不肯来，复着人赍金万两与逢珠。

一日，逢玉向四位夫人道："昔年下官与岳父游罗浮，遇黄野人，赐下官红丸仙液，谓下官功成名遂之后，更能急流勇退，再来接引。下官想来，当时在南海牢中，莫说富贵，连夫妻也不想再聚了，今幸离而复合，又得谢氏，所谓非分之福也。若复贪恋官职，万一再有蹉跌，悔将无及。下官欲辞了巡抚之命，与众夫人逍遥山水，及时行乐，夫人以为何如？"四夫人齐声道："老爷之言是也。"逢玉遂具表辞了，终日只与四个夫人饮酒吟诗，弹琴歌咏，或往来西宁，或临花醉月，尽情取乐。思斋夫妇、张秋谷夫妇、荇老夫人，俱享年九十余而终，后来张夫人生一子，李夫人生二子，谢夫人生三子，皆登高科，官至正卿，为东安巨族。逢玉以一子继李刚之后，以一子继谢仁之后，以春花配黄汉，以秋月配黄聪，以玉箫配志龙。梅英、钱夫人生一子，邓夫人月娥生二子，皆登科。与逢玉子孙，世为婚姻，此是后话。

一日重九，逢玉与四夫人在后园赏菊，正思分韵做诗，黄聪如飞报进来道："石禅师到来，要见老爷并四位夫人。"逢玉大喜，率众夫人就接至后园。见礼毕，逢玉笑道："老师几时飞锡到此？"石禅师道："贫僧因到肇庆访个师弟，闻得贤侯功成退隐在此，特来一探。"逢玉大喜，办上斋来款待。

酒过数巡，逢玉举杯相劝道："下官得配贱内张氏，皆老师赠咒之力也。"石禅师道："人生遇合皆有定数，贫僧何功之有？"逢玉道："此大绀山，高绝而灵异，云霞常罩其上，每见有池馆数所，碧桃垂实，白犬吠人，倏忽不见，盖仙窟也。下官欲于此山，造一所宝刹供奉师父，庶得时时请教，不知师父意下如何？"

石禅师道："贫僧住长耳山惯了，先师骨塔又在那里，抛却不得。但古人有言：'山无论大小，必因人增重。'长耳山异迹甚多，前贤侯辱临，只做得长耳山、棋盘石二诗，今欲求贤侯将所有名胜，各咏一首，待贫僧携回，勒之石上，为此山增色何如？"

逢玉喜道："老师开出胜迹来，待下官与贱内各做几首请教。"石禅师取笺，逐一开来，递与逢玉，看来却是十四个题目。逢玉道："四位夫人各做三个，下官做两个如何？"梅夫人道："妾是初学，待妾做两个罢。"逢玉道："如此则大便宜了尔。"张夫人道："题目有难易，是须阄拈为宜。"逢玉道："有理。"

将题解做十四个，捻成纸团儿，各各拈了题目在手。谢夫人道："做是么体格好？"逢玉道："做个古体五言绝罢。"众人道："妙。"各各拈笔在手，展开鸾笺，就如兔起鹘落般，不消片刻，已各各题完，汇送至石禅师面前。石禅师展开看时，上写道：

石巷牛迹

我爱石巷好，天然自开坼。
相呼赵州儿，含笑视牛迹。

百丈瀑布

悬流飞百尺，出落自危峰。
昨夜大雷雨，青天下白龙。

石　镜

谁人遗此镜，千载留山阿。
欲拭无玄锡，奈尔石镜何！

济轩氏黄琼题

仙　井

仙井何年有，只此一掬悭。
中有一寸鱼，游嬉傲天顽。

石　烛

谁撤金莲烛，插在空山里。
与君试参禅，天龙竖一指。

半天炉

炉峰特孤耸，缭绕烟云嘘。
朝来坐其下，隐约对匡庐。

玉峰氏张贵儿题

石　翁

秃然在天半，不着一帽坐。
非是学懒残，本来无一个。

真武殿

古殿倚岩床，其大可一丈。
不窥诸怪石，填轧突黠犷。

寒婆凹

南无阿弥陀，云是寒婆凹。
夜来风雨声，犹闻寒婆叫。

伴鸿氏李小鬟题

唐王岩

传是国朝初，曾此栖龙种。
龙去不复归，幽响泣潜蛬。

棋盘石

身登棋盘石，手抚棋盘处。
棋盘千载在，仙人何处去。

古芳氏梅映雪题

凤　髻

凤髻高不极，上与云霞斗。
攀缘试一临，凉风满怀袖。

东堂僧

搏饭不得吃，罗汉作牛去。
剩下须菩提，屋漏无坐处。

西堂古佛

西堂长耳者，一去无消息。
松风万瓦裂，秋雨千佛黑。

濯泉氏谢金莲题

石禅师看完，大喜道："贫僧虽不能诗，然闻诗社大老说，五绝古体最难苍老道劲，尤难高超脱俗。如此诸作，真柳柳州得意之作。贫僧就携回勒石，永为名山之光。"逢玉还要款留，禅师苦苦要行。逢玉取白银二千两，火浣布十匹，差一长班护送到长耳山去。复写札子数封，金镶白椰杯数对，托石禅师寄与古溪曾先生、春先生、张先生等，与众夫人送至府门而别。才要进府，忽两个渔人，手提五尾金色鲤鱼走到逢玉面前，道了万福问道："郎君还识妾么？"逢玉定睛一看，讶道："贤妹从何而来？下官正在这里忆念尔！"

看官尔道是谁？原来就是救逢玉的渔人珠姐、云妹。逢玉大喜，携手进内堂，与众夫人一一相见毕，摆上宴来。

欢饮了一会，珠姐笑向李夫人道："贤妹还记得梦见仙女否？"李夫人大讶道："姐姐何由知之？"珠姐笑道："奴日与仙女往来，哪得不知！”众人闻言，莫不惊异。

李夫人道："姐姐既与仙女往来，知她叫什么名字？为何与小妹相识？”珠姐道："那仙女非别人，即麻姑也。贤妹前身乃玉女，玉女与麻姑对居罗浮。汉时贤妹曾降生陆家，为大中大夫，今生即贤妹也。麻姑恐贤妹失去本来面目，特托奴姐妹与贤妹一晤。”

李夫人点头道："奴犹记先父说，奴生时，先父梦陆贾来投。”因感叹道："奴非麻姑报信，许、杨二女代死，不有今日矣！”逢玉亦感叹道："许夫人两次救下官，忠贞之气生死无二，实所难得！但不知洪一夹所说割瘤之事，可就是二位妹否？”云妹低头笑道："郎君也还记得！”张夫人问道："怎样割瘤？”逢玉把洪一夹梦见仙女之事述了一遍，众皆大笑。

珠姐道："郎君与四位贤妹，皆是上界仙班降生人世，今宜各各清心寡欲，自可复还原位。妾今暂去，相见有日。”说毕离座，扯了云妹要去，众夫人苦留不住，出至中庭腾空而去。大家惊讶，始信其为真仙。

自此，逢玉与众夫人屏绝人事，每日坐在花园修养习静。年至古稀，四夫人颜色犹如十七八岁女子一般。逢玉服了黄野人红丸，精神强固，连发也无一根白的。

其年，李夫人八十整寿，诸子要进花园，请父亲与诸母出来拜祝。才至花园，忽闻一派仙乐起于园中。少顷，霞光万道，瑞气千条，冲天而起。诸子大惊，急解园视之，异香扑鼻，更无一人，但见案上遗下两条织锦程茧，题诗一首道：

> 云意欲观沧海，霞光飞上翠微。
> 脱却人间万累，重寻绛雪霏霏。

后人以为仙去云。